吴則虞全集

重校清真集

〔北宋〕周邦彦 撰

吴則虞 校點

浙江古籍出版社

圖書在版編目(CIP)數據

重校清真集 /（北宋）周邦彦撰 ；吴則虞校點. —杭州：浙江古籍出版社，2023.12
（吴則虞全集）
ISBN 978-7-5540-2782-0

Ⅰ. ①重… Ⅱ. ①周… ②吴… Ⅲ. ①宋詞—選集
Ⅳ. ①I222.844

中國國家版本館 CIP 數據核字(2023)第 212399 號

吴則虞全集

重校清真集

〔北宋〕周邦彦 撰　吴則虞 校點

出版發行　浙江古籍出版社
（杭州市體育場路 347 號　郵編:310006）
網　　址　https://zjgj.zjcbcm.com
封面題簽　陳酌簫
責任編輯　伍姬穎
文字編輯　曾　拓
封面設計　吴思璐
責任校對　吴穎胤
責任印務　樓浩凱
照　　排　浙江大千時代文化傳媒有限公司
印　　刷　浙江新華印刷技術有限公司
開　　本　880mm×1230mm　1/32
印　　張　9.125
字　　數　189 千
版　　次　2023 年 12 月第 1 版
印　　次　2023 年 12 月第 1 次印刷
書　　號　ISBN 978-7-5540-2782-0
定　　價　78.00 圓(精裝)

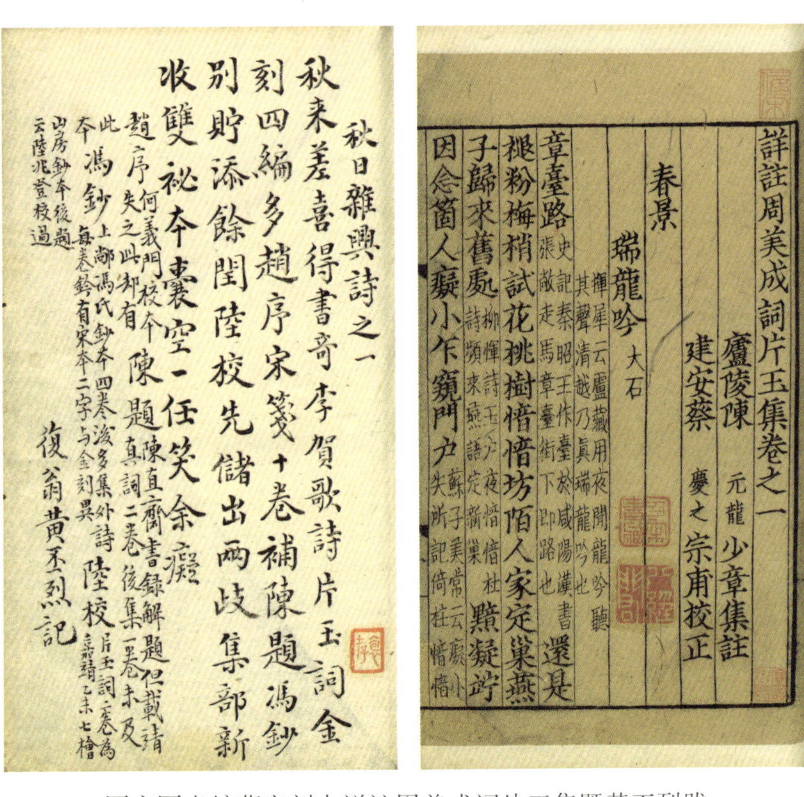

國家圖書館藏宋刻本詳註周美成詞片玉集暨黄丕烈跋

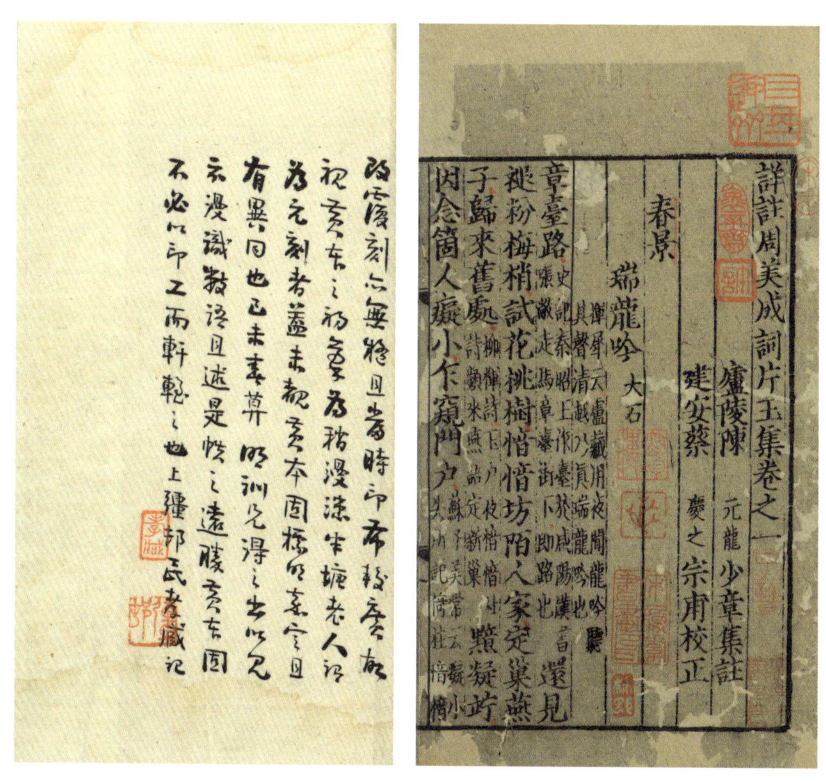

詳註周美成詞片玉集卷之一

廬陵陳　元龍　少章集註

建安蔡　慶之　宗甫校正

春景

瑞龍吟　大石

章臺路　還見

褪粉梅梢試花桃樹愔愔坊陌人家定巢燕

子歸來舊處　黯凝竚

因念箇人癡小乍窺門戶

國家圖書館藏宋刻本詳註周美成詞片玉集暨朱祖謀跋

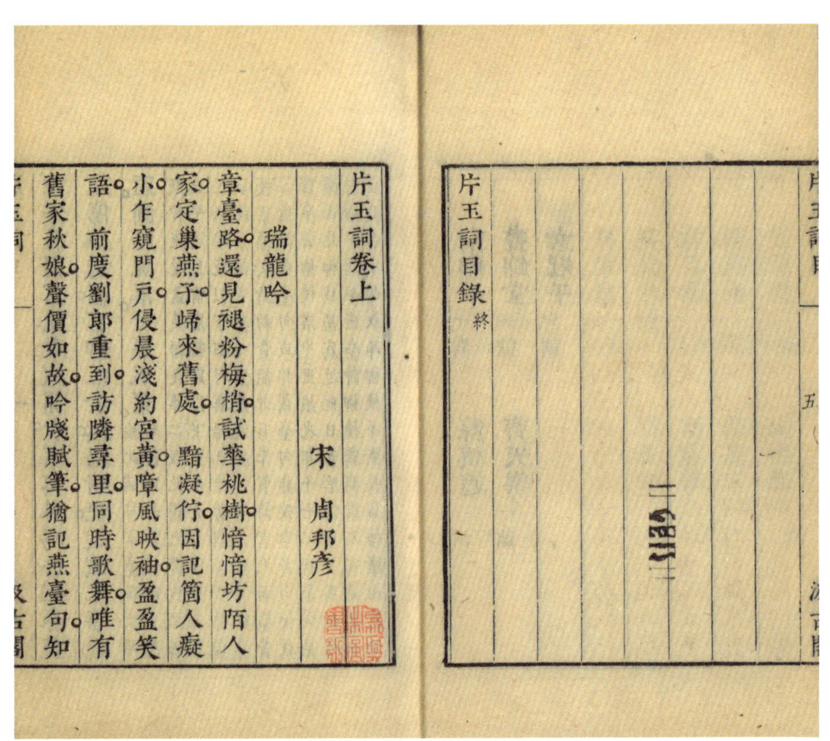

片玉詞目錄 終

片玉詞卷上

宋 周邦彦

瑞龍吟

章臺路。還見褪粉梅梢。試華桃樹。愔愔坊陌人家。定巢燕子。歸來舊處。

黯凝佇。因記箇人癡小。乍窺門戶。侵晨淺約宮黃。障風映袖。盈盈笑語。

前度劉郎重到。訪隣尋里。同時歌舞。唯有舊家秋娘。聲價如故。吟牋賦筆。猶記燕臺句。知

嘉興市圖書館藏汲古閣刻本片玉詞

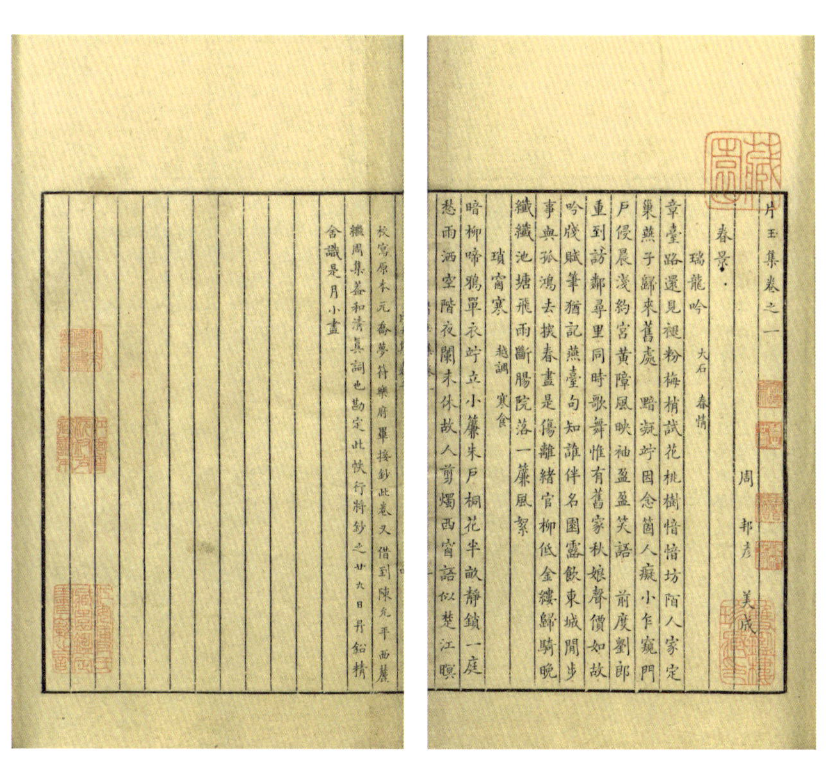

片玉集卷之一　　周邦彦美成

春景

瑞龍吟　大石　春情

章臺路還見褪粉梅梢試花桃樹愔愔坊陌人家定巢燕子歸來舊處　黯凝佇因念箇人癡小乍窺門戶侵晨淺約宮黃障風映袖盈盈笑語　前度劉郎重到訪鄰尋里同時歌舞惟有舊家秋娘聲價如故吟牋賦筆猶記燕臺句知誰伴名園露飲東城閒步事與孤鴻去探春盡是傷離緒官柳低金縷歸騎晚纖纖池塘飛雨斷腸院落一簾風絮

瑣窗寒　越調　寒食

暗柳啼鴉單衣佇立小簾朱戶桐花半畝靜鎖一庭愁雨灑空階夜闌未休故人剪燭西窗語似楚江暝

校寫原本元畚夢符樂府畢接鈔此卷又借到陳允平西麓繼周集畚和清真詞也勘定此帙行將鈔之廿九日丹鉛精舍識是月小盡

國家圖書館藏清勞權抄本片玉集暨跋

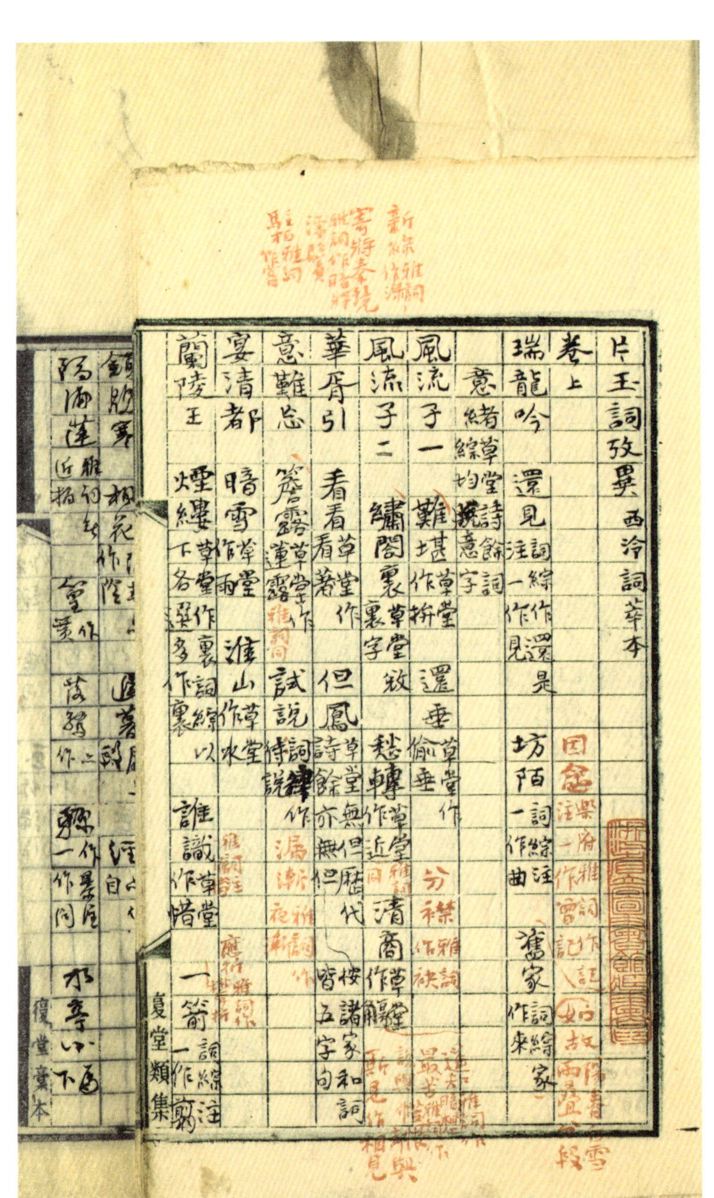

浙江圖書館藏清譚獻片玉詞攷異稿本

片玉集卷之一

周邦彥 美成

春景

瑞龍吟 大石 春情

章臺路還見褪粉梅梢試花桃樹愔愔坊陌人家定巢燕子歸來舊處　黯凝竚因念箇人癡小乍窺門戶侵晨淺約宮黃障風映袖盈盈笑語　前度劉郎重到訪鄰尋里同時歌舞惟有舊家秋娘聲價如故

美成詞之存於今者片玉詞二卷常熟毛氏所刊者是也清真集二卷臨桂王氏所刊者是也片玉集陳元龍注十卷阮文達四庫未收書目所著錄者是也此本十卷當即從陳注本出今以數本比較觀之知陳注本十卷當亦自宋本清真集出而王刻清真集亦非宋人舊本何以知之陳氏書錄解題云清真集二卷後集一卷今王刻無後集其不同一也方楊和清真詞均至滿路花（陳本第八卷末闋）而止而無濟蔡鋸以下三十一闋今王刻均有之闋數既多而卷數反少其不同二也竊意宋本清真集之卷當終于滿路花一闋故方楊和詞皆從之至續集錄以下三十一闋殆即所謂後集王刻以後集合于下卷而陳注本則分前集二卷為八卷後集為二卷也二本雖皆出于清真集然皆非清真集之舊矣至毛刻之片玉詞雖亦出于宋本然據陳注本劉肅序則片玉集之名乃陳少章所改題強煥何自用之且美成詞之佳者已略盡于清真集而強本所收殊多濫劣之作在三本中當為最下然陳允平西麓繼周集已據此本（其次序）則宋季亦已流行此則宋本之說亦似不誣校勘既竟因以所疑者拉雜著之 國維

宣統改元秋九月為伯宛先生校於宣武城南之學山海居 國維

國家圖書館藏清光緒吳氏甘遯村居抄本片玉集暨王國維跋

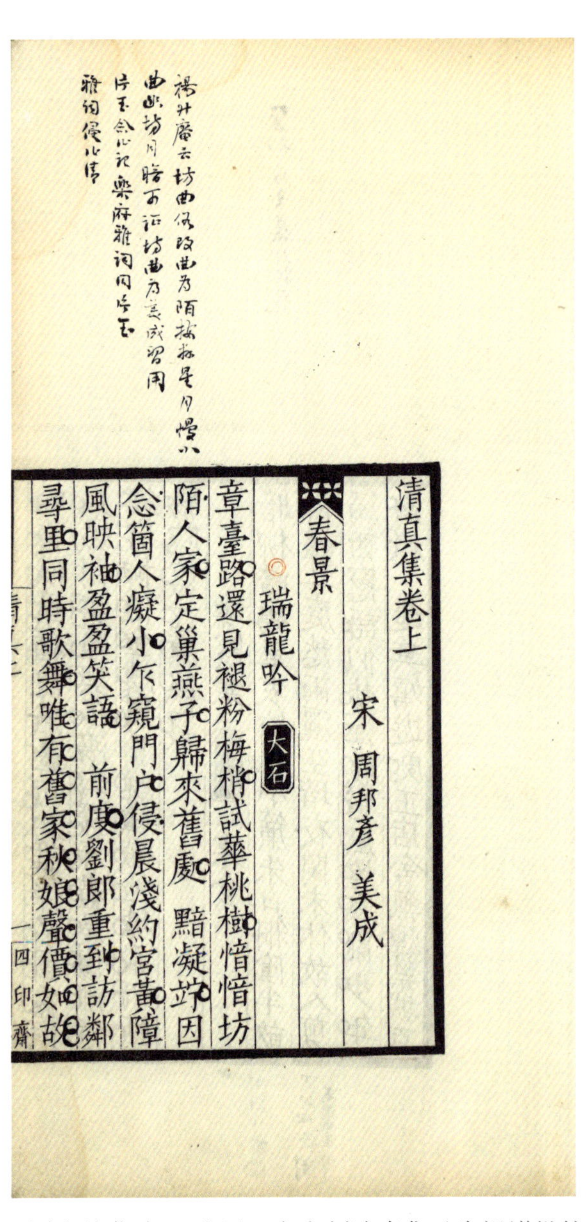

清真集卷上

宋　周邦彥　美成

春景

瑞龍吟　大石

章臺路。還見褪粉梅梢。試華桃樹。愔愔坊陌人家。定巢燕子。歸來舊處。　黯凝竚。因念箇人癡小。乍窺門戶。侵晨淺約宮黃。障風映袖。盈盈笑語。　前度劉郎重到。訪鄰尋里。同時歌舞。唯有舊家秋娘。聲價如故。

浙江圖書館藏清王鵬運四印齋刻清真集（朱祖謀批校）

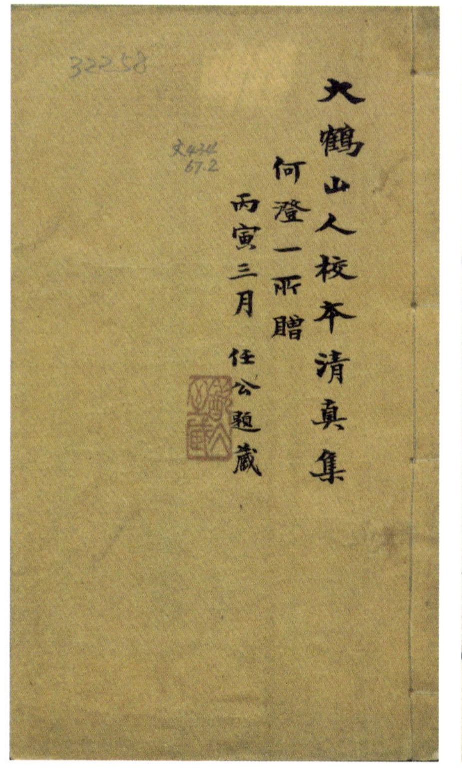

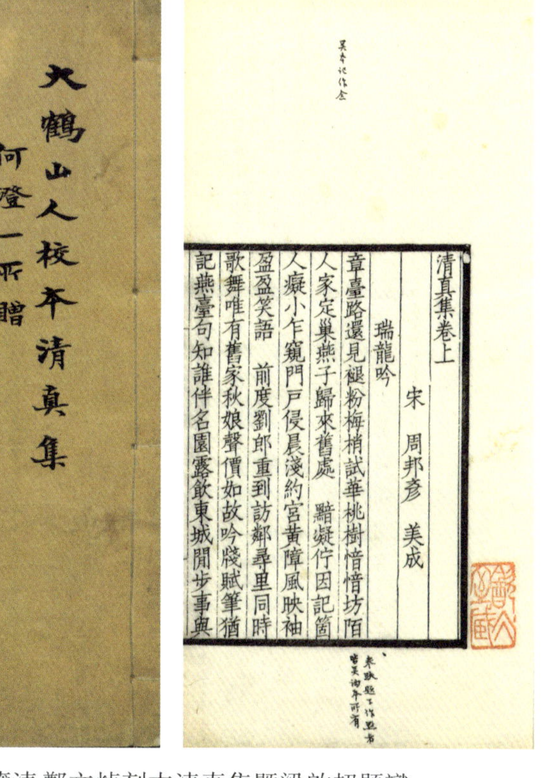

清真集卷上

宋 周邦彦 美成

瑞龍吟

章臺路還見褪粉梅梢試華桃樹愔愔坊陌人家定巢燕子歸來舊處 黯凝佇因記箇人癡小乍窺門戶侵晨淺約宮黃障風映袖盈盈笑語 前度劉郎重到訪鄰尋里同時歌舞唯有舊家秋娘聲價如故吟牋賦筆猶記燕臺句知誰伴名園露飲東城閒步事與

國家圖書館藏清鄭文焯刻本清真集暨梁啟超題識

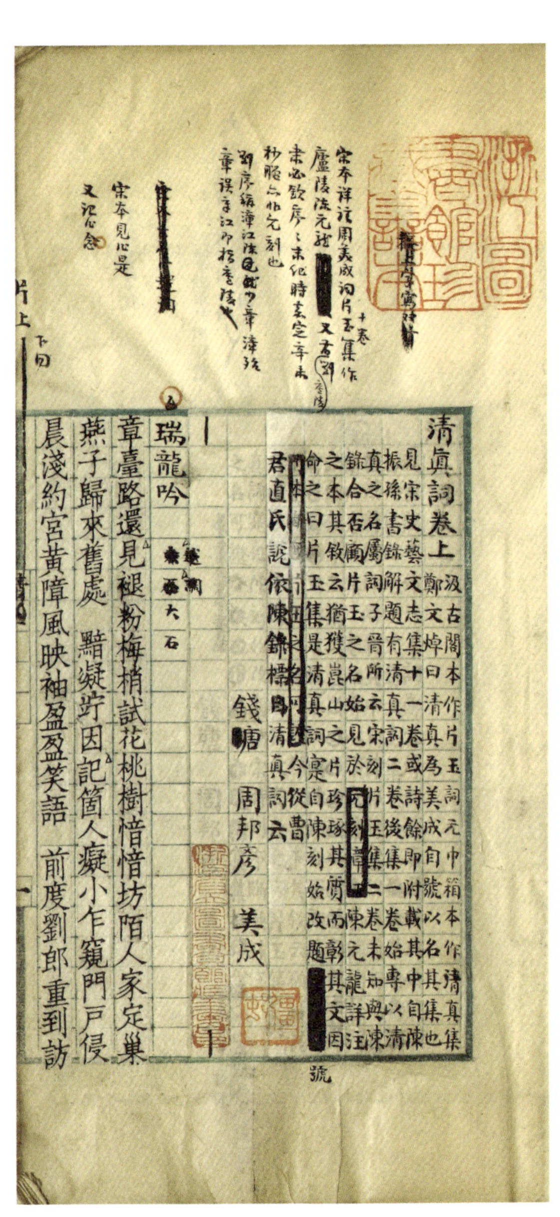

浙江圖書館藏朱祖謀編訂清真詞稿本

清眞集卷上

宋 錢塘 周邦彥 美成

春景

瑞龍吟 大石

章臺路。還見褪粉梅梢。試花桃樹。愔愔坊陌人家。定巢燕子。歸來舊處。 黯凝竚。因念箇人癡小。乍窺門戶。侵晨淺約宮黃。障風映袖。盈盈笑語。 前度劉郎重到。訪隣尋里。同時歌舞。唯有舊家秋娘。聲價如故。吟牋賦筆。猶記燕臺句。知誰伴。名園露飲。東城閒步。事與孤鴻去。探春盡是。傷離意緒。官柳低金縷。歸騎晚。纖纖池塘飛雨。斷腸院落。一簾風絮。

民國十七年商務印書館林大椿校印清真集（本書底本）

吴則虞全集引言

吴則虞（一九一三—一九七七），字藕廎，安徽涇縣茂林人。四歲習字，六歲學詩。未冠，父母俱卒，由族叔朋三公撫養成人。青年時至上海，入正風文學院中文系，後入無錫國學專科學校，師從耆宿陳石遺、楊鐵夫。陳氏大加青眼，乃介紹至蘇州拜謁章太炎。遂收爲入室弟子，肄業於章氏國學講習會，專攻文字、音韻及訓詁之學，於學術思想及治學門徑深受太炎先生影響。其後任茂林養正小学教員、湘岸鹽務處圖書室主任、衡陽扶輪中學教員、廣東中華文學院教授、藍田師範學院講師、南嶽師範學院教授、重慶女子師範學院教授。一九四九年後，任中國公學大學部校務委員、教授，西南師範學院中文系主任、教授，兼圖書館系副主任、教授。一九五七年三月，調入中國科學院哲學研究所，任研究員，並於北京大學哲學系、中國人民大學哲學系、中央高級黨校講授中國哲學史、文字學、校勘學等課程。同時從事古籍整理，兼任北京大學中文系古典文獻專業研究生導師。

吴則虞先生夙有肝陽之疾，服杜仲以減。曾植一株於庭，蒼翠可愛。廣雅謂杜仲爲『曼榆』，故號書齋爲曼榆館。居室慊静齋，則表恬淡沖和、静心治學之志。平素伏案著述，每至深夜，數十年如一日，終致積勞成疾。一九七一年左體偏枯，仍堅持卧榻著書，親手寫定詩詞集。

一九七七年十一月十六日逝世，終年六十五歲。

吴則虞先生治學嚴謹，根柢深厚，精於考據，於文學、歷史、哲學、宗教諸方面均有造詣，詞學、諸子學最爲擅場。著述宏富，古籍校點訓釋之作尤多，已刊者有晏子春秋集釋、清真集、山中白雲詞、花外集、辛棄疾選集、中國工具書使用法、桓譚新論、續藏書紀事詩諸種，其未刊者更夥，有禮記述要、晉會要、晉書證異、莊子内篇箋正、荀子集疏、淮南子集釋、論衡集證、申鑒校注、諸子校議、版本校勘學通論、詞筏、讀曲先知、曼榆館詩集、曼榆館詞集等，凡數十種，彙集爲慊静齋叢稿。

爲弘揚學術，嘉惠學林，受吴則虞先生之女吴受琚研究員委託，浙江古籍出版社擬整理出版慊静齋叢稿，易名爲吴則虞全集，陸續推出，卷帙多者分册出版，篇幅較小者則數種合刊，庶前人心血不致泯没，後人有資考鏡辨章。

全集由吴受琚研究員及其子俞震先生主持整理，重慶南岸老君洞鄧信德道長復代爲募集部分出版資金，整理過程中又得劉沛、南江濤、鄭凌峰等人襄助，始能蕆事，特表謝意。

浙江古籍出版社

二〇二二年十二月

重版説明

本書爲吴則虞先生宋人詞集點校整理本之一，全書收周邦彦詞二百零三首（校例云二百零六首，實則有三首重複）、斷句一，每首詞後附有校記。詞集之後，又搜集周邦彦及詞集相關資料，分傳記、序録、詞話、版本考辨四種，作爲附録。該書校勘精審，文獻完備，爲周邦彦詞集經典整理本。

本書一九八一年曾由中華書局出版，題作清真集，收入「中國古典文學基本叢書」，今作爲吴則虞全集之一種，重新出版。此次再版，恢复本名重校清真集，依全集體例，使用全式標點，並覆覈底本、校本以及引文，於舊版校勘、文字及標點疏誤之處多有糾正；又從吴則虞先生手稿中録得重校清真集序言一篇，置於正文之前；復得清真詞版本考辨手蹟一種，彩色影印，附於全書最後。

另吴則虞先生舊藏楊壽枏過録鄭文焯批校片玉詞（西泠詞萃本）一種，經考察，係吴則虞先生董理清真詞工作底本。原書刊印精美，有楊壽枏過録鄭文焯批校，又經吴則虞先生多次批點，五彩爛然，允爲批校本中之銘心絶品。惟限於全集開本尺寸，不足以完整呈現其神貌，今擬另行出版，敬請廣大讀者垂注。

本書出版，得吴受璩研究員、俞震先生、劉沛先生協助，謹申謝忱。

浙江古籍出版社

二〇二三年五月

中華書局原出版説明

周邦彦（公元一〇五六——一一二一年）字美成，自號清真居士，錢塘（今杭州）人。宋史文苑傳説他「博涉百家之書」，而爲人却「疏雋少檢，不爲州里推重」。宋神宗時，周邦彦獻汴都賦七千言，「多古文奇字」（咸淳臨安志），爲神宗所賞識，遂由太學諸生召爲太學正。徽宗朝仕至秘書監、徽猷閣待制，因爲他「妙解音律」，「能自度曲」，又善於作詞，就被任命爲大晟樂府的提舉官。後出知順昌府，徙知處州，罷官後提舉南京（今河南商丘等地）鴻慶宫。卒年六十六歲。

周邦彦的詞精巧華美，自成一家，自宋直到近代，被士大夫階層的文人們推崇極高，以至有「詞家之冠」，「詞中的老杜」等美譽。周邦彦活動在北宋末年的詞壇上，他奉徽宗之命，和大晟樂府的一些文士們負責搜求、整理、審定一些已經流傳但尚未定型的古調，同時還「依月用律，月進一曲」，不斷創製新聲。這些精心創製的慢曲、引、近、三犯、四犯等新調，在詞的音律上有一定的貢獻。周詞的藝術特色，如講究字面色澤、運用四聲而又富於變化、善於融化六朝小賦及唐人詩的辭匯入詞、長於寫景狀物等等，對後世的詞作不無借鑑的作用。周邦彦的詞不僅有精麗的辭藻，而且還有諧美的音律，也就是説，兼具文字和音樂之美，因此，在他手裏開創了高度格律化的詞風。不容諱言，周邦彦詞産生在北宋王朝即將覆滅的時代，却以精雕細琢的藝術來歌舞昇平，而毫無反映時代面貌和人民心聲的思想内容，不能不説是很大的缺陷。

清真詞後又名片玉詞。校點本清真集是已故中國社會科學院哲學研究所研究員吴則虞同志的遺稿，初成於一九五五年，一九五九年又作了一些補正。這個校點本以近人林大椿本爲底本，又據他書收詞十二首，斷句一則，總計收詞二百零六首，斷句一則。清真集校例就該集點校中的底本、斷句、校勘等各項均作了詳盡而具體的説明。吴則虞先生多方搜求、悉心輯録的清真集參考資料分傳記、敘録、詞語、版本考（附版本源流表）四部分，附録於後，對於宋詞和周邦彦的研究者來説，很有參考價值。

中華書局編輯部

一九八〇年七月

清真詞，在歷史上有過崇高的評價，幾乎把他看做「一代詞宗」。前幾年，我三番兩次校讀此詞，結果，使我對這些傳統的批評，發生了疑問。

我是從這些方面來看的：

樓鑰説他是「學道退然，委順和命」，强焕説他在溧水做官時「有餘愛」，我認爲這是替人作序文照例的恭維話，不一定符合於真實情況。你看：他兩次向皇帝獻賦，幾次入仕做官，極盡鑽營的能事，難道算是「退然」嗎？他在溧水，並没有留下什麽惠政，只傳説他曾經對部下的女人進行過勾引，難道這就是「餘愛」嗎？這些事例，還有很多。總之，他給予後人的印象，完全是一個依附統治階級寄生幫閑的文人形象。

從他生活作風來看，似乎他從來没有什麽遠大的人生理想。根據者舊續聞、夷堅志、玉照新志、揮塵録等書的記載以及他詞裏的反映，享樂腐化，玩弄女性，成爲他生活中的主要部分。也可以看出他品質底卑下了。這些，我們姑且不必管他。

考察他的政治態度，實在使人感到驚奇。他集裏有一首瑞鶴仙詞，據玉照新志等書的記載（宋人説部有些可靠的記載），這詞是他「提舉南京鴻慶宮，從杭州徙居睦州（建德）」時寫的，路過杭州，碰上了以方臘爲首的農民起義軍。奇怪的是，在這詞裏絲毫看不出這方面的一點痕迹，也絲毫没有透露他對這運動的任何意見，僅僅用「車塵漠漠」四個字，勉强映帶了杭州混亂的景況而已。使他觸動感情的，倒是朋友姨太太「凌波步弱」的姿容和陪他吃酒的温情，像這樣驚天動地的革命風浪，親身碰到，而居然熟視無睹，簡直是喪失了對國家人民的嗅覺。再看他另一首西平樂，題目是：「元豐初，予以布衣西上，過天長道中，後四十餘年，辛丑正月二十六日，避難復遊故地，感歎歲月，偶成此詞。」（案：神宗元年戊午，迄徽宗宣和三年辛丑，正得四十年，那麼，這次避賊，無疑問是指金人南侵。）在這民族生死存亡的鬥争關頭，他從南北交戰的地帶經過，應該是驚心動魄發出不可遏抑的憤怒，可是他在詞裏，連一絲氣息也没有。他見到的只是「稺柳」、「輕陰」，想到的只是「朱顏翠鬢」，追求的是「琴書自樂」。他這種「麻木不仁」的涼血動物，在血泊中還是「風流自賞」，真令人不可想像，也令人無法容忍。

像這種人和這些詞，又有什麼值得稱讚呢？儘管他其餘的詞有一定的藝術性，但是藝術標準是不能離開政治標準來單獨衡量。我對於他的貶價，我對於傳統批評的懷疑，主要理由，即在於此。

以前過分推崇周詞的人，我曾經約畧作過估計，絶大部分是晚年有閑的官僚地主階級，由於他們生活思想的空虚，不可能在社會生活中尋找文學的源泉，而只有從書本上探求一些寫詩寫詞「引商刻羽」的範例。由是對這一位格律派「詞祖」，發生了興趣，加以誇大，加以捧場，甚至把他神祕化了。一般的讀者，由於缺乏獨立鑒定的能力，迷信權威，迷信傳統，由是捕風捉影地跟著叫喚，幾乎是衆口同聲，把周詞看成像皇冠上的一顆寶珠。

周詞的藝術技巧究竟是哪些？詞話家大半含混其詞，很少有人作過具體説明。據我看來，也不過如下的幾點。

詞的音樂性。由於他長期間擔任音樂工作，接受了古代音樂和民間樂調裏一些東西，加以吸收融化，豐富了詞的音樂成分，牌調、四聲、陰陽，形成一定的規格。此其一。

詞的組織機構。在他以前，慢詞的寫作方法，一般習慣於採用鋪敘的手法，上下片一氣貫下。他加以變化，開始「鉤勒」，使句與句、片與片之間，互相照顧，前後呼應。尤其在整篇之中，「疏密」、「張弛」適當的作出巧妙的安排、搭配。此其二。

詞的情景描述。他習慣於通過複雜的想像，使用「自今溯往」、「自後向前」的陪襯、對比手法，反映情緒的變化過程。或則用一種「情景交錯」的方法，使外部物質和内心意識構成統一體，使平凡的情景，顯得更錯綜、更富有想像力。此其三。

除此之外，似乎再也没有更多的藝術特徵了。

説穿，並不神秘。這些技巧，難道在他以前的詞人，從來没有出現過嗎？在他之後，難道再也没有發展提高嗎？相反的，詞的格律，由於簫管樂器的改進（本姚華之説），南宋詞人在這方面，有過不少的改進。至於組織、結構等寫作技巧，像吴文英之流的詞人，同樣的能兼有其長，並不是空前絶後、獨一無二。

由此可見，對於周詞藝術價值，作過高的估計，也是有意誇張。但是，周詞也不是一無可取，他在詞史上好像是一根「坐標」，立在北宋與南宋之間，正好觀測詞風的起伏；在他詞裏，可以聽到新的音樂節奏，並瞭解當時詞與音樂發展的趨向；從他寫作方法中，可以揀選他某些有用的成分，作爲經驗，介紹給詩歌寫作者。所以他的詞，還是值得清理一下，重新給予公允的評價。

我的理解是如此，可能是偏見。

吴則虞　一九五六年九月於蜀中

清真集校例

一、底本　以林大椿本爲底本，又據能改齋漫録補一首，百家詞補七首，詞的補三首，古今詩餘醉補一首，橘録補斷句一，共收詞二百零六首，又斷句一。

二、斷句　分用四種符號：逗、句，叶韻。暗韻及短韻◎。

三、校勘　這集子，曾經前人加過了許多工，我再依據以下一些資料加以補充。

（一）依據方千里、楊澤民、陳允平諸家和詞，來考訂文字異同。

（二）根據宋人的選本，如：花庵詞選，即是採用最早的刻本清真詩餘，材料是比較可靠的。樂府雅詞、草堂詩餘、花草粹編、陽春白雪等，也保存了宋本的面目，明人選本，也採用了幾種作爲參考。

（三）依據宋人筆記書裏引用清真詞來作校勘。如：依據揮麈録所引的風流子，證明了是「清觴」而不是「清商」；依據耆舊續聞所引的蘭陵王，論證了當作「應折」，而不是「攀折」。這是校讐家所説的「外證」。

（四）依據詞的音律來校。楊易霖在邵瑞彭指導下寫了一部周詞訂律，是有功夫的。周邦彦是格律派詞人，詞律和詞的關係好像「度之於履」。買鞋子雖不必一定要拿鞋樣，可是從鞋樣也能知道脚的大小，因此依律校詞，也是一種有效的方法，尤其是校四聲詞。

（五）依出典校。如木蘭花令「勸我十分和淚酒」，注本如是，毛本作「送我」，這句是用白居易「請君斷腸歌，送我和淚酒」詩句，應該是「送」字而不是「勸」字。又六醜「葬楚宮傾國」，雅詞和粹編「葬」均作「送」，韓偓落花詩「夜來風雨葬西施」，作「葬」字義長。

（六）據新發見的一些鈔校本校。勞權丹鉛精舍鈔本和鄭文焯的手校本，以及明人的一些選本，都是前人所未見到或未曾注意過的，從這些校本和選本之中，也獲得了一些資料。

四、真僞　清真詞，自從强焕本以來，不免是「采真及濫」。毛本補遺及四印本集外詞，誤收別人的作品很多。此外如玉燭新、浣溪沙「樓上晴天」，梅苑、歷代詩餘都列在李易安名下。我又從詞的、古今詩餘醉、百家詞等補了十二首，這十二首，自然也同樣有真僞問題的争論，姑且都收進去，作爲參考。又花草粹編有滴滴金「梅花漏泄」一首，爲晏殊作，見珠玉詞；憶秦娥「雙溪月」，爲蘇軾作，見東坡樂府；又歷代詩餘有解語花「行歌趁月」，爲張炎作，見山中白雲，自然用不着再收入進去了。

五、附録　別輯清真詞參考資料附後，其中包括較詳盡的事蹟考證以及對清真詞各式各樣的評論，以供讀者參考使用。

這集子是我一九五五年校成的，後來略略修改了一些，又承劉玶真協助我覆校補正，并致謝意。

吴則虞　一九五九年十一月九日

重校清真集目録

卷　下

補　遺

清真集卷上

宋　錢塘　周邦彦　美成撰

春景

瑞龍吟[一]（大石）　春詞[二]

章臺路。還見[三]褪[四]粉梅梢，試花桃樹。愔愔[五]坊陌[六]人家，定巢燕子，歸來舊處。

黯凝竚[七]。因念[八]箇人癡小，乍窺門户。侵晨[九]淺約宫黄[一〇]，障風映袖，盈盈笑語。

前度[一一]◎劉郎重到，訪鄰尋里，同時歌舞。唯有舊家秋娘，聲價如故。吟牋賦筆，猶記燕臺[一二]句。知誰伴、名園露飲，東城閒步。事與孤鴻去。探春盡是，傷離意[一三]緒。官柳低金縷。歸騎晚、纖纖池塘飛雨。斷腸院落，一簾風絮。

【校】

〔一〕鄭文焯手校本云：「元巾箱本方千里、楊澤民和詞，并以此闋弁首，蓋猶是宋槧舊格，此微妙處，因特著之。」鄭校本此條未刻入。

〔二〕花庵詞選有此題，據補。

〔三〕「見」，草堂詩餘、花草粹編俱作「是」。

〔四〕「褪」，明本雅詞作「退」。

〔五〕「愔愔」，花庵詞選作「愔惜」，蓋傳刻之譌。

〔六〕詞綜注云：「坊亦作曲。」鄭校云：「楊升庵云，俗改『曲』爲『陌』，案唐人北里志有『海論三曲中事』，蓋即平康里舊所聚處也，當時長安諸倡家謂之曲，其選入教坊者，居處則曰坊，故云『坊曲人家』，非泛言之也。本集拜星月慢云『小曲幽坊月轉』，可證『坊曲』爲美成習用。」案大鶴之言是也。北里志有「南曲北曲」，如明兩京之「南院北院」也。陳敬叟「窈窕青門紫曲」、吴文英「紫曲門荒」、謝翱天地間集載孟鯁南京詩「愔愔坊曲傍深春」，俱坊曲連稱。孟鯁詩即借用美成語也，又得一證。

〔七〕「竚」，詞萃作「佇」，當依宋本作「竚」。

〔八〕「因念」，雅詞作「曾記」，毛本、陽春白雪作「因記」，宋刻陳元龍注本、元巾箱本、陳刻草堂詩餘俱作「因念」。

〔九〕「侵晨」，雅詞作「清晨」。

〔一〇〕毛校云：「『宮黄』或作『宮妝』，非。」

〔一一〕鄭校以爲短韻，今從之。

〔一二〕「燕臺」，毛校云：「或作『蘭臺』，非。」

〔一三〕草堂、粹編、勞鈔本脱「意」字。

瑣窗寒〔一〕（越調）　寒食〔二〕

暗柳啼鴉，單衣竚立，小簾朱户。桐花〔三〕半畝，静鎖一庭愁雨。灑〔四〕空階、夜闌〔五〕未休，故人翦燭西窗語。似楚江暝宿，風燈零亂，少年羇旅。　遲〔六〕暮。嬉遊處。正店舍無煙，禁城百五。旗亭唤酒，付與高陽儔侣。想東園、桃李自春〔七〕，小脣秀靨今在否。到歸時、定有殘英，待客攜樽俎。

【校】

〔一〕瑣窗寒，陽春白雪、粹編作鎖寒窗，非。

〔二〕注本、百家詞無題，從元本、毛本、草堂、粹編。

〔三〕「桐花」，注本如是。白雪及草堂俱作「桐花」，元本、毛本作「桐陰」，詞萃作「花陰」，詞萃本往往有與各本不同而莫知所自出，此其一端耳。

〔四〕「灑」，詞統作「滴」。

〔五〕「夜闌」，草堂、粹編、詞萃俱作「更闌」。

〔六〕毛注云：「『時刻或于『遲暮』下分段。』此云時刻，疑即胡震亨諸本。

〔七〕「自春」，毛本作「經春」。

風流子〔一〕（大石）

新緑〔二〕小池塘。風簾動、碎影舞斜陽。羨、金屋〔三〕去來，舊時巢燕，土花繚繞，前度莓牆。繡閣裏〔四〕、鳳幃深幾許，聽得理絲簧。欲説又休，慮乖芳信〔五〕，未歌先咽〔六〕，愁近〔七〕清觴〔八〕。

遥知〔九〕新妝了，開朱户、應自〔一〇〕待月西廂。最苦〔一一〕夢魂〔一二〕，今宵不到伊行。問、甚時説與〔一三〕，佳音密耗〔一四〕，寄將秦鏡〔一五〕，偷换韓香。天便教人〔一六〕，霎時廝見〔一七〕何妨。

【校】

〔一〕粹編詞題作「風情」，蓋與撣麈録之説合。花庵詞選題作「初夏」，疑美成所自題。

〔二〕「緑」，雅詞作「渌」。

〔三〕撣麈録餘話註云：「羨一作是。」

〔四〕「閣」，注本作「閤」，毛本、詞萃本作「閤」。花庵、草堂、撣麈録引及勞鈔本俱無「裏」字。案方、楊和詞皆作八字句，當依元本、毛本增「裏」字。勞鈔本「聽」上有「曾」字。

〔五〕「芳信」，撣麈録作「芳性」。

〔六〕「咽」，毛本作「噎」。

〔七〕「愁近」，毛本作「愁轉」。

〔八〕「清觴」，毛本作「清商」，然方、楊、西麓和詞皆用「觴」字，揮麈録亦作「觴」。勞校云：「商字係舊校。」

〔九〕「遥知」，雅詞作「暗想」。

〔一〇〕「應自」，雅詞作「應是」。

〔一一〕「最苦」，雅詞作「苦恨」。

〔一二〕「夢魂」，西麓作四六句，兹從之。

〔一三〕「説與」，雅詞、毛本作「却與」。

〔一四〕「耗」，朱本作「秏」，是。

〔一五〕「寄將秦鏡」，雅詞作「暗將潘鬢」，揮麈録餘話作「擬將秦鏡」，毛注云：「『秦鏡韓香』，一作『秦女韓郎』，非。……樂府云：『盤龍明鏡餉秦嘉，辟惡生香寄韓壽。』美成全用此作對。」案毛説是也。

〔一六〕此當句。陳允平和詞便如此。

〔一七〕「斷」，雅詞作「相」。

渡江雲（小石） 春詞〔一〕

晴嵐低楚甸，暖迴雁翼，陣勢起平沙。驟驚春在眼，借問何時，委曲到山家。塗香暈色，盛粉飾、争作妍華。千萬絲、陌頭楊柳，漸漸可藏鴉。堪嗟。清江東注，畫舸西流，指長安日沉恨處，時時〔三〕正對初弦月，傍水驛、深艤蒹葭。今宵〔二〕下。愁宴闌、風翻旗尾，潮濺烏紗。自剔〔四〕燈花〔五〕。

【校】

〔一〕花庵詞選有此題，據補。古今詩餘醉作「春景」。
〔二〕「今宵」，草堂、古今詩餘醉作「今朝」。
〔三〕毛本及白雪「時時」上有「但」字，案非是。
〔四〕「自剔」，元本、毛本俱作「頻剔」，案「時時」即「頻」，作「自」者是。勞鈔亦作「自」。
〔五〕「燈花」，毛校云：「或作『銀花』，非。」

應天長（商調）　寒食〔一〕

條風〔二〕布暖，霏霧弄晴，池塘〔三〕徧滿春色。正是夜堂無月，沉沉暗寒食。梁間燕，前社〔四〕客。似笑我、閉門愁寂〔五〕。亂花過、隔院芸香〔六〕，滿地狼籍。長記那回時，邂逅相逢，郊外駐油壁。又見漢宮傳燭，飛煙五侯宅。青青草，迷路陌。强載酒〔七〕、細尋前迹。市橋遠〔八〕，柳下人家，猶自相識。

【校】

〔一〕注本無題，元本、毛本、粹編俱有。

〔二〕「條風」，白雪作「蕙風」。

〔三〕「池塘」，元本、毛本、白雪俱作「池臺」。

〔四〕「前社」，元本、毛本、白雪俱作「社前」，案非是，「前社」即「舊社」之意。

〔五〕「愁」，白雪作「岑」。

〔六〕「芸香」，勞鈔作「菲香」。

〔七〕「載酒」，注本作「帶酒」。

〔八〕「遠」，勞鈔作「邊」。

荔枝香近〔一〕（歇指）

照水殘紅零亂，風喚去〔二〕。盡日惻惻輕寒，簾底吹香霧。黄昏客枕無憀，細響當窗雨。看兩兩相依燕新乳〔四〕。　樓下水，漸淥遍、行舟浦。暮往朝來，心逐片帆輕舉。何日迎門，小檻朱籠報鸚鵡。共翦西窗蜜炬〔五〕。

□〔三〕

【校】

〔一〕注本作「荔枝香」，無「近」字，有「歇指」二字。元巾箱本作「歇指調」，有「近拍」二字，毛本作「荔枝香近」，勞鈔本無「近」字，亦無「歇指」二字。

〔二〕「喚去」，粹編作「掀去」。

〔三〕上闋結句方千里、楊澤民、陳允平和詞并九字，萬氏謂此詞所脱或係「閒」字「愁」字之類，戈選乃擬作「閒」，許刻仍之，終無據，仍當作□。

〔四〕「燕新乳」，圖譜作「新燕乳」。

〔五〕毛本此句作「如今誰念淒楚」，注云：「清真集作『共翦西窗蜜炬』。」方、楊、陳三家和詞皆押「炬」字，當從同。案柳永詞此調末句「王孫空愁腸斷」與「如今誰念淒楚」同，似毛晉所據之本，或爲溧水本，即陳允平亦且未之見。

第　二〔一〕

夜來寒侵酒席、露微泫。舄履初會，香澤方薰，無端暗雨催人、但怪燈偏簾〔二〕卷。回顧、始覺驚鴻去雲遠〔三〕。　大都世間，最苦唯聚散。到得春殘，看即是、開離宴。細思別後，柳眼花鬚更誰翦。此懷何處消遣。

夜來寒侵酒席、露微泫。舄履初會□□，香澤方薰偏。無端暗雨催人，但怪燈簾卷。回顧、始覺驚鴻去雲遠。　大都世間，最苦唯聚散。到得春殘，看即是、開離宴。細思別後，柳眼花鬚更誰翦。此懷何處消遣。

鄭文焯曰：「此詞訛脱殊甚，方、楊、陳和作並沿其誤，以爲又一體，非也。案此調如耆卿、夢窗所作三首，並與清真前首相同，更無別體。即此首下闋字句，亦無少異。則上闋之舛駁可知。蓋宋本已然，或緣傳抄之脱誤。當時和之者未暇深考耳。今諦審其上闋『履舄初會』下，原脱平聲二字。『燈偏簾卷』，『偏』字殊不可解。蓋本作『徧』字，當在『香澤方薰』

下爲韻，與前首『簾底吹香霧』五字句正同。如是訂正，前後一揆，聲律釐然。庶今古詞人可以痞疑辨惑矣。」今從鄭説，附録於左。

【校】

〔一〕余見鄭文焯手校本此闋題識與其所刻本不同，過録於次。鄭校云：「荔枝香近無別體，此美成第二闋，凡數十校，始悟得宋本原有訛奪，傳鈔至南宋初未訂正，故方、陳、楊三家和作並沿其訛。今從元巾箱本得見上闋『回顧』下句實六七言，『去』字下多一『雲』字，因據以定此詞與上一章字句無少異。惟第三句脱二平聲字，又以『燈』字下『偏』字本在第四句末，實五字也。按『偏』字必爲『徧』字之脱筆，以此句當叶韻，與上首『香霧』句同例，即此兩誤，已令後學昧于音譜。余乃據以決古今之疑竇，訂前後之大同，美成有知，固許詞侶賞音，會心人不在遠也。」又云：「校詞與研經異，在求其是以還其舊而已。是曲絶無異體，據元本多一『雲』字證之，思過半矣。」又題云：「此首所校自謂神解，方、陳所見，蓋已訛奪。」愚案鄭説亦未可盡信，此詞宋人所見之本相出入者只二處：一作「燈偏簾卷」，一作「簾卷燈偏」，此其一也；「去」下一有「雲」字，一無「雲」字，此其二。此首與「照水殘紅」闋不同，前依柳詞，後多變化，故不必與上首求同，即上片同，下片亦無法全同，此另一體，非有訛脱。

〔二〕注本作「燈偏簾卷」，西麓和詞亦押「卷」字，方、楊和詞則押「偏」字。林大椿謂方、楊多據注本，陳允平據溧水本，恐未必然也。

〔三〕「去雲遠」，毛刻據溧水本「去」下無「雲」字，而注本有「雲」字，方、楊和詞皆八字，亦與溧水本不同。

還京樂（大石）

禁煙近觸處〔一〕、浮香秀色相料理〔二〕。正泥花時候，奈何客裏，光陰虛費。望箭波無際，迎風漾日黄雲委。任去遠，中有萬點相思清淚。到長淮底。過當時樓下，慇勤爲説、春來羈旅況味。堪嗟誤約乖期，向天涯、自看桃李。想如今〔三〕、應恨墨盈牋，愁妝照水。怎得青鸞翼，飛歸教見顦顇。

【校】

〔一〕詞律此處逗，今從之。

〔二〕「料」，當讀平聲。

〔三〕「如今」，注本作「而今」。

掃花游〔一〕（雙調）〔二〕

曉陰翳日，正霧靄煙横，遠迷平楚。暗黄萬縷〔三〕。聽鳴禽〔四〕按曲，小腰欲舞。細遶回堤，駐馬河橋避雨。信流去。想一葉〔五〕怨題，今到〔六〕何處。

春事能幾許。任占地持杯，掃花尋路。淚珠濺俎。嘆將愁度日，病傷幽素。恨入金徽，見説文君更苦。黯凝竚。掩重關、徧城鐘鼓。

【校】

〔一〕清真集作掃地花，元本、草堂同。兹改從注本。

〔二〕草堂題作「春恨」。

〔三〕「萬縷」，草窗和詞作「似語」。

〔四〕「鳴禽」，白雪及詞萃俱作「鳴琴」。

〔五〕元本、毛本、草堂均無「想」字，惟宋刻注本有。談藪載清真詞兩用御溝紅葉，其一掃花遊云「想一葉怨題」，是宋人所見如此，當從之。

〔六〕「到」，注本、草堂作「在」。

解連環〔一〕（商調）〔二〕

怨懷無託〔三〕。嗟情人〔四〕斷絶，信音遼邈。縱〔五〕妙手、能解連環，似風散雨收，霧輕雲薄。燕子樓空，暗塵鎖、一牀絃索。想移根換葉，盡是舊時，手種紅藥。　汀洲漸生杜若。料舟移〔六〕岸曲，人在天角。謾記得〔七〕、當日音書，把閒語閒言，待總〔八〕燒却。水驛春迴，望寄我、江南梅萼。拚今生、對花對酒〔九〕、爲伊淚落。

【校】

〔一〕毛注云：「譜名玉連環。」

〔二〕花庵及毛本題作「怨別」，蓋舊本如是。草堂、粹編改作「閨情」。

〔三〕「無託」，花庵、草堂、粹編、古今詩餘醉、勞鈔本作「難託」，彊村叢書本片玉集校云草堂作「誰託」，毛本作「無託」，今從之。

〔四〕「情人」，粹編作「行人」。

〔五〕「縱」，粹編作「憶」，注本、百家詞作「信」。案上句第一字作「信」，今從花庵作「縱」。

〔六〕「舟移」，元本及毛本均作「舟依」。

〔七〕毛本、草堂、粹編均無「謾」字。

〔八〕「待總」，草堂、粹編、勞鈔本作「盡總」。

〔九〕「對花對酒」，草堂、粹編、古今詩餘醉作「對酒對花」，案非是。解連環即柳永望梅，此當作仄平仄仄，作「對花對酒」者是。

玲瓏四犯（大石）〔一〕

穠李夭桃，是舊日潘郎，親試春豔。自別河陽，長負露房煙臉。顰頦鬢點吴霜，細念想〔二〕，夢魂飛亂。歎畫闌玉砌都换。纔始有緣重見。　夜深偷展香羅薦。暗窗前醉眠蔥蒨。浮花浪蕊都相識，誰更曾擡眼。休問舊色舊香〔三〕，但認取芳心一點。又、片時〔四〕一陣風雨惡，吹分散。

【校】

〔一〕草堂、粹編有「春思」題。

〔二〕注本、百家詞無「細」字，毛本「念」上有「細」字，是，兹據補。方、楊和此，皆作七字句，毛云案譜作六字句，則非是。

〔三〕「舊色舊香」，草堂、粹編、詞萃、歷代詩餘俱作「蒨色舊香」，兹從注本及毛本。

〔四〕毛本「又」上有「奈」字。

丹鳳吟（越調）〔一〕

迤邐春光無賴，翠藻翻池，黄蜂遊閣。朝來風暴，飛絮亂投簾幕。生憎暮景，倚牆臨岸，杏靨夭邪〔二〕，榆錢輕薄。晝永惟思〔三〕傍枕，睡起無憀，殘照猶在庭角〔四〕。况是別離氣味〔五〕，坐來但覺〔六〕心緒惡。痛引〔七〕澆愁酒，奈愁濃如酒，無計銷鑠。那堪昏暝，簌簌半簷花落。弄粉調朱柔素手，問何時重握。此時此意，長怕〔八〕人道著。

【校】

〔一〕注本無題，毛本、草堂、粹編、詞統俱作「春恨」。

〔二〕「夭邪」，元本、毛本俱作「夭斜」。
〔三〕「惟思」，草堂、粹編、詞統作「思惟」。
〔四〕「庭角」，元本作「亭角」。
〔五〕「氣味」，勞鈔本作「風味」。
〔六〕「但覺」，草堂作「便覺」，鄭批本云：「宜據以校正。」
〔七〕「引」，毛本、詞萃、鄭本俱作「飲」。
〔八〕「長」，元本、毛本、詞萃、詞統作「生」。

滿江紅（仙呂）〔一〕

晝日移陰，攬衣起、春帷睡足。臨寶鑑、緑雲撩亂，未忺〔二〕妝束。蝶粉蜂黄都褪了〔三〕，枕痕一線紅生玉〔四〕。背畫欄、脈脈悄無言〔五〕，尋棋局。　重會面，猶未卜〔六〕。無限事，縈心曲。想秦箏依舊，尚鳴金屋。芳草連天迷遠望，寶香薰被成孤宿。最苦是、蝴蝶滿園飛，無心撲〔七〕。

【校】

〔一〕毛本、草堂、粹編、詞的、詞統、古今詩餘醉題作「春閨」。
〔二〕「未忺」，毛本作「未懽」。

〔三〕「褪了」，草堂、粹編、詞的、古今詩餘醉俱作「過了」，此不知「蝶粉蜂黃」之典實者所擅改。詞統、古今詩餘醉作「退」。

〔四〕元本作「紅生肉」，毛本及草堂、詞的「肉」作「玉」，兹改從毛本。

〔五〕「悄無言」，毛本作「儘無言」。

〔六〕「猶未卜」，草堂、粹編、古今詩餘醉作「何時卜」。

〔七〕「無心」，注本作「無人」，勞鈔本同。毛本、草堂、粹編、古今詩餘醉作「無心」，案毛本是。姜白石滿江紅詞序云「滿江紅，舊調用仄韻多不協律，如末句云『無心撲』三字，歌者將『心』字融入去聲，方諧音律」云云。是宋人所見本作「無心撲」也。

瑞鶴仙（高平）〔一〕

悄，郊原帶郭。行路永、客去車塵漠漠。斜陽映山落。斂、餘紅猶戀，孤城欄角。凌波步弱。過短亭、何用素約。有流鶯勸我，重解繡鞍，緩引春酌。不記〔二〕歸時〔三〕早暮，上馬誰扶，醒眠朱閣。驚飈動幕。扶殘醉〔四〕，遶紅藥。嘆西園已是，花深無地，東風何事又惡。任流光過却，猶喜〔五〕洞天自樂。

【校】

〔一〕草堂、粹編題作「春游」。

〔二〕「不記」，萬樹詞律作「不計」。

〔三〕「歸時」，詞苑叢談作「春時」。

〔四〕「扶殘醉」，揮麈餘話、詞苑叢談均作「猶殘醉」。

〔五〕「猶喜」，揮麈餘話及玉照新志、詞苑叢談均作「歸來」。

西平樂（小石）〔一〕

元豐初，予以布衣西上，過天長道中。後四十餘年辛丑，正月二十六日，避賊復遊故地。感歎歲月，偶成此詞〔二〕。

稚柳蘇晴，故溪歇雨〔三〕，川迥未覺春賒。駝褐寒侵，正憐初日，輕陰抵死須遮。歎事逐孤鴻去盡〔四〕，身與塘蒲共晚，争知向此征途迢遞〔五〕，竚立塵沙。追念朱顏翠髮，曾到處、故地〔六〕使人嗟。

道連三楚，天低四野，喬木依前，臨路敧斜。重慕想、東陵晦迹，彭澤歸來，左右琴書自樂，松菊相依，何況風流鬢未華。多謝故人，親馳鄭驛，時倒融尊，勸此淹留，共過芳時，翻令倦客思家。

【校】

〔一〕注本無宫調，從元本。

〔二〕注本、勞鈔本無題，從元本。「正月」下毛本有「二十六日」四字，四印齋本無，兹據毛本補。按此非杜撰可得者，因知毛晉所藏清真詞固多舊本。

〔三〕「歇雨」，毛本作「渴雨」。

〔四〕元本、百家詞作「盡去」，茲從毛本乙。

〔五〕「迢遞」，毛本及草堂俱作「區區」，鄭文焯批校云：「萬紅友云，如此長調，祇用七韻，初疑有誤，乃方千里和詞一字無訛，夢窗所作字字相同，但上闋九十兩句，方云『流年迅景，霜風敗葦驚沙』，吴云『當時燕子，無言對立斜暉』，皆是上四下六，此篇『區區』二字，或『征途』二字，是誤多耳。」案與刻本稍異。

〔六〕「故地」，勞鈔本作「特地」。

浪淘沙〔一〕（商調）〔二〕

晝陰〔三〕重，霜凋岸草，霧隱城堞。南陌脂車待發。東門帳飲〔四〕乍闋。正拂面、垂楊堪纜〔五〕結。掩紅淚、玉手親折。念漢浦離鴻〔六〕去何許，經時信音〔七〕絶〔八〕。情切◎望中地遠天闊。向、露冷風清無人處，耿耿寒漏咽。嗟萬事難忘，唯是輕别〔九〕。翠尊未竭。憑斷雲、留取西樓殘月。羅帶光銷紋衾疊。連環解、舊香頓歇。怨歌永、瓊壺敲盡缺。恨春去、不與人期，弄夜色，空餘滿地梨花雪。

【校】

〔一〕注本、元本作浪濤沙，草堂、粹編、毛本、詞萃俱作浪淘沙慢。

〔二〕毛本題作「恨别」，草堂作「春别」。

〔三〕「晝陰」，元本、毛本、詞萃作「曉陰」。

〔四〕注本、元本、詞萃作「帳飲」，草堂、毛本、粹編作「悵飲」，案作「帳」者是。今從注本。

〔五〕「纜」，毛本、詞萃、鄭本作「攬」，今從注本。

〔六〕「漢浦離鴻」，詞律作「溪浦離魂」，誤。

〔七〕「信音」，歷代詩餘、詞萃、勞鈔本俱作「音信」。

〔八〕毛注云：「時刻在『情切』分段。」詞綜及張臯文詞選均作三曳頭，第二段至「月」字韻止。

〔九〕百家詞，「輕」作「離」。

憶舊游（越調）〔一〕

記愁横淺黛，淚洗紅鉛，門掩秋宵。墜葉驚離思，聽寒螿〔二〕夜泣，亂雨瀟瀟〔三〕。鳳釵半脱雲鬟，窗影燭光〔四〕摇。漸暗竹敲涼，疏螢照晚〔五〕，兩地魂消。　迢迢◎問音信，道徑底花陰，時認鳴鑣。也擬臨朱户，嘆、因郎顦顇，羞見郎招。舊巢更有新燕，楊柳拂河橋。但、滿目〔六〕京塵〔七〕，東風竟日〔八〕吹露桃。

【校】

〔一〕草堂題作「春恨」。

〔二〕「寒螿」，陳刻草堂作「寒蛩」。

〔三〕「瀟瀟」，毛本、白雪均作「蕭蕭」。

〔四〕「燭光」，元本、毛本、草堂、粹編、百家詞俱作「燭花」。

〔五〕「照晚」，毛本作「照曉」。

〔六〕「滿目」，毛本、草堂、粹編、詞萃、鄭刻俱作「滿眼」。

〔七〕「京塵」，白雪作「驚塵」。

〔八〕鄭文焯批云：「此調煞句第四字宋詞并用入聲，戈氏未曾細勘，近世不復識矣。」

蕙山溪（大石）

湖平春水〔一〕。菱荇〔二〕縈船尾。空翠入衣襟〔三〕，拊輕桹、遊魚驚避。晚來潮上，迤邐没沙痕，山四倚。雲漸起。鳥度屏風裏。周郎逸興，黄帽侵雲水。落日媚滄洲，泛一棹〔四〕、夷猶〔五〕未已。玉簫金管，不共美人遊，因甚箇〔六〕，煙霧底。獨〔七〕愛蓴羹美。

【校】

〔一〕此「水」字當叶，林大椿誤爲句，兹正。

〔二〕「菱荇」，毛本作「藻荇」。

〔三〕「入衣襟」，毛本作「撲衣襟」。

〔四〕勞鈔本無「泛」字。

〔五〕「夷猶」，勞鈔本作「猶夷」。

〔六〕元本、毛本作「因箇甚」，百家詞作「因甚箇」。案「甚箇」之「箇」，猶「早箇」、「渾箇」之「箇」，「因甚箇」猶云「爲什麼」也，兹從百家祠改。

〔七〕「獨」，元本及毛本俱作「偏」。

少年游（黄鍾）　荆州作〔一〕

南都石黛掃晴山。衣薄耐〔二〕朝寒。一夕東風，海棠花謝，樓上捲簾看。　而今麗日明如洗，南陌暖雕鞍。舊賞園林，喜無風雨，春鳥報平安。

【校】

〔一〕注本、勞鈔本無題，毛本、白雪有，案此詞似非荆州作。

〔二〕「耐」，毛本作「奈」。

第　二〔一〕

朝雲漠漠散輕絲。樓閣澹春姿〔二〕。柳泣花啼，九街泥重，門外燕飛遲。　而今麗日明金屋，春色在桃枝。不似當時，小樓〔三〕衝雨，幽恨兩人知。

【校】

〔一〕毛本題作「雨後」。

〔二〕「春姿」，叔陽和詞作「容儀」，與千里、澤民所見本皆不同。

〔三〕「小樓」，注本作「小橋」。

秋蕊香（雙調）

乳鴨池塘水暖〔一〕。風緊柳花迎面。午妝粉指印窗眼。曲裏長眉翠淺。　聞知〔二〕社日停針線。探新燕〔三〕。寶釵落枕夢春遠〔四〕。簾影參差滿院。

【校】

〔一〕「水暖」，雅詞作「煙暖」，非。

〔二〕「聞知」，元本作「問知」，毛本、雅詞、白雪、粹編俱作「聞知」，兹改。

〔三〕毛本「探」作「貪」。

〔四〕「夢春遠」，注本作「春夢遠」，雅詞作「夢春遠」，朱孝臧校本從雅詞，毛本作「夢魂遠」。

漁家傲（般涉）

灰暖香融銷永晝。蒲萄架上[一]春藤秀。曲角欄干羣雀鬭。清明後。風梳萬縷亭前柳。日照釵梁光欲溜。循階竹粉霑衣袖。拂拂[二]面紅如著酒[三]。沈吟久。昨宵正是來時候。

【校】

〔一〕「架上」，毛本作「上架」，白雪作「上格」。

〔二〕「拂拂」，歷代詩餘作「豔豔」。

〔三〕「如著酒」，元本、毛本均作「新著酒」，白雪作「新酹酒」。

第二[一]

幾日輕陰寒惻惻[二]。東風急處花成積。醉踏陽春懷故國[三]。歸未得。黃鸝久住如相識。賴有蛾眉能暖客[四]。長歌屢勸金杯側。歌罷月痕來照席。貪歡適。簾前重露成涓滴。

【校】

〔一〕草堂、粹編題作「春恨」。

〔二〕「惻惻」，注本及元本、百家詞均作「測測」，然方、楊、西麓和詞均押「惻」字，朱孝臧從毛本改作「惻惻」。

〔三〕百家詞「懷」作「思」。

〔四〕「暖」，詞萃作「緩」，鄭刻從之，但未知何所據也。

南鄉子（商調）〔一〕

晨色動妝樓。短燭熒熒悄未收。自在開簾風不定，颼颼〔二〕。池面冰澌趁水流。早起怯梳頭。欲挽〔三〕雲鬟又却休。不會沉吟思底事，凝眸。兩點春山滿鏡愁。

【校】

〔一〕草堂、詞統、古今詩餘醉題作「曉景」。

〔二〕「颼颼」，毛本、詞萃作「颼颼」。

〔三〕「欲挽」，百家詞、元本、毛本、草堂、粹編均作「欲綰」，兹依注本。

望江南（大石）〔一〕

遊妓散，獨自遶回堤。芳草懷煙迷水曲，密雲銜雨〔二〕暗城西。九陌未霑泥。　桃李下，春晚未成蹊〔三〕。牆外見花尋路轉，柳陰行馬過鶯啼。無處不悽悽〔四〕。

【校】

〔一〕毛本題作「春遊」。
〔二〕百家詞「銜」作「衝」。
〔三〕毛本「未」作「自」。
〔四〕「悽悽」，西麓和詞作「淒淒」。

浣沙溪（黄鍾）

争挽桐花兩鬢垂。小妝弄影照清池。出簾〔一〕踏襪趁蜂兒。　跳脱添金雙腕重，琵琶撥盡〔二〕四絃悲。夜寒誰肯翦春衣。

【校】

〔一〕「出簾」，毛本作「珠簾」。

〔二〕「撥盡」，毛本、詞萃作「破撥」。

第　二〔一〕

雨過殘紅溼未飛。珠簾〔二〕一桁〔三〕透斜暉。遊蜂釀蜜竊香歸。　金屋無人風竹亂，衣篝〔四〕盡日水沉微。一春須有憶人時。

【校】

〔一〕草堂題作「春懷」。

〔二〕「珠簾」，毛本、詞萃作「疏籬」。

〔三〕「一桁」，元本、百家詞作「一行」，毛本、草堂、粹編、詞萃、勞鈔本均作「一帶」，茲依雅詞作「一桁」。

〔四〕「衣篝」，毛本、雅詞、草堂、粹編、詞萃俱作「夜篝」，案百家詞作「衣篝」者是也，下言盡日，不得言「夜篝」明矣。茲改作「衣篝」。

第　三〔一〕

樓上晴天碧四垂。樓前芳草接天涯。勸君〔二〕莫上最高梯。　新筍已成〔三〕堂下竹，落花都上〔四〕燕巢泥。忍聽林表杜鵑啼。

【校】

〔一〕毛注云：「或刻李易安。」案詩詞雜俎本漱玉詞、古今詞統、歷代詩餘并以爲李易安作，此詞神態不似清真，「林表杜鵑」之思，清真亦無此懷抱。

〔二〕「勸君」，四印齋本漱玉詞作「傷心」，佳。

〔三〕「已成」，毛本、雅詞、草堂俱作「看成」。

〔四〕「都上」，雅詞、粹編俱作「都入」。

迎春樂（雙調）

清池小圃開雲屋。結春伴，往來熟。憶、年時縱酒杯行速。看月上。歸禽宿。　牆裏修篁森似束。記名字、曾刊新緑。見説別來長，沿翠蘚〔一〕，封寒玉。

【校】

〔一〕毛本「沿」作「冷」，勞鈔本亦作「冷」，勞校云：「冷字係舊校。」

第二

桃蹊柳曲閒蹤跡。俱曾是，大堤客。解春衣、貰酒城南陌。頻醉卧，胡姬側。　鬢點吳霜嗟早白。更誰念、玉溪消息。他日水雲身，相望處，無南北。

點絳脣（仙呂）

臺上披襟，快風一瞬收殘雨。柳絲輕舉。蛛網黏飛絮。極目平蕪，應是春歸處〔一〕。愁凝竚。楚歌聲苦。村落黄昏鼓。

【校】

〔一〕方、楊和詞皆押「處」字，陳允平作「愁來路」，疑其所見本此作「春歸路」也。

一落索〔一〕（雙調）

眉共春山争秀。可憐長皺。莫將清淚溼花枝，恐花也、如人瘦〔二〕。清潤玉簫閒久。知音稀有。欲知日日倚欄愁，但問取、亭前柳。

【校】

〔一〕毛本注云：「清真集作洛陽春。」案六一詞有洛陽春詞，即此調，又名玉聯環，皆北宋之舊名。詞統「落」作「絡」。

〔二〕詞統「恐」作「怕」，百家詞「如」作「知」。

第　二

杜宇思歸〔一〕聲苦。和春催去〔二〕。倚闌一霎酒旗風，任撲面、桃花雨。　目斷隴雲江樹。難逢尺素。落霞隱隱日平西，料想是、分攜處。

【校】

〔一〕「思歸」，毛本作「催歸」。

〔二〕「催去」，毛本作「歸去」。

垂絲釣（商調）〔一〕

縷金翠羽，妝成纔見眉嫵。倦倚繡簾〔二〕，看舞風絮〔三〕。愁幾許。寄鳳絲雁柱。　春將暮。向層城苑路〔四〕。鈿車似水〔五〕，時時花徑相遇。舊遊伴侶。還到曾來處。門掩風和雨。梁燕語〔六〕。問、那人在否。

【校】

〔一〕此詞分段，說者不同，毛本於「水」字分段，故詞律深訾爲不叶韻，斷不可從也。詞萃、周濟四家詞選、鄭本於「路」字截段，與夢窗「客亭」合，趙彦端介庵集兩闋皆如此。花草粹編於「暮」字爲前結，與陳允平和詞合，逃禪、宗卿俱同。方千里和詞守律最嚴，於「柱」字分段。方、陳所見美成詞，必非一本，故和者分段不同，美成此詞當自「柱」字截段爲是，故依注本。

〔二〕「繡簾」，毛本作「玉奩」。

〔三〕百家詞無「風」字。

〔四〕「苑路」，毛本作「宛路」。

〔五〕「似水」，毛本作「如水」。

〔六〕注本及圖譜、勞鈔本俱作「梁間燕語」，朱孝臧校云：「『間』字衍。」

夏 景

滿庭芳（中吕） 夏日溧水無想山作〔一〕

風老鶯雛，雨肥梅子，午陰嘉樹〔二〕清圓。地卑山近，衣潤〔三〕費爐煙。人静〔四〕烏鳶自樂，小橋外、新緑〔五〕濺濺。凭欄久，黄蘆苦竹，疑泛〔六〕九江船。

年年〔七〕◎如社燕，飄流瀚海，來寄修椽。且、莫思身外，長近尊前。顦顇江南倦客、不堪聽、急管繁絃〔八〕。歌筵畔，先安簟枕〔九〕，容我醉時眠。

【校】

〔一〕注本、百家詞、勞鈔本無題。古今詩餘醉題作「夏景」。

〔二〕「嘉樹」，詞統、毛本作「佳樹」，歷代詩餘同。

〔三〕葉德輝謂「潤」當作「潤」，存參。

〔四〕「人静」，雅詞作「人去」。案非是，此用杜詩句，「静」字是。

〔五〕「緑」，元本及毛本俱作「淥」，注本作「緑」。

〔六〕「疑泛」，元本、百家詞、詞統作「擬泛」，雅詞作「疑」，案是也。此句第一字宜用平聲，「疑泛九江船」，即夢窗「渾是瀟湘泛孤艇」之意。

〔七〕當韻，樂府指迷云：「詞中多有句中韻……如滿庭芳過處『年年如社燕』，『年』字是韻，不可不察也。」今從之，加暗韻號。

〔八〕「繁絃」，花庵及雅詞皆作「危絃」，似有所本。

〔九〕「簟枕」，草堂、粹編、古今詩餘醉俱作「枕簟」。

隔浦蓮近拍〔一〕（大石）　中山縣圃姑射亭避暑作

新篁摇動翠葆。曲徑通深窈〔二〕。夏果收新脆，金丸落、驚飛鳥〔三〕。濃翠〔四〕迷岸草。蛙聲鬧。驟雨〔五〕鳴池沼〔六〕。

水亭小。浮萍破處，簾花簷影〔七〕顛倒。綸巾羽扇，困臥〔八〕北窗清曉。屏裏吴山夢自到。驚覺。依然〔九〕身在江表。

【校】

〔一〕注本無「近拍」二字，無題。勞鈔本有「大石」二字，亦無題。花庵、古今詩餘醉無「拍」字，題作「夏景」。案强焕序云「而又覩新緑之池，隔浦之蓮」云云，此調疑美成自度。

〔二〕「深窈」，雅詞作「深杳」。

〔三〕毛本注云：「『金丸落驚飛鳥』，一作『金丸落飛鳥』。」案千里、澤民、履齋、放翁、竹屋俱作二四句法，是美成「驚落飛鳥」「驚」字屬下也，疑原本如是，故方、楊仍之。後有作「金丸落、驚飛鳥」者，是「落」字逗，「驚」屬下，陳允平所見本即如是，故和詞「林幽樂、多禽鳥」；他如梅溪之「虚堂中、自回互」，夢窗之「汀菰緑、薰風晚」，皆作折腰矣。蓋此句在宋時已有兩本不同。竊謂此句作「金丸落」者爲是。此「落」字指「金丸」言，「金丸」即上句之夏果也，果脆而落，落則故驚飛鳥，如作「驚落飛鳥」，則「落」者爲「鳥」，則此「金丸」指金彈言，於此處上下語意不貫，故不從。此句美成用李白少年子成句，然不必泥其意。

〔四〕「濃翠」，元本、毛本、花庵詞選、雅詞、草堂、粹編、詞萃、鄭刊均作「濃靄」。

〔五〕「驟雨」，雅詞作「暴雨」。

〔六〕注本及元本均於此分段，毛本、詞萃、勞鈔本於「水亭小」分段。案在宋時已不同，千里、澤民和詞，苕溪漁隱引此下闋「水亭小」屬下片，夢窗、海野仍之，此一本也。然陳允平和詞於「小」字分段，履齋、放翁、竹屋、梅溪仍之，此二本也。毛晉所據之本，正與此合。世人論詞律者，有謂韻叶變換見律，字聲變換見律，句調變換見律，不知猶有版本不同而見律者矣。

〔七〕毛注云：「『簾花簷影』，一作『簷花簾影』。杜子美詩云『燈前細雨簷花落』，蓋簷前雨映燈光如花爾，或改『簷前細雨燈花落』，便無致味。周美成用簷花，苕溪漁隱病其與本意未合。花庵詞選作『簾花簷影』。」案非是。夢窗解語花「簷花舊滴」，無逸詞「簷花細雨照芳塘」，亦用子美詩意，簷花非雨花也。「簷影搖花」，王嬙娘滿庭芳語，見詞品。

〔八〕「困臥」，草堂作「醉臥」。

〔九〕元本、百家詞作「依然」，毛本、草堂作「依前」。「然」字義長。

法曲獻仙音（大石）〔一〕

蟬咽涼柯，燕飛塵幕，漏閣〔二〕籤聲時度。倦脱綸巾，困便湘竹，桐陰半侵朱户〔三〕。向抱影、凝情處，時聞打窗雨。　耿無語〔四〕。歎文園、近來多病，情緒懶、尊酒易成間阻。縹緲玉京人，想依然、京兆眉嫵。翠幕深中，對徽容〔五〕、空在紈素。待花前月下，見了不教歸去。

【校】

〔一〕草堂、粹編題俱作「初夏」。

〔二〕「漏閣」，毛注云：「或作『滿閣』，非。」

〔三〕「朱户」，毛本作「庭户」。

〔四〕「耿無語」，毛本屬上結，誤，從注本。

〔五〕「徽容」，毛注云：「或作『孅容』，非。」

過秦樓〔一〕（大石）　夜景〔二〕

水浴〔三〕清蟾，葉喧涼吹，巷陌馬〔四〕聲初斷。閒依露井，笑撲流螢，惹破畫羅輕扇。人靜夜久凭闌，愁不歸眠，立殘更箭。嘆年華一瞬，人今千里，夢沉書遠。空見説、鬢怯瓊梳，容銷金鏡，漸懶趁時勻染。梅風地溽〔五〕，虹雨〔六〕苔滋〔七〕，一架舞紅都變。誰信無聊爲伊，才減江淹，情傷〔八〕荀倩〔九〕。但、明河影下，還看稀星數點。

【校】

〔一〕毛注云：「清真集作選官子，或作惜餘春慢。」

〔二〕花庵詞選有此題，據補。

〔三〕「水浴」，毛注云：「俗本作『京浴』，誤。」

〔四〕「馬」，詞萃作「雨」。

〔五〕「溽」，白雪作「溼」。

〔六〕「虹」，毛本、白雪、粹編、詞萃均作「紅」。

〔七〕「苔滋」，花庵、詞選作「苔溼」。

〔八〕「情傷」，白雪作「神傷」。

〔九〕「荀倩」，毛注云：「一作『荀令』，非。」

側犯（大石）〔一〕

暮霞霽雨，小蓮出水紅妝靚。風定〔二〕。看步襪江妃照明鏡。飛螢度暗草，秉燭遊花徑。人静。攜豔質，追涼就槐影。　金環皓腕，雪藕清泉瑩。誰念省。滿身香，猶是舊荀令〔三〕。見説胡姬〔四〕，酒爐寂静〔五〕。煙鎖漠漠〔六〕，藻池苔井。

【校】

〔一〕花庵題作「荷花」。古今詩餘醉作「夏夜」。

〔二〕「風定」，楊澤民和詞作「風韻」。

〔三〕「令」，澤民和詞作「另」。

〔四〕「胡姬」，毛注云：「或作『文姬』，非。」

〔五〕「寂静」，歷代詩餘作「深迴」，詞萃作「深迴」，「迴」蓋「迴」之誤，方、楊、陳和詞皆作「迴」。

〔六〕「煙鎖漠漠」，此當句。語用謝玄暉詩意，陳允平和詞「何日西風」亦然。千里「愁聽落葉」，亦四字句，詞律誤「聽」字爲韻，因作二字叶，下爲六字句，林大椿亦因之而誤。

塞翁吟

暗葉啼風雨，窗外曉色曨聰[一]。散水麝，小池東。亂一岸芙蓉。蘄州簟展雙紋浪，輕帳翠縷如空。夢遠别，淚痕重。淡鉛臉斜紅。　忡忡[二]◎嗟顦顇，新寬帶結，羞豔冶、都鎖鏡中。有蜀紙、堪憑寄恨，等今夜、灑血書詞，翦燭親封。菖蒲漸老，早晚成花，教見薰風。

【校】

〔一〕「曨聰」，元本作「瓏璁」，陳允平和詞作「朧聰」，毛本同。鄭文焯以字書無「聰」字，一律改從玉旁作「瓏璁」，注本即如是也。案鄭改非是。瓏爲玉聲，璁爲石似玉者，鮮有連用。「朧聰」句出李長吉九月「雞人唱罷曉朧聰」，其字當作「朣朧」或「曈曨」。文選秋興賦注引埤蒼「朣朧，欲明也」，又文賦注引埤蒼「曈曨，欲明也」，同。廣韻一東「曨，日欲出也」，又「曈曨，日欲明」，俱與曉色義合。「聰」蓋「曈」之俗字。

〔二〕「忡忡」，西麓和詞作「匆匆」。

蘇幕遮（般涉）

燎沉香，消溽暑。鳥雀呼晴，侵曉窺簷語。葉上初陽乾宿雨。水面清圓，一一風荷舉。　故鄉遥，何日去。家住吴門，久作長安旅。五月漁郎相憶否。小楫輕舟，夢入芙蓉浦。

浣溪沙

日射攲紅蠟蒂[一]香。風乾微汗粉襟涼。碧紗[二]對掩[三]簟紋光。　自翦柳枝明畫閣[四]，戲抛蓮菂種横塘[五]。長亭無事好思量。

【校】

〔一〕注本「蒂」作「蔕」。
〔二〕「紗」，毛本、詞統作「綃」。
〔三〕「掩」，毛本、雅詞、草堂作「捲」，詞萃同。
〔四〕「畫閣」，詞萃作「幽閣」。
〔五〕「横塘」，雅詞作「池塘」。

第　二[一]

翠葆參差竹徑成。新荷跳雨淚珠[二]傾。曲欄斜轉小池亭。　風約簾衣歸燕急，水摇扇[三]影戲魚驚。柳梢殘日弄微晴。

【校】

〔一〕勞鈔本此二、三兩首次序互易。

〔二〕「淚」，毛本、雅詞作「碎」。

〔三〕「扇」，雅詞作「花」。

第　三

薄薄紗幮〔一〕望似空。簟紋如水浸芙蓉。起來嬌眼未惺忪〔二〕。　强整羅衣擡皓腕，更將紈扇掩酥胸。羞郎何事面微紅。

【校】

〔一〕「幮」，注本、詞統、百家詞、古今詩餘醉作「厨」，林大椿本作「橱」，誤。

〔二〕注本「忪」作「憁」，毛本作「愡」，與陳允平和詞同。

第　四

寶扇輕圓淺畫繒。象牀平穩細穿藤。飛蠅不到避壺冰。　翠枕面涼頻憶〔一〕睡，玉簫手汗錯成聲。日長無力要人〔二〕凭。

【校】

〔一〕「頻憶」，毛本作「偏益」。

〔二〕「要」，雅詞作「看」。

點絳脣（仙呂）

征騎初停，酒行莫放〔一〕離歌舉。柳汀蓮浦〔二〕。看盡〔三〕江南路。　苦恨斜陽，冉冉催人去。空回顧。淡煙橫素。不見揚鞭處。

【校】

〔一〕毛本注云：「清真集作『畫筵欲散離歌舉』。」雅詞作「酒杯欲散離歌舉」，鄭刊本作「酒行欲散」。

〔二〕「蓮」，注本作「烟」。

〔三〕「看」，粹編作「香」。

訴衷情（商調）〔一〕

出林杏子落金盤。齒軟怕嘗酸。可惜半殘青紫〔二〕，猶印〔三〕小脣丹。　南陌上，落花閒。雨斑斑。不言不語，一段傷春，都在眉間。

【校】

〔一〕毛本題作「殘杏」。

〔二〕毛本「紫」作「子」。

〔三〕「印」，注本作「有」，元本同。

清真集卷下

宋　錢塘　周邦彦　美成撰

秋景

風流子　愁怨〔一〕

楓林凋晚葉，關河迥、楚客慘將歸。望一川暝靄，雁聲哀怨，半規涼月，人影參差。酒醒後，淚花銷鳳蠟，風幕卷金泥。砧杵韻高，喚回殘夢，綺羅香減，牽起餘悲。亭皋分襟〔二〕地，難拚〔三〕處、偏是掩面牽衣。何況怨懷〔四〕長結，重見無期。想寄恨書中，銀鈎空滿，斷腸聲裏，玉筯還垂〔五〕。多少暗愁〔六〕密意，唯有天知。

【校】

〔一〕注本、百家詞、詞統、古今詩餘醉題作「秋怨」，花庵詞選作「秋詞」。

〔二〕「分襟」，雅詞作「分袂」。

〔三〕「難拚」，毛本作「難堪」。

〔四〕「怨懷」，草堂、粹編作「愁懷」。

〔五〕「還垂」，花庵、雅詞、古今詩餘醉作「偷垂」，案「偷」正對「空」字，「還」字恐沿千里和詞而訛。

〔六〕「暗愁」，雅詞作「舊愁」。

華胥引（黄鍾） 秋思

川原〔一〕澄映，煙月冥濛，去舟如葉〔二〕。岸足沙平，蒲根水冷留雁唼。別有孤角吟秋，對曉風嗚軋。紅日三竿，醉頭扶起還怯。離思相縈，漸看看、鬢絲堪鑷。舞衫〔三〕歌扇，何人輕憐細閱。點檢〔四〕從前恩愛，但鳳牋〔五〕盈篋。愁翦燈花，夜來和淚雙疊。

【校】

〔一〕「原」，粹編作「源」。

〔二〕「如」，毛本、古今詩餘醉作「似」，草堂作「一」。

〔三〕「舞衫」，毛注云：「一作『舞靴』」，非。

〔四〕「點檢」，粹編作「檢點」。

〔五〕四印本無「但」字，亦不空格，元本「鳳」上作□，鄭刻本從之。戈選「鳳」上補「有」字，但未注所據，今從注本、詞萃作「但」字。

宴清都（中吕）〔一〕

地僻無鐘鼓。殘燈滅、夜長人倦難度。寒吹斷梗，風翻暗雪〔二〕，灑窗填户。賓鴻漫説傳書，算過盡、千儔萬侶。始信得、庾信愁多，江淹恨極須賦。淒涼病損文園，徽絃乍拂，音韻先苦。淮山〔三〕夜月，金城暮草，夢魂飛去。秋霜半入清鏡〔四〕，歎帶眼、都移舊處。更久長、不見文君，歸時認否。

【校】

〔一〕草堂、粹編、古今詩餘醉題作「秋思」。

〔二〕草堂、粹編、百家詞、古今詩餘醉、勞鈔本「雪」作「雨」。

〔三〕「淮山」，粹編、古今詩餘醉、勞鈔本作「淮水」。

〔四〕「清」，古今詩餘醉作「青」。

西園竹〔一〕（小石）〔二〕

浮雲護月，未放滿朱扉。鼠摇暗壁，螢度破窗，偷入書幃。秋意濃，閒竚立、庭柯影裏，好風襟袖先知。夜何其。江南路繞重山，心知漫與前期。奈向〔三〕燈前墮淚，腸斷蕭娘，舊日書辭猶在紙〔四〕。雁信絶，清宵夢又稀。

【校】

〔一〕元本、百家詞、毛本、古今詩餘醉作四園竹，元本注云：「官本作西園竹。」鄭文焯云：「所謂官本者，或即淳熙庚子强焕宰溧水時所刻。」案日湖漁唱亦作「西」，兹改作「西」。

〔二〕草堂有「秋怨」題。

〔三〕「奈向」，粹編作「奈何」，誤。勞鈔本作「向」，勞校云：「向字係舊校。」

〔四〕依千里、澤民和詞，「辭」「紙」皆韻；依圖譜「書」字韻、「辭」字連下讀；依陳允平和詞，於「娘」字句，「舊日書辭猶在紙」韻。似當依陳允平和詞爲是。

齊天樂（正宫）　秋思〔一〕

緑蕪彫盡臺城路，殊鄉又逢秋晚。暮雨生寒，鳴蛩〔二〕勸織，深閣時聞裁翦。雲窗静掩。嘆、重拂羅裀，頓疏花簟。尚有練囊〔三〕，露螢清夜照書卷。荆江留滯最久，故人相望處，離思何限。渭水西風，長安亂葉，空憶詩情宛轉。凭高眺遠。正玉液〔四〕新篘，蟹螯初薦。醉倒山翁，但愁斜照斂。

【校】

〔一〕注本題如此。花庵詞選題作「秋詞」，粹編題作「秋」。

〔二〕「鳴蛩」，雅詞作「鳴蛙」，誤。

〔三〕林大椿本作「練囊」，元本、毛本、雅詞、白雪、詞萃俱作「練囊」，鄭校作「練囊」，今案宋本正作「練」。「練囊」盛螢火照夜讀，出續晉陽秋，作「練」者是，玆改。

〔四〕「玉液」，雅詞作「淥液」。

木蘭花令〔一〕（高平）　暮秋餞别〔二〕

郊原雨過金英秀。風拂〔三〕霜威寒入袖。感君一曲斷腸歌，送我〔四〕十分和淚酒。古道塵清榆柳瘦。繫馬郵亭人散後。今宵燈盡酒醒時，可惜朱顔成皓首。

【校】

〔一〕注本無「令」字。

〔二〕粹編無題。

〔三〕元本、毛本、詞萃均作「掃」，從注本作「拂」。

〔四〕元本、百家詞作「勸我」，毛本作「送我」，案毛本是也。此用白居易詩「請君斷腸歌，送我和淚酒」之句。玆改作「送」。

霜葉飛（大石）〔一〕

露迷衰草〔二〕。疏星掛，涼蟾低下林表。素娥青女鬬嬋娟，正倍添悽悄。漸颯颯丹楓撼曉。横天雲浪魚鱗小。似故人〔三〕相看，又透入、清輝半餉，特地留照。迢遞望極關山，波穿千里，度日如歲難到。鳳樓今夜聽秋風，奈五更愁抱。想玉匣哀絃閉了。無心重理相思調。見皓月〔四〕、牽離恨，屏掩孤顰，淚流多少。

【校】

〔一〕草堂題作「秋思」，粹編作「秋夜」。

〔二〕「草」字當起韻，夢窗重九、玉田春感及「故國空沼」首皆如此，方、楊未入韻耳。林大椿連「疏星掛」一句讀，非是。即以語意論，亦不當相連。

〔三〕「似故人」，百家詞、毛本作「見皓月」，今從注本。

〔四〕「見皓月」，百家詞、毛本作「念故人」。

蕙蘭芳引（仙吕）〔一〕

寒瑩晚空，點青鏡、斷霞孤鶩。對客館深扃，霜草未衰更緑。倦遊厭旅，但夢遶、阿嬌金屋。想故人別後，盡日空疑風竹。塞北氍毹，江南圖障，是處温燠。更、花管雲牋，猶寫寄情舊曲。音塵迢遞，但勞遠目。今夜長、争奈枕單人獨〔二〕。

【校】

〔一〕草堂作「愁懷」，毛本、詞萃本作「秋懷」，注本無題。

〔二〕楊澤民和詞作「教人行樂亦非吾樂」，句法押韻俱不同，未解何故。

塞垣春（大石）〔一〕

暮色分平野。傍葦岸、征帆卸。煙深〔二〕極浦，樹藏孤館，秋景如畫。漸、別離氣味難禁也。更物象、供瀟灑。念多才、渾衰減，一懷幽恨難寫〔三〕。　追念綺窗人，天然自風韻嫻雅〔四〕。竟夕起相思，謾嗟怨遥夜。又還將、兩袖珠淚，沉吟向、寂寥〔五〕寒燈下。玉骨爲多感，瘦來無一把。

【校】

〔一〕草堂、粹編有「秋怨」題。

〔二〕「煙深」，注本、元本、粹編作「煙村」。

〔三〕「難寫」，戈選作「誰寫」。

〔四〕「嫻雅」，詞萃本作「閒雅」。

〔五〕「寂寥」，粹編作「寂寞」。

丁香結（商調）

蒼蘚沿堦，冷螢黏屋，庭樹望秋先隕。漸雨淒風迅。澹暮色、倍覺園林清潤。漢姬紈扇在，重吟玩、棄擲未忍。登山臨水，此恨自古，銷磨不盡。牽引◎記試酒〔一〕歸時，映月〔二〕同看雁陣。寶幄香纓，熏爐象尺，夜寒燈暈。誰念留滯故國〔三〕，舊事勞方寸。唯丹青相伴，那更塵昏蠹損。

【校】

〔一〕「試酒」，毛本作「醉酒」。

〔二〕「映月」，毛本作「對月」。

〔三〕「故國」，粹編作「故園」，誤。

氏州第一〔一〕（商調）〔二〕

波落寒汀，村渡向晚，遥看數點帆小。亂葉翻鴉，驚風破雁，天角孤雲縹緲。官柳〔三〕蕭疏，甚尚挂〔四〕、微微殘照。景物關情，川途換目〔五〕，頓來催老〔六〕。　漸解狂朋歡意少。奈猶被、思牽情繞。座上琴心，機中錦字，覺最縈懷抱。也知人、懸望久，薔薇謝、歸來一笑。欲夢高唐，未成眠、霜空又曉〔七〕。

【校】

〔一〕毛本注云：「清真集作熙州摘遍，字句稍異。」惜毛本未將異字標出。

〔二〕草堂、粹編、古今詩餘醉有「秋思」題。

〔三〕元本、毛本「官」作「宮」。

〔四〕「尚挂」，草堂、粹編、古今詩餘醉作「上挂」。

〔五〕「換目」，草堂作「換日」，勞鈔本作「極目」。

〔六〕「頓來催老」，勞鈔本作「頓催人老」。

〔七〕「又曉」，元本、毛本、草堂、詞萃作「已曉」，今從注本。

解蹀躞（商調）〔一〕

候館丹楓吹盡，面旋〔二〕隨風舞。夜寒、霜月飛來伴孤旅。還是獨擁秋衾，夢餘酒困都醒，滿懷離苦。　甚情緒。深念凌波微步。幽房暗相遇。淚珠都作，秋宵枕前雨。此恨音驛難通，待憑征雁歸時，帶將〔三〕愁去。

【校】

〔一〕毛本、草堂題作「秋思」，花庵詞選作「秋詞」。

〔二〕「面旋」，詞萃作「回旋」。案六一詞，蝶戀花首句「面旋落花風蕩漾」，是「面旋」二字宋人習用，非誤字也。

〔三〕「帶將」，花庵作「寄將」。

少年游（商調）〔一〕

并刀如水，吴鹽勝雪，纖手〔二〕破新橙〔三〕。錦幄初温，獸香〔四〕不斷，相對坐調笙〔五〕。

低聲問向誰行宿〔六〕，城上〔七〕已三更。馬滑霜濃，不如休去，直是〔八〕少人行。

【校】

〔一〕毛本題作「感舊」，草堂、詞統、古今詩餘醉作「冬景」，證以貴耳集、揮麈餘話所記，知所標題皆不合也。

〔二〕「纖手」，毛本、雅詞、詞統、詞萃作「纖指」，注本作「纖手」，案貴耳集引正作「手」，故從注本。

〔三〕「破」，雅詞作「割」，非。「橙」，寶顔堂秘笈本貴耳集作「根」。

〔四〕「獸香」，原作「獸煙」，毛本、雅詞、詞統作「獸香」，今從之。毛注又云：「『獸香不斷』，一作『手香不斷』，非。」

〔五〕毛本注云：「清真集又作『相對坐調箏』。」案千里、澤民、允平和詞俱無和「箏」字韻者，此清真集恐爲最早之本。「調笙」，毛本作「吹笙」，注云：「或用王建宫詞『沉香火底坐吹笙』句。」元龍注正引此句，或則作「吹笙」者亦舊本也。

〔六〕「誰行」，雅詞作「誰邊」。

〔七〕貴耳集「城」上有「嚴」字，衍。

〔八〕「直是」，雅詞、草堂、詞的、古今詩餘醉作「直自」。

慶宮春〔一〕（越調）〔二〕

雲接〔三〕平崗，山圍寒野，路回漸轉〔四〕孤城。衰柳啼鴉，驚風驅雁〔五〕，動人一片秋聲。倦途休駕，澹煙裏、微茫〔六〕見星。塵埃顦顇，生怕黄昏，離思牽縈。　華堂舊日逢迎。花豔參差，香霧飄零。絃管〔七〕當頭，偏憐嬌鳳〔八〕，夜深簧暖〔九〕笙清。眼波傳意，恨密約、匆匆〔一〇〕未成。許多煩惱，只爲〔一一〕當時〔一二〕，一餉留情〔一三〕。

【校】

〔一〕毛本注云：「或刻柳耆卿。」案至正本草堂詩餘同。又毛本及張廷璋藏明鈔本夢窗詞亦載此闋，愚意此詞決非柳永作，詞格絶似夢窗，惜無確證耳。

〔二〕注本無題，毛本作「悲秋」，草堂、粹編、古今詩餘醉作「秋怨」，毛刻夢窗詞作「旅思」。

〔三〕「雲接」，雅詞作「天接」。

〔四〕「路回漸轉」，雅詞作「路長乍轉」。

〔五〕雅詞「驅」作「過」。

〔六〕「微茫」，毛本、粹編作「微芒」。

〔七〕「絃管」，粹編作「管絃」，詞萃「絃」作「弦」。

〔八〕毛本注云：「『偏憐嬌鳳』，作『唯他絶藝』。」案雅詞正如此。

〔九〕毛本「簧」作「篁」。

〔一〇〕毛刻夢窗詞「匆匆」作「幽夢」。

〔一一〕「只爲」，雅詞作「都爲」。

〔一二〕元本「當」作「常」。

〔一三〕「留情」，雅詞作「心情」。

阮郎歸〔一〕（大石）

冬衣初染遠山青。雙絲雲雁綾。夜寒袖溼欲成冰。都緣珠淚零。　情黯黯，悶騰騰。身如秋後蠅。若教隨馬逐郎行。不辭多少程。

【校】

〔一〕注本、毛本、百家詞、勞鈔本俱作醉桃源，毛本注云：「清真集作阮郎歸。」元本同。

第二

菖蒲葉老水平沙。臨流蘇小家。畫闌曲徑宛秋蛇。金英垂露華。燒蜜炬，引蓮娃。酒香醺臉霞〔一〕。再來重約日西斜。倚門聽暮鴉。

【校】

〔一〕百家詞「醺」作「薰」。

點絳脣（仙吕）〔一〕

孤館迢迢，暮天草露霑衣潤。夜來秋近〔二〕。月暈通風信。今日原頭〔三〕，黄葉飛成陣。知人悶。故來相趁。共結臨岐恨〔四〕。

【校】

〔一〕元本無宫調。

〔二〕「秋近」，雅詞作「秋盡」。

〔三〕「原頭」，毛本作「源頭」。

〔四〕「臨岐」，雅詞作「分岐」。

夜游宫〔一〕（般涉）〔二〕

葉下斜陽照水。捲輕浪、沉沉千里。橋上酸風射眸子。立多時，看黄昏，燈火市。古屋寒窗底。聽幾片、井桐飛墜〔三〕。不戀單衾再三起。有誰知，爲蕭娘，書一紙。

【校】

〔一〕毛本「葉下斜陽」闋，在「客去車塵」闋之後。

〔二〕詞統題作「秋晚」，毛本題作「秋暮晚景」。

〔三〕「桐」，詞統作「梧」。

第　二

客去車塵未斂。古簾〔一〕暗雨苔千點。月皎風清在處見。奈今宵，照初弦〔二〕、吹一箭。池曲河聲轉。念歸計、眼迷魂亂。明日前村更荒遠。且開尊，任紅鱗，生酒面。

【校】

〔一〕各本皆作「古簾」，獨詞萃作「空階」。

〔二〕毛本「弦」作「絃」。

訴衷情（商調）

堤前亭午未融霜。風緊雁無行。重尋舊日歧路，茸帽北遊裝。　期信杳，別離長。遠情傷。風翻酒幔，寒凝茶煙，又是何鄉。

傷情怨〔一〕（林鍾）

枝頭風信〔二〕漸小。看暮鴉飛了。又是黃昏，閉門收返照。　江南人去路杳〔三〕。信未通、愁已先到。怕見孤燈，霜寒催睡早。

【校】

〔一〕鄭文焯校云：「此調即清商怨，陳允平和詞亦不作傷情怨，疑以音近而訛，集中又有關河令一調，亦與清商怨同體而異名。」

〔二〕「風信」，元本、百家詞作「風勢」。

〔三〕百家詞「杳」作「渺」。

冬景

紅林檎近（雙調）〔一〕

高柳春纔軟，凍梅寒更香。暮雪助清峭，玉塵散林塘。那堪飄風遞冷，故遺度幙穿窗。似欲料理新妝。呵手弄絲簧。　冷落詞賦客，蕭索水雲鄉。援毫授簡，風流猶憶東梁。望虛簷徐轉，迴廊未埽，夜長莫惜空酒觴。

【校】

〔一〕毛本題「詠雪」，草堂、粹編、勞鈔本作「冬雪」。

第　二〔一〕

風雪驚初霽，水鄉增暮寒。樹杪墮飛羽〔二〕，簷牙挂琅玕。才喜門堆巷積〔三〕，可惜迤邐銷殘。漸看低竹翩翻〔四〕，清池漲微瀾。　步屧〔五〕晴正好，宴席晚方歡。梅花耐冷，亭亭來入冰盤。對、山前〔六〕横素，愁雲變色，放杯同覓高處看。

【校】

〔一〕粹編以爲万俟雅言作，非。毛本題作「雪晴」，草堂、粹編、勞鈔本俱作「冬初」。

〔二〕「飛羽」，毛本、詞萃、勞鈔本「飛」作「毛」。

〔三〕「門堆巷積」，草堂、粹編作「堆門積巷」。

〔四〕「翩翻」，詞萃作「翩翩」。

〔五〕百家詞「屐」作「履」。

〔六〕元本、毛本作「前山」，勞鈔本作「山前」，「山前」是，兹乙轉。

滿路花（仙吕）〔一〕

金花落燼燈，銀礫〔二〕鳴窗雪。夜深〔三〕微漏斷，行人絶。風扉不定，竹圃琅玕折。玉人新間闊。著甚情悰〔四〕，更當恁地時節。無言敧枕，帳底流清血。愁如春後絮，來相接。知他那裏，争信人心切。除共天公説。不成也還，似伊無箇分别。

【校】

〔一〕毛本題「詠雪」。

〔二〕「銀礫」，注本、勞鈔本作「銀鑠」。

〔三〕「夜深」，毛本、草堂、粹編、古今詩餘醉作「庭深」。

〔四〕毛本作「著這情懷」。古今詩餘醉「情悰」互倒。

單　題

解語花（高平）　元宵〔一〕

風銷燄蠟〔二〕，露浥烘爐〔三〕，花市〔四〕光相射。桂華流瓦。纖雲散，耿耿素娥欲下。衣裳淡雅。看楚女、纖腰〔五〕一把。簫鼓喧，人影參差，滿路飄香麝〔六〕。　因念都城〔七〕放夜。望千門如畫〔八〕，嬉笑游冶。鈿車羅帕。相逢處，自有暗塵隨馬。年光是也。唯只見〔九〕、舊情衰謝。清漏移，飛蓋歸來，從舞休歌罷。

【校】

〔一〕注本題如是，毛本作「上元」。

〔二〕「燄蠟」，毛本作「絳蠟」。

〔三〕「烘爐」，毛本、詞萃作「紅蓮」。

〔四〕「花市」，毛本、詞萃作「燈市」。

〔五〕「纖腰」，白雪作「宮腰」。

〔六〕「香麝」，白雪作「蘭麝」。

〔七〕「都城」，古今詩餘醉、詩餘、圖譜作「帝城」。

〔八〕粹編作「千門如晝」，千里、澤民俱和「晝」字，改「晝」作「晝」，蓋始於元龍之注。

〔九〕「只見」，白雪作「只有」。

六幺令（仙呂）　重九〔一〕

快風收雨，亭館清殘燠。池光静横秋影，岸柳如新沐〔二〕。聞道宜城酒美，昨日新醅熟。輕鑣相逐。衝泥策馬，來折東籬半開菊。　華堂花豔對列，一一驚郎目。歌韻巧共泉聲，間雜琮琤玉〔三〕。惆悵周郎已老，莫唱當時曲。幽歡難卜。明年誰健，更把茱萸再三囑。

【校】

〔一〕毛本題作「重陽」，注本作「重九」。

〔二〕毛本「如」作「知」。

〔三〕「間雜琮琤玉」，毛本注云：「清真集作『間雜淙哀玉』。」

倒犯〔一〕（仙呂）　新月〔二〕

霽景對霜蟾乍昇，素煙如埽。千林夜縞。徘徊處、漸移深窈。何人正弄孤影蹁躚，西窗悄。冒露[三]冷貂裘，玉斝邀雲表。共寒光，飲清醥[四]。淮左舊遊，記送行人，歸來山路窵。駐馬望素魄，印遥碧，金樞小。愛、秀色初娟好。念漂浮緜緜思遠道。料異日宵征，必定還相照。奈何人自老[五]。

【校】

〔一〕毛本注云：「清真集作吉了犯。」

〔二〕注本題如此，毛本作「咏月」，今從注本。

〔三〕注本作「霜」，從毛本改「露」。

〔四〕毛注云：「或作『飲清醪』，非韻，考蜀都賦：『置酒高堂，觴以清醥。』」案元龍注本正引此文。

〔五〕「自老」，注本、勞鈔本作「自衰老」，今從毛本，「衰」字衍文。

大酺（越調）　春雨[一]

對宿[二]煙收，春禽静，飛雨時鳴高屋。牆頭青玉旆，洗、鉛霜都盡，嫩梢相觸。潤逼琴絲，寒侵枕障，蟲網吹黏簾竹。郵亭無人處，聽簷聲不斷[三]，困眠初熟。奈愁極頓驚[四]，夢輕難記，自憐幽獨。

行人歸意速。最先念、流潦妨車轂。怎奈向、蘭成[五]顦顇，衛玠[六]清羸，等閒時、易傷心目。未怪平陽客，雙淚落、笛中哀曲。況蕭索、青蕪國。紅糝鋪地，門外荊桃如菽。夜遊共誰秉燭。

【校】

〔一〕注本題如此，粹編無題。

〔二〕古今詩餘醉「宿」作「雨」。

〔三〕勞鈔本「聽」下有「暮」字。

〔四〕「頓驚」，毛本、白雪俱作「頻驚」，「頻」字亦佳。

〔五〕「蘭成」，毛本注云：「一作『蘭臺』，非。」

〔六〕「衛玠」，毛本、白雪作「樂廣」，樂府指迷云：「清真詞多要兩人名對使……大酺云『蘭成憔悴，衛玠清羸』。」是宋人所見本作「衛玠」不作「樂廣」也。

玉燭新〔一〕（雙調）　早梅〔二〕

溪源新臘後。見數朵〔三〕江梅，翦裁〔四〕初就。暈酥砌玉〔五〕，芳英嫩、故把春心輕漏。前村昨夜，想弄月黃昏時候。孤岸峭、疏影橫斜，濃香暗霑襟袖。　樽前賦與多才〔六〕，問〔七〕、嶺外風光，故人知否。壽陽謾鬬。終不似，照水一枝清瘦。風嬌雨秀。好亂插〔八〕繁花〔九〕盈首。須信道、羌笛〔一〇〕無情，看看又奏。

【校】

〔一〕梅苑以爲李易安作，四印本漱玉詞收之。

〔二〕注本、草堂、百家詞作「梅花」，勞鈔本同。
〔三〕「數朵」，梅苑作「幾朵」。
〔四〕「翦裁」，梅苑作「裁翦」。
〔五〕「砌玉」，粹編、古今詩餘醉作「破玉」。
〔六〕「多才」，注本作「多材」，非。
〔七〕「問」，粹編作「向」。
〔八〕梅苑脱「亂」字。
〔九〕「繁花」，毛本注作「繁華」。
〔一〇〕「笛」，原作「筦」，梅苑、草堂作「笛」，據改。

花犯（小石）　梅花〔一〕

粉牆低，梅花照眼，依然舊風味。露痕輕綴。疑、淨洗鉛華，無限〔二〕佳麗〔三〕。去年勝賞曾孤倚。冰盤共燕喜〔四〕。更可惜〔五〕，雪中高樹〔六〕，香篝薰素被。　今年對花太匆匆〔七〕，相逢似有恨，依依愁顇〔八〕。吟望〔九〕久，青苔上、旋看飛墜。相將見、脆丸〔一〇〕薦酒，人正在、空江煙浪裏。但夢想、一枝瀟灑，黄昏斜照水。

【校】

〔一〕古今詩餘醉題作「梅」，毛本作「詠梅」，雅詞、粹編皆無題。

〔二〕「限」，花庵誤作「恨」。

〔三〕「佳麗」，花庵、雅詞、白雪均作「清麗」，粹編作「佳期」，誤。

〔四〕百家詞、毛本作「同燕喜」，元本、草堂、詞索、粹編、詞統、馮金伯詞苑萃編俱作「共宴喜」，「共」即「供」字。兹改爲「共」。

〔五〕「更可惜」，白雪作「最好是」。

〔六〕「高樹」，雅詞作「高士」。

〔七〕注本、毛本、詞苑萃編作「最匆匆」。花庵詞選、詞統、古今詩餘醉「最」作「太」，兹改。

〔八〕「愁頳」，詞統作「憔悴」。

〔九〕「吟望」，花庵、雅詞、粹編俱作「凝望」。

〔一〇〕「脆丸」，花庵、古今詩餘醉、毛本、詞萃俱作「脆圓」。

醜奴兒（大石）　梅花〔一〕

肌膚綽約真仙子，來伴冰霜。洗盡鉛黄。素面初無一點粧。　尋花不用持銀燭，暗裏聞香。零落池塘。分付餘妍與壽陽。

【校】

〔一〕毛本作「詠梅」，粹編無題。

水龍吟（越調）　梨花〔一〕

素肌應怯餘寒，豔陽占立〔二〕青蕪地。樊川照日〔三〕，靈關〔四〕遮路，殘紅斂避。傳火樓臺，妬花風雨，長門深閉。亞簾櫳〔五〕半溼，一枝在手，偏勾引〔六〕、黄昏淚。別有風前月底。布繁英〔七〕、滿園歌吹。朱鉛退盡，潘妃〔八〕却酒，昭君乍起。雪浪翻空，粉裳縞夜，不成春意〔九〕。恨玉容不見瓊英〔一〇〕，謾好與、何人比。

【校】

〔一〕雅詞無題。

〔二〕「占立」，草堂、粹編、古今詩餘醉、勞鈔本俱作「占盡」。

〔三〕各本皆作「照日」，惟詞萃作「照目」。

〔四〕毛刻、草堂「關」作「光」。

〔五〕草堂「櫳」作「籠」。

〔六〕草堂、粹編「引」下有「得」字，衍。

〔七〕「英」，毛本、汪翻本、雅詞、白雪作「陰」。

〔八〕「潘妃」，雅詞作「潘郎」。

〔九〕「春意」，雅詞作「春思」，樓扶和詞同。

〔一〇〕此句有五四四句法，方、楊、陳和作皆如是。然東坡「細看來不是楊花，點點是離人淚」，又玉田「那知又五柳門荒，曾聽得鵑啼了」，則作七三三句法，此處仍應從「英」字句。

六醜（中吕）　薔薇謝後作〔一〕

正單衣試酒，恨客裏〔二〕、光陰虛擲。願春暫留，春歸如過翼。一去無迹。爲問家何在〔三〕，夜來風雨，葬〔四〕楚宮傾國。釵鈿墮處遺香澤，亂點桃蹊，輕翻柳陌，多情爲誰〔五〕追惜。但蜂媒蝶使，時叩窗隔〔六〕。東園〔七〕岑寂。漸蒙籠暗碧。静遶珍叢底、成歎息。長條故惹行客。似牽衣待話，别情無極。殘英小、强簪巾幘。終不似、一朵釵頭顫裊，向人敧側。漂流處、莫趁潮汐。恐斷紅〔八〕、尚有相思字，何由〔九〕見得。

【校】

〔一〕注本、詞的、詞統作「落花」。從毛本。

〔二〕草堂、粹編、詞的、詞統、古今詩餘醉「恨」作「悵」。

〔三〕草堂、粹編、詞的、詞統、古今詩餘醉、詞萃俱作「家何在」，注本、毛本作「花何在」，勞校云：「花字係舊校。」案「家」字義深，「家」亦花之家也，且正對客裏而言。兹作「家」。

〔四〕雅詞、粹編、勞鈔本「葬」皆作「送」，案作「葬」者是。韓偓哭花詩「夜來風雨葬西施」，「葬」字切落花。

〔五〕「爲誰」，毛本作「最誰」，草堂、粹編、詞統、詞萃、勞鈔本俱作「更誰」。

〔六〕「隔」，草堂、粹編、詞的、詞統、古今詩餘醉、勞鈔本作「槅」。案：「窗隔」即「窗格」，即今之窗槅。古無「槅」字，借「隔」或「格」爲之。夢溪筆談：「玉堂東承旨閣子窗格上有火燃處。」和詞皆作「疏隔」，亦指「窗格」言。

〔七〕白雪及毛本「東園」句皆屬上。

〔八〕毛本注云：「『恐斷鴻尚有相思字』，或作『恐斷紅上有相思字』，非。詩云：『來春縱有相思字，三月天南斷雁飛。』」鄭校云：「此詞通首賦落花，又題云『薔薇謝後作』，則此句承上漂流之意，本作斷紅，其意甚顯，有陽春白雪可證。又宋龐元英談藪，謂御溝流紅葉本朝詞人罕用其事，惟清真樂府六醜詠落花云『恐斷紅上有相思字』，是更爲宋本作『紅』得一佐證已。」茲從鄭校。

〔九〕注本、談藪、毛本俱作「何由」，惟白雪作「無由」。

虞美人（正宫）

金閨平帖春雲暖。晝漏花前短。玉顔酒解豔紅消〔一〕。一向〔二〕捧心啼困不成嬌。別來新翠迷行徑。窗鎖玲瓏影。砑綾〔三〕小字夜來封。斜倚曲闌凝睇數歸鴻。

【校】

〔一〕百家詞「消」作「綃」。

〔二〕注本、元本皆作「一面」，毛本、詞萃、鄭刻作「一向」。

〔三〕毛注云：「『研綾小字夜來封』，一作『研綾』，非。王介甫詩：『小研紅綾間詩句。』」

第　二

廉纖小雨池塘遍。細點看萍面〔一〕。一雙燕子守朱門。比似〔二〕尋常時候易黃昏。

宜城酒泛浮香絮〔三〕。細作更闌語。相將〔四〕羃思亂如雲。又是一窗燈影兩愁人。

【校】

〔一〕毛本「看」作「破」，案此字宜平，作「看」者是。

〔二〕毛本「比」作「此」。

〔三〕毛本「香」作「春」。

〔四〕元本及毛本、勞鈔本「將」均作「看」，兹從注本。

蘭陵王（越調）　柳〔一〕

柳陰直。煙裏〔二〕絲絲弄碧。隋堤上〔三〕、曾見幾番，拂水飄綿送行色。登臨望故國。誰識〔四〕◎京華倦客。長亭路、年去歲來，應折〔五〕柔條過千尺。

閒尋舊蹤跡。又酒趁哀絃，燈照離席。梨花榆火催寒食。愁一箭〔六〕風快，半篙波暖，回頭〔七〕迢遞便數驛。望、人在天北。淒惻◎恨堆積。漸別浦縈迴，津堠岑寂。斜陽冉冉春無極。念〔八〕、月榭攜手，露橋聞笛〔九〕。沉思〔一〇〕前事，似夢裏〔一一〕，淚暗滴。

【校】

〔一〕雅詞、粹編俱無題，詞統作「詠柳」，玆依注本。

〔二〕毛本「裏」作「縷」。

〔三〕「隋隄上」兩句，按照陳允平和詞似應作「隋堤上」句，「曾見飄縣拂水」句，「幾番送行色」句，然不及上下七字句法有鈎勒之妙，碎金詞譜於上字亦作句。

〔四〕「誰識」，注本、元本、草堂、粹編俱作「誰惜」，詞律據千里和詞作叶，亦有不叶者，此處當以叶韻爲是。

〔五〕「應折」，雅詞作「攀折」，案作「應」者是。耆舊續聞引美成此詞，正作「應折」。

〔六〕「一箭」，粹編作「一剪」。

〔七〕「回頭」，粹編作「回首」。

〔八〕花庵「念」作「記」，雅詞作「空」。

〔九〕草堂、粹編、詞統，「聞」作「吹」。

〔一〇〕雅詞「沉」作「追」。

〔一一〕毛本「夢」下衍「魂」字。

蝶戀花（商調）　柳〔一〕

愛日〔二〕輕明新雪後。柳眼星星，漸欲穿窗牖。不待長亭傾別酒。一枝已入騷人〔三〕手。淺淺挼藍〔四〕輕蠟透。過盡冰霜，便與春争秀。强對青銅簪白首。老來風味難依舊。

【校】

〔一〕毛本作「詠柳」。
〔二〕此句毛注云：「清真集作『緩日輕明新霽後』。」
〔三〕勞權校振綺堂舊本作「離人」。
〔四〕「挼藍」，毛本作「柔黄」。

第　二

桃萼新香梅落後。暗葉〔一〕藏鴉，苒苒〔二〕垂亭牖。舞困低迷如著酒。亂絲偏近遊人手。雨過朦朧斜日透。客舍青青，特地添明秀。莫話揚鞭回别首。渭城荒遠無交舊。

【校】

〔一〕「暗葉」，毛本作「葉暗」。

〔二〕「苒苒」，毛本作「冉冉」。

第　三

蠢蠢黄金初脱後。暖日飛綿，取次黏窗牖。不見長條低拂酒。贈行應已輸纖手〔一〕。鶯擲金梭飛不透。小榭危樓，處處添奇秀。何日隋堤縈馬首。路長人遠〔二〕空思舊。

【校】

〔一〕元本、百家詞作「先手」，勞校作「纖手」，是，改從之。

〔二〕元本、毛本均作「人倦」。兹從注本作「人遠」。

第　四

小閤陰陰人寂後。翠幕褰風，燭影摇疏牖。夜半霜寒初索酒。金刀正在柔荑手。綵薄粉輕〔一〕光欲透。小葉尖新，未放雙眉秀。記得長條垂鷁首。别離情味還依舊。

【校】

〔一〕「綵薄粉輕」，毛本作「粉薄絲輕」。

西河（大石）　金陵懷古〔一〕

佳麗地。南朝盛事誰記。山圍故國遶清江，髻鬟對起。怒濤寂寞打孤城〔二〕，風檣遥度天際。

斷崖樹，猶倒倚。莫愁艇子曾繫。空遺〔三〕舊迹鬱蒼蒼，霧沉半壘。夜深月過女牆來，賞心〔四〕東望〔五〕淮水。

酒旗戲鼓甚處市〔六〕。想依稀、王謝鄰里。燕子不知何世。入〔七〕尋常巷陌人家相對。如説興亡斜陽裏〔八〕。

【校】

〔一〕花庵、草堂、粹編、詞統、古今詩餘醉、毛本題皆如此，注本、百家詞無「懷古」二字。

〔二〕「孤城」，花庵作「空城」。

〔三〕「空遺」，元本、毛本作「空餘」。

〔四〕「賞心」，花庵、詞選、詞統、古今詩餘醉作「傷心」，似别有所據。

〔五〕草堂、粹編均作「東畔」，宋刻注本作「東望」，然「望」字剜改，疑原刻亦作「東畔」。

〔六〕「甚處市」，毛本作「甚處是」。

〔七〕「入」，元本、毛本、花庵、古今詩餘醉均作「向」，注本、勞鈔本作「入」。

〔八〕毛本注云：「花庵詞選作三疊，『風檣遥度天際』作一截，『賞心東望淮水』又作一截。」案花庵所見者爲最早之本，方、陳和詞皆作三疊，毛本及勞鈔本分爲二疊，非是也。

歸去難（仙吕） 期約[一]

佳約人未知，背地伊先變[二]。惡會稱停事[三]、看深淺。如今信我，委的論長遠。好彩[四]無可怨。洎合[五]教伊，因些[六]事後分散。密意都休，待説先腸斷。此恨除非是、天相念，堅心更守，未死終相見[七]。多少閒磨難[八]。到得其時，知他做甚頭眼。

【校】

〔一〕粹編無題。

〔二〕注本、勞鈔本無「先」字，從元本、毛本。

〔三〕「停事」，粹編、勞鈔本作「亭事」。

〔四〕「好彩」，粹編作「好來」。

〔五〕毛本「洎」作「自」。

〔六〕毛本「因」作「推」。

〔七〕「相見」，毛本作「須見」。

〔八〕「閒磨難」，粹編作「鬬磨難」。此類詞未必美成所撰，抑或當筵付歌者之作，故不著雋語，信手拈來，只合音拍易於演唱耳。

三部樂（商調） 梅雪[一]

浮玉霏瓊[二]，向邃館静軒，倍增清絶。夜窗垂練，何用交光明月。近聞道[三]官閣多梅，趁暗香未遠，凍蕊初發。倩誰摘取[四]，寄贈[五]情人桃葉。回文近傳錦字，道爲君瘦損，是人都説。祅知[六]染紅著手，膠梳黏髮。轉思量、鎮長墮睫。都只爲、情深意切。欲報消息[七]，無一句、堪愈[八]愁結。

【校】

〔一〕粹編無題。

〔二〕「霏瓊」，元本及毛本俱作「飛瓊」。

〔三〕毛本脱「近」字。

〔四〕「摘取」，毛本作「折取」。

〔五〕「寄贈」，毛本作「持贈」。

〔六〕注本、元本、百家詞、毛本均作「祅知」，惟歷代詩餘、詞譜、詞萃俱作「祗知」。楊易霖云：「按大典二二二六五引林淳定齋詩餘鷓鴣天云『天近祅知雨露濃』，楊澤民宴清都云『祅知宋玉難賦』，疑祅字乃宋人俗語。」兹仍從注本。

〔七〕「消息」，毛本作「信息」。

〔八〕「堪愈」，毛本作「堪喻」。

菩薩蠻（正平）　梅雪〔一〕

銀河宛轉三千曲。浴鳧飛鷺澄波緑〔二〕。何處是歸舟〔三〕。夕陽江上樓。　天憎梅浪發。故下封枝雪。深院捲簾看。應憐江上寒。

【校】

〔一〕注本題如是，毛本無題。

〔二〕毛本作「渌」，注本、元本、百家詞皆作「緑」，案盧炳哄堂詞，此調和美成韻作「眉峯緑」，毛本誤也。

〔三〕「是歸舟」，毛本作「望歸舟」。

品令（商調）　梅花〔一〕

夜闌人静。月痕寄、梅梢疏影。簾外曲角欄干近。舊攜手〔二〕處，花發霧、寒成陣〔三〕。　應是不禁愁與恨。縱相逢難問。黛眉曾把春衫〔四〕印。後期無定，腸斷〔五〕香銷盡。

【校】

〔一〕雅詞無題。

〔二〕「舊攜手」，毛本作「蒨攜手」。

〔三〕毛注云：「『花霧寒成陣』，或刻『花發霧、寒成陣』，按譜第五句宜五字，且沈詩『落花紛似霧』，增一『發』字便少味。」案注本、百家詞正作「花發霧」，朱孝臧校陳注本删「發」字，改從毛本、雅詞作五字句。案「發」字不當删，品令一調，詞譜收至十二體，其實猶不止此，此體上片末句疑六字句，與秦觀「語低低、笑咭咭」同，於「霧」字一逗也，和詞俱作五字句，方、楊所見之本，與元龍之注非一本，不得以此疑元龍之本爲誤，似當從宋本爲是。「花發霧、寒成陣」語極雋雅，花霧寒成陣，反平實矣。

〔四〕「春衫」，詞譜作「春山」。

〔五〕「腸斷」，注本作「斷腸」，朱孝臧從毛本、雅詞乙，案是也。

玉樓春〔一〕（仙吕）　惆悵〔二〕

玉琴虛下傷心淚。只有文君知曲意。簾烘樓迥〔三〕月宜人，酒暖香融春有味。　萋萋芳草迷千里。惆悵王孫行未已。天涯回首一銷魂，二十四橋歌舞地。

【校】

〔一〕毛注云：「或另見別卷，或刻秦少游。」案各本淮海詞皆無此闋，毛氏所見之本惜不獲見。

〔二〕注本題如是，毛本無題。

〔三〕毛本「迴」作「廹」。

黄鸝繞碧樹（雙調） 春情〔一〕

雙闕〔二〕籠佳〔三〕氣，寒威日晚，歲華將暮。小院閒庭，對寒梅照雪，淡煙凝素。忍當迅景，動無限、傷春情緒。猶賴是、上苑風光，漸好芳容將煦。草莢蘭芽漸吐。且尋芳、更休思慮。這浮世、甚驅馳利禄，奔競塵土。縱有魏珠照乘，未買得、流年住。争如盛引流霞，醉偎瓊樹。〔四〕

【校】

〔一〕注本有此題，粹編無。

〔二〕毛本「雙」作「䨥」。

〔三〕注本作「嘉」，毛本作「佳」。

〔四〕毛本注云：「『争如剩引榴花，醉偎瓊樹』，清真集作『争如盛飲流霞，醉偎瓊樹』。」勞鈔本「争如」作「怎如」。

滿路花（仙吕）〔一〕

簾烘淚雨乾，酒壓愁城破。冰壺防飲渴，培殘火。朱消粉退〔二〕，絶勝新梳裹。不是寒宵短〔三〕，日上三竿，殢人猶要同卧。　如今多病，寂寞章臺左。黄昏風弄雪，門深鎖。蘭房密爱，萬種思量過。也須知有我。著甚情悰〔四〕，但你忘了人呵。

【校】

〔一〕注本、百家詞、勞鈔本題作「思情」，毛本作「冬景」，元本無題。

〔二〕元本、毛本作「褪」。

〔三〕案「短」字宜叶，此字疑「矬」字之訛，廣雅：「矬，短也」。「矬」字有讀去聲者。

〔四〕「情悰」，毛本作「情懷」。

雜　賦〔一〕

綺寮怨（中吕）〔二〕

上馬人扶殘醉，曉風吹未醒。映水曲、翠瓦朱簷〔三〕，垂楊裏、乍見津亭。當時曾題敗壁，蛛絲罩〔四〕、淡墨苔暈青。念去來、歲月如流，徘徊久、嘆息〔五〕愁思盈。　去去倦尋路程。江陵舊事，何曾再問楊瓊。舊曲淒清。斂愁黛、與誰聽。樽前故人如在，想念我、最關情。何須渭城。歌聲未盡處、先淚零。

【校】

〔一〕百家詞作「雜題」。

〔二〕注本題作「思情」，毛本、粹編俱無題。

〔三〕勞鈔本奪「蛛絲」二字。

〔四〕毛注云：「或於『徘徊久歎息』下分段。」今毛本正如此分段，陳允平和詞亦如此，究未知他本又如何分段也。此調宋詞僅此二闋，無可據校，是又不僅和詞短韻未盡叶也。

拜星月慢〔一〕（高平）　秋思〔二〕

夜色催更，清塵收露，小曲幽坊月暗。竹檻燈窗，識秋娘庭院。笑相遇，似覺瓊枝玉樹〔三〕，暖日明霞光爛。水眄〔四〕蘭情，總平生稀見。　畫圖中、舊識〔五〕春風面。誰知道、自到瑤臺畔。眷戀雨潤雲温〔六〕，苦驚風吹散。念荒寒、寄宿無人館〔七〕。重門閉、敗壁秋蟲嘆。怎奈向〔八〕、一縷相思，隔溪山不斷。

【校】

〔一〕注本無「慢」字。

〔二〕注本題如此，草堂、詞的、詞統、古今詩餘醉作「秋怨」，毛本、粹編均無題。

〔三〕毛本「樹」下有「相倚」二字，鄭、朱校皆從毛本。案陳允平和詞作六字句，似不必增。百家詞、詞的、詞統均無。

〔四〕毛注云：「或作『木眄蘭情』，非。韓〔琮〕詩云：『吴魚嶺雁無消息，水眄蘭情別日多。』」案宋刻注本作韓琮集，「別日多」作「別來久」，於此足見毛晉所據帶注本之片玉集別是一本，非元龍此注。

〔五〕「舊識」，草堂作「誤識」。

〔六〕「温」，粹編作「濕」。

〔七〕「館」，詞統作「管」，注一作「館」。

〔八〕「怎奈向」，詞的作「争奈何」，詞統作「怎奈何」。

尉遲杯（大石）　離恨〔一〕

隋堤路。漸日晚、密靄生深樹。陰陰淡月籠沙，還宿河橋深處。無情畫舸，都不管、煙波隔南浦〔二〕。等行人、醉擁重衾，載將離恨歸去。　因念〔三〕舊客京華，長偎傍疏林，小檻歡聚。冶葉倡條俱相識，仍慣見、珠歌翠舞。如今向、漁村水驛〔四〕，夜如歲、焚香獨自語。有何人、念我無聊，夢魂凝想〔五〕鴛侶。

【校】

〔一〕注本題如此，毛本、草堂、詞的、詞統、古今詩餘醉作「離別」，粹編作「離情」。

〔二〕「南浦」，毛本作「前浦」。

〔三〕「因念」，毛本作「因思」。

〔四〕「漁」，詞的、古今詩餘醉作「魚」。

〔五〕「凝想」，注本、百家詞、詞的作「疑想」。

繞佛閣〔一〕（大石）　旅情〔二〕

暗塵四斂，樓觀迥出，高映孤館。清漏將短。厭聞夜久籤聲動書幔。桂華又滿。閒步露草，偏愛幽遠。花氣清婉。望中、迤邐城陰度河岸。　倦客最蕭索，醉倚斜橋〔三〕穿柳線。還似、汴堤虹梁橫水面。看、浪颭〔四〕春燈，舟下如箭。此行重見。嘆、故友難逢，羈思空亂。兩眉愁、向誰舒展〔五〕。

【校】

〔一〕毛刻夢窗詞載此闋。

〔二〕注本題如此，毛本、草堂作「旅況」，粹編無題。

〔三〕勞鈔本「醉倚斜橋」作「索醉倚橋」。夢窗詞「斜橋」作「斜陽」。

〔四〕「浪颭」，夢窗詞作「浪飐」。

〔五〕「舒展」，毛本作「行展」。

一寸金（小石）　新定作〔一〕

州夾蒼崖〔二〕，下枕江山是城郭。望海霞接日，紅翻水面，晴風吹草，青搖山脚。波暖鳧鷖作〔三〕。沙痕退、夜潮正落。疏林外、一點炊煙，渡口參差正寥廓。　自歎勞生，經年何事，京華信漂泊。念渚蒲〔四〕汀柳，空歸閒夢，風輪雨楫，終辜前約〔五〕。情景牽心眼，流連處、利名易薄。迴頭謝、冶葉倡條，便入漁釣樂〔六〕。

【校】

〔一〕原作「江路」，注本同，百家詞、勞鈔本作「江落」，毛本作「新定詞」，花庵作「新定作」，詞統無題，可知美成詞大半無題，題多爲後人所增入。兹據花庵改。

〔二〕勞鈔本「州」作「洲」。

〔三〕「作」，詞譜作「泳」。柳屯田此解音譜并同，始知此上下闋五字句在四句對仗下者，并無夾協之例。此詞上闋「作」字叶韻，下闋「眼」字不叶，則「作」字乃撞韻耳。

〔四〕百家詞「蒲」作「蘆」。

〔五〕百家詞「辜」作「孤」。

〔六〕百家詞「釣」作「村」。

蝶戀花〔一〕（商調）　早行〔二〕

月皎驚烏栖不定。更漏將殘〔三〕，轣轆〔四〕牽金井。喚起兩眸清〔五〕炯炯。淚花落枕紅綿冷〔六〕。　執手霜風吹鬢影。去意徊徨〔七〕，別語愁難聽。樓上闌干横斗柄。露寒人遠雞相應。

【校】

〔一〕毛本注云：「或作鳳棲梧，另入别卷。」

〔二〕原題「秋思」，注本、百家詞同，花庵、毛本作「早行」，草堂、粹編、詞的、詞統、古今詩餘醉作「曉行」，今從花庵。

〔三〕「殘」，毛本、花庵、古今詩餘醉作「闌」。

〔四〕「轣轆」，注本作「轆轤」。

〔五〕「清」，毛本作「青」。

〔六〕詞統注云：「『紅綿』，一作『胭脂』。」詞萃作「淚花滴破珊瑚枕」。

〔七〕「徊徨」，注本、毛本作「徘徊」。

如夢令（中呂）　思情〔一〕

塵滿一絣〔二〕文繡。淚溼領巾紅皺。初暖綺羅輕，腰勝武昌官柳。長晝。長晝。困卧〔三〕

午窗中酒。

【校】

〔一〕毛本無題，調作宴桃源。

〔二〕毛本作「塵暗一枰」，注云：「清真集作『塵滿一絣』。」

〔三〕「困卧」，毛本作「閒卧」。

第　二〔一〕

門外迢迢行路。誰送郎邊尺素。巷陌雨餘風，當面溼花飛去。無緒。無緒。閒處偷垂玉筯。

【校】

〔一〕注本題作「閨情」，粹編、毛本皆無題。

月中行　怨恨〔一〕

蜀絲趁日染乾紅。微暖面脂〔二〕融。博山細篆〔三〕靄房櫳。静看打窗蟲。愁多膽怯疑虚幕，聲不斷、暮景疏鐘。團團〔四〕四壁小屏風。啼盡夢魂中〔五〕。

【校】

〔一〕毛本、白雪、粹編、詞統俱無題。

〔二〕「面脂」，毛本、詞統作「口脂」。

〔三〕雅詞「篆」作「炷」。

〔四〕毛注云：「『團圞四壁小屏風』，一作『團團一面小屏風』，非。」案毛本、雅詞、白雪均作「團圞」。詞統注云：「『團圞』或作『團團』，非。孫亮作圓琉璃屏風，多布螢其中，月夜舒之，常籠四美姬於四座屏風內，望之若無隔，惟香氣不通於外。」

〔五〕毛本、粹編及涵芬樓鈔本雅詞俱作「淚盡夢啼中」，白雪作「淚盡夢魂中」，今從注本。又注本云本又作「淚盡夢啼中」，是少章作注時已見別本也。

浣溪沙（黄鍾）

日薄塵飛官路平。眼前〔一〕喜見汴河傾。地遥人倦莫兼程。下馬先尋題壁字，出門〔二〕閒記榜村名。早收燈火夢傾城。

【校】

〔一〕「眼前」，元本、注本作「眼明」。

〔二〕「出門」，白雪作「入門」。

第　二

貪向津亭擁去車。不辭泥雨濺羅襦。淚多脂粉了無餘。　酒釅未須令客醉，路長終是少人扶。早教幽夢到華胥。

第　三

不爲蕭娘舊約寒。何因容易別長安〔一〕。預愁衣上粉痕乾。　幽閣深沉燈燄喜，小爐鄰近酒杯寬。爲君門外脱歸鞍。

【校】

〔一〕勞鈔本「別」作「到」。

點絳脣（仙呂）　傷感〔一〕

遼鶴歸來〔二〕，故鄉〔三〕多少傷心事〔四〕。寸書〔五〕不寄。魚浪空千里。　憑仗桃根，説與淒涼〔六〕意。愁無際〔七〕。舊時衣袂。猶有東風〔八〕淚。

【校】

〔一〕注本題如是，粹編作「寄楚雲」，古今詞統作「寄妓」，雅詞、毛本無題。

〔二〕元本作「歸來」，雅詞作「重來」，粹編、詞統等書改作「西歸」，碧雞漫志亦作「西歸」。

〔三〕「故鄉」，粹編、詞統等書改作「故人」。

〔四〕「事」，原作「地」，據漫志、夷堅支志、粹編、詞統等書改。

〔五〕「寸書」，雅詞作「錦書」，粹編、詞統、夷堅支志、漫志作「短書」。

〔六〕「淒涼」，毛本、粹編作「相思」。

〔七〕「愁無際」，漫志、粹編、詞統作「愁何際」。

〔八〕「風」，原作「門」，注本、勞校本、百家詞同，元本、毛本、雅詞、粹編、詞統俱作「風」，「風」字佳，據改。

少年游（黄鍾）　樓月〔一〕

簷牙縹緲小倡樓〔二〕。涼月掛銀鉤。聒席笙歌，透簾燈火，風景似揚州。　當時面色欺春雪〔三〕，曾伴美人遊。今日重來，更無人問，獨自倚欄愁。

【校】

〔一〕注本題如是，毛本、雅詞、粹編俱無題。

〔二〕「倡樓」，雅詞、粹編作「紅樓」。
〔三〕「欺春雪」，雅詞作「期春雪」。

望江南（大石）　詠妓〔一〕

歌席上，無賴是横波。寶髻玲瓏攲玉燕，繡巾柔膩掩香羅〔二〕。人好自宜多〔三〕。　無箇事，因甚斂雙蛾。淺淡梳妝疑見畫，惺鬆言語勝聞歌。何況會婆娑〔四〕。

【校】

〔一〕注本題如是。
〔二〕注本、元本、毛本、浩然齋雅談均作「掩香羅」，惟彊村本作「染香羅」，由此可見復本與原刻本亦有不同。兹仍作「掩」。
〔三〕此句浩然齋雅談作「何況會婆娑」。
〔四〕此句雅談作「好處是情多」。

意難忘（中吕）　美詠〔一〕

衣染鶯黄。愛〔二〕停歌駐拍〔三〕，勸酒持觴。低鬟蟬影動，私語口脂香。簷露滴〔四〕，竹松涼〔五〕，拚劇飲淋浪。夜漸深，籠燈就月，子細端相〔六〕。　知音見説無雙。解移宫换羽〔七〕，未怕周郎。長顰〔八〕知有恨，貪耍不成妝。些箇事，惱人〔九〕腸。試〔一〇〕説與何妨。又恐伊、尋消問息〔一一〕，瘦減〔一二〕容光。

【校】

〔一〕注本題如是。草堂、古今詩餘醉、粹編作「佳人」，花庵作「美人」，詞的作「歌伎」。

〔二〕彊村叢書本片玉集校云：雅詞「愛」作「解」。

〔三〕「駐拍」，雅詞作「駐客」。

〔四〕「簷露滴」，花庵、古今詩餘醉作「荷露滴」，元本、詞統作「蓮露滴」，雅詞、勞鈔本作「蓮露冷」，案當從注本作「簷露滴」。王無悆臨米南宮寫清真詞二首有此闋，正作「簷」也。

〔五〕草堂作「竹松」，王無悆臨清真詞同，注本作「竹風」。

〔六〕此句雅詞作「漏漸深，移燈背壁，細與端相」。「子細」，花庵、古今詩餘醉作「細與」。

〔七〕雅詞「羽」作「徵」。

〔八〕「長顰」，雅詞作「顰眉」。

〔九〕雅詞「人」作「心」。

〔一〇〕雅詞、詞統「試」作「待」。

〔一一〕「問息」，毛本作「聽息」。

〔一二〕元本、雅詞、毛本「減」作「損」，案作「減」者是。此用會真記語也，王無悆臨本亦作「減」。

迎春樂（雙調）　攜妓〔一〕

人人花豔〔二〕明春柳。憶筵上、偷攜手。趁歌停舞罷〔三〕來相就。醒醒箇、無些酒。比目香囊新刺繡。連隔座、一時薰透。爲甚月中歸，長是他，隨車後。

【校】

〔一〕粹編無題。

〔二〕「花豔」，毛本作「豔色」。

〔三〕毛本「罷」作「歇」。

定風波（商調）　美情〔一〕

莫倚能歌斂黛眉。此歌能有幾人知。他日相逢〔二〕花月底。重理。好聲須記得來時。苦恨城頭傳漏永〔三〕。□□無情豈解〔四〕惜分飛〔五〕。休訴〔六〕金樽推玉臂。從醉。明朝有酒遣誰持。

【校】

〔一〕注本題如是，毛本、雅詞俱無題。

〔二〕「相逢」，雅詞作「風前」。
〔三〕注本作「更漏永」，雅詞、毛本作「傳漏永」，今從之。「永」下有□□，雅詞作「催起」二字，當據補，鄭文焯以「永」字不叶，改「水」字。
〔四〕「豈解」，雅詞作「那解」。
〔五〕「分飛」，雅詞作「相思」。
〔六〕「休訴」，雅詞作「莫訴」。

紅羅襖（大石）　秋悲〔一〕

畫燭尋歡去，羸馬載愁歸。念取酒東壚，尊罍雖近，採花南圃〔二〕，蜂蝶須知。自分袂、天闊鴻稀。空懷〔三〕夢約心期。楚客憶江蘺〔四〕。算宋玉、未必爲秋悲。

【校】

〔一〕注本題如是，百家詞題作「秋思」，毛本、粹編無題。
〔二〕「圃」，注本作「浦」。
〔三〕注本、元本、粹編俱作「空懷」，毛本作「空懷乖」，歷代詩餘、鄭刻同。萬樹以「懷乖」有誤，或只一「懷」字，或只一「乖」字。今從注本。
〔四〕「江蘺」，陳允平和詞作「離離」。

玉樓春〔一〕（大石）

當時攜手城東道。月墮簷牙人睡了。酒邊誰使〔二〕客愁輕〔三〕，帳底不教春夢到。　別來人事如秋草。應有吴霜侵翠葆。夕陽深鎖緑苔〔四〕門，一任盧郎〔五〕愁裏老。

【校】

〔一〕毛本注云：「按譜木蘭花令實是一調，又如滿庭芳與鎖陽臺、蘇幕遮與鬢雲鬆令之類俱同調而異名，前後錯見，姑仍之。」

〔二〕林本作「難使」，元本、毛本均作「誰使」。

〔三〕元本作「愁驚」，兹依毛本。

〔四〕「緑苔」，毛本作「緑楊」。

〔五〕「盧郎」，毛注云：「『盧郎』一作『庾郎』，非。」

第　二

大堤花豔驚郎目。秀色穠華看不足。休將寶瑟寫幽懷，坐上有人能顧曲。　平波落照涵頳玉。畫舸亭亭浮淡渌。臨分何以祝深情，只有别愁〔一〕三萬斛。

【校】

〔一〕「別愁」，注本作「別離」。

第　三

玉奩收起新妝了。鬢畔斜枝紅裊裊。淺顰輕笑百般宜，試著春衫應更好〔一〕。　裁金簇翠〔二〕天機巧。不稱野人簪破帽〔三〕。滿頭聊插〔四〕片時狂，頓減十年塵土貌。

【校】

〔一〕注本、元本、百家詞作「猶更好」。
〔二〕注本作「鏃翠」，朱孝臧從元本，毛本改作「簇翠」。
〔三〕毛本「簪」作「篸」。
〔四〕「聊插」，毛本、詞萃作「聊作」。

第　四〔一〕

桃溪不作從容住。秋藕絶來無續處。當時相候赤欄橋〔二〕，今日獨尋〔三〕黃葉路〔四〕。　煙中列岫青無數。雁背夕〔五〕陽紅欲暮。人如風後入江雲，情似雨餘黏地絮。

【校】

〔一〕草堂、詞的、古今詩餘醉、詞統題作「天台」。

〔二〕「相候赤欄橋」，草堂、詞的、古今詩餘醉作「無奈鳥聲哀」。

〔三〕「獨尋」，草堂、詞的作「重尋」。

〔四〕「黄葉路」，粹編作「黄葉渡」，草堂、詞的、詞統作「芳草路」。

〔五〕詞統「夕」作「斜」。

夜飛鵲（道宫）　別情〔一〕

河橋送人處，涼夜〔二〕何其〔三〕。斜月遠墮餘輝〔四〕。銅盤燭淚已流盡，霏霏涼露霑衣。相將散離會處〔五〕，探風前津鼓，樹杪參旗。花驄〔六〕會意，縱揚鞭、亦自行遲。

迢遞路回清野，人語漸〔七〕無聞，空帶愁歸。何意重經前地〔八〕，遺鈿不見，斜逕都迷。兔葵燕麥〔九〕，向殘陽〔一〇〕、欲與〔一一〕人齊。但徘徊班草〔一二〕，欷歔酹酒，極望天西。

【校】

〔一〕注本題如是，草堂、古今詩餘醉作「離別」。

〔二〕「涼夜」，毛本、詞統、古今詩餘醉作「良夜」。

〔三〕「何其」，草堂作「何期」，誤。

〔四〕「輝」，陳允平和詞作「暉」。

〔五〕草堂、粹編、百家詞、古今詩餘醉「會」下有「處」字，詞律據之定爲百七字，兹補。

〔六〕「花驄」，注本作「華驄」，草堂作「華騮」。

〔七〕「漸」，古今詩餘醉作「盡」。

〔八〕元本、詞統、毛本、歷代詩餘均作「重經前地」，粹編、勞鈔本作「垂紅滿地」，百家詞、詞萃作「重紅滿地」，當從元本。

〔九〕毛注云：「『兔葵燕麥』，或作『莪葵』，非。劉禹錫自遠州承召過玄都觀後復主客郎中重遊玄都：『惟兔葵燕麥摇動春風耳。』」

〔一〇〕「殘陽」，詞律作「斜陽」。

〔一一〕「欲與」，毛本、草堂、勞鈔本均作「影與」，從注本、元本。

〔一二〕毛注云：「『但徘徊班草』，或作『青草』，非。」

早梅芳近〔一〕（正宫） 别恨〔二〕

花竹深，房櫳好。夜闃無人到。隔窗寒雨，向壁孤燈、弄餘照。淚多羅袖〔三〕重，意密〔四〕鶯聲小。正、魂驚夢怯，門外已知曉。去難留，話未了。早促登長道〔五〕。風披宿霧，露洗初陽、射林表。亂愁迷遠覽，苦語縈懷抱。謾回頭，更堪歸路杳。

【校】

〔一〕毛注云：「譜無『近』字。」

〔二〕注本題如是，毛本無題，草堂作「冬景」，詞統、古今詩餘醉作「曉別」。

〔三〕「羅袖」，詩餘圖譜作「羅帕」。

〔四〕「意密」，粹編作「密意」。

〔五〕「長道」，草堂作「途道」。

第二　牽情〔一〕

繚牆深，叢竹繞。宴席臨清沼。微呈〔二〕纖履，故隱烘簾自嬉笑。粉香〔三〕妝暈薄，帶緊腰圍小。看〔四〕鴻驚鳳翥，滿座歎〔五〕輕妙。酒醒時，會散了〔六〕。回首城南道。河陰高轉，露腳斜飛、夜將曉。異鄉淹歲月，醉眼迷登眺。路迢迢，恨滿千里草。

【校】

〔一〕注本題如是，毛本、雅詞均無題。

〔二〕「微呈」，詞萃作「漸呈」，未知其何據。

〔三〕「粉香」，粹編作「粉花」。

〔四〕「看」，雅詞作「歎」。

〔五〕「歎」，雅詞作「看」。

〔六〕勞鈔本此二句作「酒闌時，人醉了。」

鳳來朝（越調） 佳人〔一〕

逗曉看嬌面〔二〕。小窗深弄明未徧〔三〕。愛殘朱〔四〕宿粉雲鬟亂。最好是帳中見。說夢雙蛾微斂。錦衾温、酒香〔五〕未斷。待起又如何拚〔六〕。任日炙畫闌〔七〕暖。

【校】

〔一〕注本題如是，粹編無題。

〔二〕「看嬌面」，粹編作「香嬌面」。

〔三〕「未徧」，毛本、詞統作「未辨」。

〔四〕「殘朱」，毛本、詞統作「殘妝」。

〔五〕「酒香」，毛本、詞統作「獸香」。

〔六〕毛本注云：「『待起難捨拚』，清真集作『待起又如何拚』。」鄭校云：「案譜是句并作六字，陳和句法正同，今從之。」

〔七〕「闌」，元本作「欄」，毛本、詞統作「樓」。

芳草渡（雙調）　别恨〔一〕

昨夜裏，又再宿桃源，醉邀仙侣。聽碧窗風快，珠簾半卷疏雨〔二〕。多少離恨苦。方留連啼訴。鳳帳曉，又是匆匆，獨自歸去。愁顧〔三〕滿懷淚粉，瘦馬衝泥尋去路。謾回首、煙迷望眼，依稀見朱户。似癡似醉，暗惱損、凭闌情緒。澹暮色，看盡栖鴉亂舞。

【校】

〔一〕注本題如是，毛本、粹編無題。

〔二〕毛本作「疏簾半卷愁雨」。

〔三〕「愁顧」，注本作「愁覩」，毛本作「愁顧」，陳允平和詞正作「顧」。兹從之。

感皇恩（大石）　標韻〔一〕

露柳好風標，嬌鶯能語。獨占春光最多處。淺顰輕笑，未肯等閒分付。爲誰心子裏，長長苦。

洞房見説，雲深無路。憑仗青鸞道情素〔二〕。酒空歌斷，又被濤江催度〔三〕。怎向〔四〕言不盡，愁無數。

【校】

〔一〕注本題如是，毛本、粹編無題。

〔二〕勞鈔本「道」作「寄」。

〔三〕「濤江」，粹編作「江濤」。「催度」，注本作「催去」，毛本、粹編作「催度」，陳允平和詞作「欲度」，茲從毛本。

〔四〕「怎向」，注本作「怎奈向」，粹編作「怎奈何」，毛本作「怎向」。鄭校云：「怎向爲當時語。」朱校云「按律是句五字」，亦從毛本作「怎向」。案此句第二字宜用平聲，「怎向」似「怎何」之譌，「怎何」猶「爲何」也。

虞美人（正宫）

燈前欲去〔一〕仍留戀。腸斷朱扉〔二〕遠。未須〔三〕紅雨洗香腮。待得薔薇花謝便歸來。舞腰歌板閒時按。一任傍人〔四〕看。金爐應見舊殘煤。莫使〔五〕恩情容易似寒灰。

【校】

〔一〕「欲去」，歷代詩餘作「影去」。

〔二〕「朱扉」，粹編、勞鈔本作「朱屏」。

〔三〕「未須」，毛本、粹編、勞鈔本均作「不須」。

〔四〕「傍人」，粹編作「傍水」。

〔五〕「莫使」，毛本、草堂、勞鈔本作「莫遣」。

第　二

疏籬曲徑田家小。雲樹開清曉〔一〕。天寒山色有無中。野外一聲鐘起送孤篷〔二〕。添衣策馬尋亭堠。愁抱惟宜酒。菰蒲睡鴨占陂塘。縱被行人驚散又成雙〔三〕。

【校】

〔一〕「清曉」，毛本、雅詞、詞統均作「秋曉」。

〔二〕「孤篷」，陳允平和作「萍篷」，未知何故。

〔三〕「縱被」，雅詞作「疑被」。詞統「散」作「起」。雅詞「又成」作「不成」。

第　三

玉觴纔掩朱絃悄。彈指壺天曉。回頭猶認倚牆花。只向小橋南畔便天涯〔一〕。銀蟾依舊當窗滿。顧影魂先斷〔二〕。淒風休颭〔三〕半殘燈。擬倩今宵歸夢到雲屏。

【校】

〔一〕「小橋」，粹編作「小樓」。「天涯」，注本、百家詞作「生涯」，元本、毛本、雅詞、勞鈔本作「天涯」。勞校云：「天字係舊校。」

〔二〕詞統「魂先」二字互倒。

〔三〕「休颭」，注本、百家詞作「猶颭」，元本、毛本、雅詞、粹編均作「休颭」，兹從元本。勞鈔本亦作「猶颭」。勞校云：「休字係舊校。」

清真集補遺

宋　錢塘　周邦彦　美成撰

玉團兒〔一〕

鉛華淡竚新妝束。好風韻〔二〕、天然異俗。彼此知名，雖然初見，情分先熟。　爐煙淡淡雲屏曲。睡半醒、生香透肉。賴得相逢，若還虚過〔三〕，生世不足。

【校】

〔一〕粹編不著撰人，惜香樂府收之，據哄堂詞和韻定爲美成作無疑。

〔二〕粹編無「好」字。

〔三〕「虚過」，惜香樂府作「虚度」。

醜奴兒〔一〕

南枝度臘開全少，疏影當軒。一種宜寒。自共清蟾別有緣。　江南風味依然在，玉貌韶顔。今夜凭欄。不似釵頭子細看。

【校】

〔一〕毛本注云：「下二闋清真詞不載。」

第二

香梅開後風傳信，繡户先知。霧溼羅衣。冷豔須攀最遠枝。　高歌羌管吹遥夜，看即分披。已恨來遲。不見娉婷帶雪時。

感皇恩〔一〕

小閣倚晴空，數聲鐘定。斗柄垂寒暮天静〔二〕。朝來〔三〕殘酒，又被春風〔四〕吹醒。眼前猶認得〔五〕，當時景。　往事舊歡〔六〕，不堪重省。自歎多愁〔七〕更多病。綺窗依舊〔八〕，敲遍闌干誰膺。斷腸明月下，梅摇影。

【校】

〔一〕毛本注云：「清真集不載。」詞律以爲邦彦作，雅詞以爲晁叔用作，趙輯晁詞據之，全宋詞删此首。

〔二〕「垂寒」，雅詞作「寒垂」。雅詞「静」作「浄」。

〔三〕涵芬樓鈔本雅詞「朝」作「向」。

〔四〕「又被」，雅詞作「盡被」。「春風」，雅詞作「曉風」。

〔五〕雅詞「猶」作「還」。

〔六〕「往事舊歡」，雅詞作「舊恨與新愁」。

〔七〕「多愁」，雅詞作「多情」。

〔八〕「綺窗依舊」，雅詞作「綺筵猶在」。

蝶戀花〔一〕

魚尾霞生〔二〕明遠樹。翠壁〔三〕黏天，玉葉〔四〕迎風舉。一笑相逢蓬海路。人間風月如塵土。　翦水雙眸雲鬟吐〔五〕。醉倒天瓢〔六〕。笑語生青霧〔七〕。此會未闌須記取。桃花〔八〕幾度吹紅雨。

【校】

〔一〕毛本注云：「下五闋清真集不載。」白雪以爲何播之作。

〔二〕白雪「生」作「收」。

〔三〕「翠壁」，白雪作「翠色」。

〔四〕「玉葉」，白雪作「一葉」。

〔五〕「鬟吐」，注本作「半吐」。

〔六〕「天瓢」，毛本作「天飄」，今從歷代詩餘、詞萃作「瓢」。

〔七〕「青霧」，白雪作「香霧」。

〔八〕「桃花」，白雪作「蟠桃」。

第　二

美盼低迷情宛轉。愛雨憐雲，漸覺寬金釧。桃李香苞秋不展。深心黯黯誰能見。宋玉牆高〔一〕纔一覘。絮亂絲繁，苦隔春風面。歌板未終風色變〔二〕。夢爲蝴蝶留芳甸。

【校】

〔一〕「牆高」，歷代詩餘作「牆頭」。

〔二〕「變」，元本、毛本皆作「便」，鄭文焯疑「便」爲「變」之訛，今據改。

第　三

晚步芳塘新霽後。春意潛來，迤邐通窗牖。午睡漸多濃似酒。韶華已入東君手。嫩綠輕黄成染透。燭下工夫，洩漏〔一〕章臺秀。擬插芳條須滿首。管交風味還勝舊。

【校】

〔一〕「洩漏」，歷代詩餘作「漏洩」。

第　四

葉底尋花春欲暮。折遍柔枝，滿手真珠露。不見舊人空舊處。對花惹起愁無數。　却倚欄干吹柳絮。粉蝶多情，飛上釵頭住。若遣郎身如蝶羽。芳時争肯拋人去。

第　五

酒熟微紅生眼尾。半額龍香，冉冉飄衣袂。雲壓寶釵撩不起。黄金心字雙垂耳。　愁入眉痕添秀美。無限柔情，分付西流水。忽被驚風吹别淚。只應天也知人意。

減字木蘭花〔一〕

風鬟霧鬢。便覺蓬萊三島近。水秀山明。縹緲仙姿畫不成。　廣寒丹桂。豈是夭桃塵俗世。只恐乘風。飛上瓊樓玉宇中。

【校】

〔一〕毛本注云：「清真集不載。」

木蘭花令〔一〕

歌時宛轉饒風措。鶯語清圓啼玉樹。斷腸歸去月三更，薄酒醒來愁萬緒。孤燈翳翳昏如霧。枕上依稀聞笑語。惡嫌春夢不分明，忘了與伊相見處。

【校】

〔一〕毛本注云：「清真集不載。」又云：「原本二首，考『殘春一陣狂風雨』是六一詞，删去。」案子晉所謂原本，蓋强本也。

驀山溪〔一〕

樓前疏柳，柳外無窮路。翠色四天垂，數峯青、高城闊處。江湖病眼，偏向此山明，愁無語。空凝竚。兩兩昏鴉去。平康巷陌，往事如花雨。十載却歸來，倦追尋、酒旗戲鼓。今宵幸有，人似月嬋娟。霞袖舉。杯深注。一曲黄金縷。

【校】

〔一〕毛本注云：「此二闋清真集不載。」

第二

江天雪意，夜色寒成陣。翠袖捧金蕉，酒紅潮、香凝沁粉〔一〕。簾波不動，新月淡籠明〔二〕，香破豆，燭頻花，減字歌聲穩。　恨眉羞斂，往事休重問。人去小庭空，有梅梢、一枝春信。檀心未展，誰爲探芳叢，消瘦盡。洗妝勻，應更添風韻。

【校】

〔一〕「沁粉」，歷代詩餘作「粉暈」。

〔二〕「籠明」，歷代詩餘作「朧明」。

青玉案〔一〕

良夜燈光簇如豆。占好事、今宵有。酒罷歌闌人散後。琵琶輕放，語聲低顫，滅燭來相就。　玉體偎人情何厚。輕惜輕憐轉唧嚠。雨散雲收眉兒皺。只愁彰露，那人知後，把我來僝僽。

【校】

〔一〕楊易霖云：「王静安先生云：『此詞乃改山谷憶帝京詞爲之，决非美成作。』按緑窗新話引古今詞話，淮海御街行詞與美成此詞亦多相合，未知孰是。」百家詞、片玉詞抄補亦收此詞。

一翦梅〔一〕

一翦梅花萬樣嬌。斜插疏枝，略點眉梢。輕盈微笑舞低回，何事樽前，拍手相招〔二〕。夜漸寒深酒漸消。袖裏時聞，玉釧輕敲〔三〕。城頭誰恁促殘更，銀漏何如，且慢明朝。

【校】

〔一〕毛本注云：「清真集不載。」

〔二〕「拍手」，王寬校詞律作「樓外」。百家詞作「何事樽前拍誤招」，毛本「相」亦作「誤」，兹從元本。

〔三〕百家詞無「輕」字。

水調歌頭　中秋寄李伯紀大觀文〔一〕

今夕月華滿，銀漢瀉秋寒。風纏霧捲，宛轉天陛玉樓寬。應是金華仙子，又喜今年藥就，傾出月團團。收拾山河影，都向鏡中蟠〔二〕。　横霜竹，吹明月，到中天。要令四海，遥望千古此輪安。何處今年無月，唯有謫仙著語，高絶莫能攀。我故〔三〕喚公起，雲海路漫漫。

【校】

〔一〕毛本云：「清真集不載。」王静安以此詞歲月不合，定爲贋作。案伯紀官觀文殿大學士，有水調盛傳一時，和者多知名之士，此係何大圭之詞，宜删去。

〔二〕毛本在「鏡中蟠」下有空格五，詞萃此五空格在「蘂就」下，鄭校從之。所空五字，今據百家詞補「傾出月團團」。

〔三〕「故」，百家詞作「欲」，義長。

南柯子〔一〕

寶合分時菓，金盤弄賜冰。曉來階下按新聲。恰有〔二〕一方明月，可中庭〔三〕。　露下天如水，風來夜更清〔四〕。嬌羞不肯傍人行〔五〕。颺下〔六〕扇兒拍手，引流螢。

【校】

〔一〕毛本云：「清真集俱不載。」

〔二〕「恰有」，雅詞、拾遺作「恰好」。

〔三〕「可」，或本作「在」。案非是。劉夢得詩「一方明月可中庭」，宋詞如李知幾臨江仙亦用之。

〔四〕「更清」，毛本作「氣清」。

〔五〕「嬌羞」，雅詞、拾遺作「偏他」。「傍人」，雅詞、拾遺作「大家」。

〔六〕「颭」，雅詞、拾遺作「漾」。

第　二

膩頸凝酥白，輕衫淡粉紅。碧油涼氣透簾櫳。指點庭花低映，雲母屏風。　恨逐瑶琴寫，書勞玉指封。等閒贏得瘦儀容。何事不教雲雨，略〔一〕下巫峯。

【校】

〔一〕詞萃奪「略」字。

第　三〔一〕　詠梳兒

桂魄分餘暈，檀槽〔二〕破紫心。曉妝〔三〕初試鬢雲侵。每被〔四〕蘭膏香染，色深沉〔五〕。　指印纖纖粉，釵橫隱隱金。有時〔六〕雲雨鳳幃深。長是枕前不見，殢人尋。

【校】

〔一〕詞林萬選以爲蘆川作，毛刻蘆川詞及雙照樓景宋本蘆川詞均有是詞。百家詞以爲美成詞。
〔二〕「檀槽」，蘆川作「檀香」。
〔三〕「曉妝」，蘆川作「高鬟鬆綰」。
〔四〕「每被」，蘆川作「又被」。
〔五〕「深沉」，蘆川作「沉沉」。
〔六〕「有時」，蘆川作「更闌」。

關河令〔一〕

秋陰時作〔二〕漸向暝〔三〕。變一庭淒冷。佇聽寒聲，雲深無雁影。　更深人去寂静。但照壁、孤燈相映。酒已都醒，如何消夜永。

【校】

〔一〕毛本注云：「清真集不載。」又云：「時刻清商怨。」案子晉所謂時刻，蓋明刻也，清商怨爲此調之舊名。
〔二〕「時作」，毛本作「時晴」，歷代詩餘、詞萃皆作「時作」。案「作」字是。張子野「勞生羈宦未易處」

第四字作仄，此調無一首作四平聲者。茲改「作」。

〔三〕詞萃奪「漸」字。

鵲橋仙令〔一〕（歇拍）〔二〕

浮花浪蕊，人間無數，開遍朱朱白白。瑶池一朶玉芙蓉，秋露洗、丹砂真色。　　晚涼拜月，六銖衣動，應被姮娥〔三〕認得。翩然欲上廣寒宫，横玉度、一聲天碧。

【校】

〔一〕毛本注云：「清真集不載。」

〔二〕據百家詞補。

〔三〕百家詞「姮」作「嫦」。

花心動〔一〕（雙調）〔二〕

簾捲青樓，東風滿〔三〕、楊花亂飄晴晝。蘭袂褪香，羅帳褰紅，繡枕旋移相就。海棠花謝春融暖，偎人恁、嬌波頻溜。象牀穩、鴛衾謾展，浪翻紅縐。　　一夜情濃似酒。香汗漬鮫綃，幾番微透。鸞困鳳慵，婭姹雙眉〔四〕，畫也畫應難就。問伊可煞於人厚，梅萼露、臙脂檀口。從此後、纖腰爲郎管瘦。

【校】

〔一〕毛本注云：「清真集不載。」

〔二〕據百家詞補。

〔三〕百家詞「滿」作「煖」。

〔四〕元本作「眼」，鄭校云：「眼字宜平聲，詞萃作『眸』，今從之。」百家詞作「眉」，兹據改。

雙頭蓮〔一〕（雙調）〔二〕

一抹殘霞，幾行新雁，天染斷紅，雲迷陣影〔三〕，隱約望中，點破晚空澄碧。助秋色。門掩西風，橋横斜照，青翼未來，濃塵自起，咫尺鳳幃，合有人〔四〕相識。歎乖隔。知甚時恣與，同攜歡適。度曲傳觴，並韉飛轡，綺陌畫堂連夕。樓頭千里，帳底三更，盡堪淚滴。怎生向、總無聊，但只聽消息。

【校】

〔一〕毛本注云：「清真集不載。」鄭校云：「萬紅友謂此詞前段多不叶韻，惜方千里無和詞，莫可訂正。案調名雙頭蓮，當爲雙曳頭曲，以『助秋色』三字句屬上爲第一段，以『歎乖隔』句屬上爲第二段，分兩排起調，揆之句法字數平仄悉無少異，惟『合有人相識』句『人』字上疑脱一『箇』字。考宋本柳耆卿詞曲玉管一闋，起拍亦分兩排，即以三字句結，是調正合，宋譜例，凡曲之三叠者謂之雙曳頭，是亦雙頭蓮曲名之一證焉。」又楊樹柟過録本鄭校云：「案詞譜從無起三句不叶韻之例，此詞乃於第六句始見『碧』字韻，其爲訛舛無疑。據詞中『斷紅』是切『殘霞』，『陣影』切『雁』。詞例義有起承。疑此詞本作『一抹殘霞，幾行新雁，點破晚空澄碧。天染斷紅，雲迷陣景，隱約望中照秋色。橋横斜照，門掩西風，鳳帷咫尺。青翼未來，濃塵自起，合有人相識。』如此粗成格調。姑誌之以俟閎達。」

〔二〕據百家詞補。

〔三〕百家詞作「天染雲斷，紅迷陣影」。

〔四〕鄭校「人」上有「□」。

長相思〔一〕 曉行

舉離觴。掩洞房。箭水泠泠刻漏長。愁中看曉光。　整羅裳。脂粉香。見掃門前車上霜。相持泣路傍。

【校】

〔一〕毛本注云：「清真集俱不載。」此詞亦見古今詞統。

第二　閨怨

馬如飛。歸未歸。誰在河橋見別離。修楊委地垂。　掩面啼。人怎知。桃李成陰鶯哺兒。閒行春盡時。

第　三　舟中作

好風浮。晚雨收。林葉陰陰映鷁舟。斜陽明倚樓〔一〕。　黯凝眸。憶舊遊。艇子扁舟來莫愁。石城風浪秋。

【校】

〔一〕「倚樓」，詞萃作「柁樓」，鄭校從詞萃作「柁」。

第　四

沙棠舟。小棹遊。池水澄澄人影浮。錦鱗遲上鈎。　煙雲愁。簫鼓休。再得來時已變秋。欲歸須少留。

大有〔一〕（小石）〔二〕

仙骨清羸，沈腰顦顇，見傍人、驚怪消瘦。柳無言、雙眉盡日齊鬬。都緣薄倖賦情淺，許多時、不成歡偶。幸自也總由他，何須負這心口。　令人恨，行坐呪。斷了更思量，没心永守。

前日相逢，又早見伊仍舊。却更被温存後〔三〕。都忘了、當時僝僽。便搊撮、九百身心，依前待有。

【校】

〔一〕毛本注云：「清真集不載。」

〔二〕據百家詞補。

〔三〕百家詞注云：「『後』，一作『厚』。」

萬里春〔一〕

千紅萬翠。簇定〔二〕清明天氣。爲憐他、種種清香，好難爲不醉。　我愛深如你。我心在、個人心裏。便相看、老却春風，莫無些歡意。

【校】

〔一〕毛本注云：「清真集不載。」

〔二〕詞律無「簇」字。

鶴沖天〔一〕 溧水長壽鄉作〔二〕

梅雨霽，暑風和。高柳亂蟬多。小園臺榭遠〔三〕池波。魚戲動新荷。薄紗廚，輕羽扇。枕冷〔四〕簟涼深院。此時情緒此時天。無事小神仙。

【校】

〔一〕毛本注云：「清真集不載。」

〔二〕此長壽鄉亦必美成以神仙中言自名所屬者，當與無想山同，堪補强叙所未及。

〔三〕雅詞拾遺作「小欄庭檻繞」。

〔四〕「枕冷」，雅詞拾遺作「枕穩」。

第二

白角簟，碧紗橱〔一〕。梅雨乍晴初。謝家池畔正〔二〕清虚。香散嫩芙蕖。日流金，風解愠。一弄素琴歌韻〔三〕。慢摇紈扇訴花牋〔四〕。吟待晚涼天。

【校】

〔一〕毛本「橱」作「厨」。

〔二〕雅詞拾遺「正」作「太」，毛本「畔」作「館」。

〔三〕毛本「韻」作「舞」。

〔四〕「訴花牋」，雅詞拾遺作「百花前」。

鎖陽臺〔一〕 懷錢塘

山崦籠春，江城吹雨，暮天煙淡雲昏。酒旗漁市，冷落杏花村。蘇小當年秀骨，縈蔓草、空想羅裙。潮聲起，高樓噴笛，五兩了無聞。　淒涼懷故國，朝鐘暮鼓，十載紅塵。但、夢魂迢遞，長到吳門。聞道花開陌上，歌舊曲、愁殺王孫。何時見，名娃喚酒，同倒甕頭春。

【校】

〔一〕毛本注云：「清真集不載。」

第　二

花撲鞭梢〔一〕，風吹衫袖，馬蹄初趁輕裝。都城漸遠，芳樹隱斜陽。未慣羈遊況味，征鞍上、滿目淒涼。今宵裏，三更皓月，愁斷九迴腸。　佳人何處去，別時無計，同引離觴。但、唯有相思，兩處難忘。去即十分去也，如何向、千種思量。凝眸處，黃昏畫角，天遠路歧長。

【校】

〔一〕「鞘」，詞萃誤作「梢」。

第　三

白玉樓高，廣寒宮闕，暮雲如幛褰開。銀河一派，流出碧天來。無數星躔玉李，冰輪動、光滿樓臺。登臨處，全勝瀛海，弱水浸蓬萊。　雲鬟香霧溼，月娥韻壓，雲凍江梅。況、餐花飲露，莫惜裴徊。坐看人間如掌，山河影、倒入瓊杯。歸來晚，笛聲吹徹，九萬里塵埃。

西河〔一〕

長安道，瀟灑西風時起。塵埃車馬晚游行，霸陵〔二〕煙水。亂鴉棲鳥夕陽中，參差霜樹相倚。　到此際。愁如葦。冷落關河千里。追思唐漢昔繁華，斷碑〔三〕殘記。未央宮闕已成灰，終南依舊濃翠。　對此景、無限愁思。遶天涯、秋蟾如水。轉使客情如醉。想當時、萬古雄名，盡是〔四〕作往來人，淒涼事。

【校】

〔一〕毛本注云：「清真集不載。」鄭校此詞云：「題當是長安懷古。」

〔二〕「霸」，詞萃作「灞」。毛本於「倚」下未分段，作兩段。今從詞律及四印、詞萃諸本。

〔三〕「斷碑」，詞律作「斷碣」。

〔四〕毛本脱「是」字，從詞萃補。

瑞鶴仙

暖煙籠細柳，弄萬縷千絲，年年春色。晴風蕩無際，濃於酒、偏醉情人詞客〔一〕。闌干倚處，度花香、微散酒力。對重門半掩，黄昏淡月，院宇深寂。愁極◎因思前事，洞房佳宴，正值寒食。尋芳遍賞，金谷里，銅駝〔二〕陌。到而今、魚雁沉沉無信息〔三〕。天涯常是淚滴。早歸來、雲館深處，那人正憶。

【校】

〔一〕「詞客」，毛本作「調客」，改從四印本。

〔二〕「銅駝」，毛本作「銅陁」，從詞律。

〔三〕鄭校删「無」字，不必從。案此闋與「悄郊原帶郭」同體，只叶韻有異，且多一「息」字韻。

浪淘沙慢〔一〕

萬葉戰，秋聲露結，雁度砂磧。細草和煙尚緑，遥山向晚更碧。見、隱隱雲邊新月白。映落照、簾幕千家，聽、數聲何處倚樓笛。裝點盡秋色。　脈脈◎旅情暗自消釋。念、珠玉臨水猶悲感，何況天涯客。憶少年歌酒，當時蹤跡。歲華易老，衣帶寬、懊惱心腸終窄。飛散後、風流人阻，藍橋約、悵恨路隔。馬蹄過、猶嘶舊巷陌。歎往事、一一堪傷，曠望極，凝思又把闌干拍。

【校】

〔一〕毛本注云：「清真集不載。」

南鄉子〔一〕

秋氣遶城闉。暮角寒鴉未掩門。記得佳人衝雨別，吟分。別緒多於雨後雲。　小棹碧溪津。恰似江南第一春。應是採蓮閒伴侶，相尋。收取蓮心與舊人。

【校】

〔一〕毛本注云：「下四闋清真集不載。」

第　二

寒夜夢初醒。行盡江南萬里程。早是愁來無會處，時聽。敗葉相傳細雨聲。　書信也無憑。萬事由他別後情。誰信歸來須及早，長亭。短帽輕衫走馬迎。

第　三　詠秋夜

户外井桐飄。淡月疏星共寂寥。恐怕霜寒初索被，中宵。已覺秋聲引雁高。　羅帶束纖腰。自翦燈花試彩毫。收起一封江北信，明朝。爲問江頭早晚潮。

第　四　撥燕巢

輕軟舞時腰。初學吹笙苦未調。誰遣有情知事早，相撩。暗舉羅巾遠見招。　癡騃一團嬌。自折長條撥燕巢。不道有人潛看著，從教。掉下鬟心與鳳翹。

浣溪沙慢〔一〕

水竹舊院落，櫻筍新蔬果〔二〕。嫩英翠幄，紅杏交榴火。心事暗卜，葉底尋雙朶。深夜歸青鎖。燈盡酒醒時，曉窗明、釵横鬢嚲。　怎生那。被間阻時多，奈愁腸數疊，幽恨萬端，好夢還驚破。可怪近來，傳語也無個。莫是嗔人呵。真個若嗔人，却因何、逢人問我。

【校】

〔一〕毛本注云:「清真集不載。」

〔二〕苕溪詩話作「鶯引新雛過」。

夜游宫〔一〕

一陣斜風横雨。薄衣潤、新添金縷。不謝鉛華更清素。倚筠窗,弄么絃,嬌欲語。　小閣横香霧。正年少、小娥愁緒。莫是栽花被花妒。甚春來,病懨懨,無會處。

【校】

〔一〕毛本注云:「清真集不載。」

訴衷情〔一〕

當時選舞萬人長。玉帶小排方。喧傳京國聲價,年少最無量。　花閣迥,酒筵香。想難忘。而今何事,佯向人前,不認周郎。

【校】

〔一〕毛本注云：「清真集不載。」

虞美人〔一〕

淡雲籠月松溪路。長記分攜處。夢魂連夜遶松溪。此夜相逢恰似夢中時。　海山陡覺風光好。莫惜金尊倒。柳花吹雪燕飛忙。生怕扁舟歸去斷人腸。

【校】

〔一〕勞鈔本此首在「燈前欲去仍留戀」首之下。

粉蝶兒慢

宿霧藏春，餘寒帶雨，占得羣芳開晚。豔□〔二〕初弄秀，倚東風嬌懶。隔葉黃鸝傳好音，喚入深叢中探。數枝新，比昨朝、又早紅稀香淺。　眷〔三〕戀◎重來倚檻。當韶華，未可輕辜雙眼。賞心隨分樂，有清樽檀板。每歲嬉遊能幾日，莫使一聲歌欠。忍因循，片花飛〔三〕、又成春減。

【校】

〔一〕「豔□」，戈校作「豔姿」。案疑爲「豔陽」。

〔二〕鄭校「眷」上作□。

〔三〕「片花飛」，詞譜作「一片花飛」。

紅窗迥

幾日來，真個醉。不知道〔一〕窗外，亂紅已深半指。花影被、風摇碎。擁春酲乍起〔二〕。

有個人人，生得〔三〕濟楚，來向〔四〕耳畔〔五〕，問道今朝醒未。情性兒〔六〕、慢騰騰地。惱得人又醉〔七〕。

【校】

〔一〕詞譜無「不知道」三字。

〔二〕詞律於「起」字分段，詞譜、詞統、毛本、詞萃於「碎」字分段，今從詞律。

〔三〕詞譜無「得」字。

〔四〕詞譜無「來」字。

〔五〕「耳畔」，詞譜作「耳邊」。

〔六〕詞譜無「兒」字。

〔七〕詞譜「又」作「越」。

念奴嬌

醉魂乍醒，聽一聲啼鳥，幽齋岑寂。淡日朦朧初破曉，滿眼嬌情〔一〕天色。最惜香梅，凌寒偷綻，漏泄春消息。池塘芳草，又還淑景催逼。　因念舊日芳菲，桃花永巷，恰似初相識。荏苒時光因慣却，覓雨尋雲蹤跡。奈有離拆〔二〕，瑶臺月下，回首頻思憶。重愁疊恨，萬般都在胸臆。

【校】

〔一〕「情」，歷代詩餘作「晴」。

〔二〕「拆」，歷代詩餘作「情」，詞萃作「折」，案此字當作「析」，俗作「拆」，平聲，精妻切。

鬢雲鬆令〔一〕（般涉）〔二〕　送傅國華奉使三韓

鬢雲鬆，眉葉聚。一闋離歌，不爲行人駐。檀板停時君看取。數尺鮫綃，半是梨花雨〔三〕。　鷺飛遥，天尺五。鳳閣鸞坡，看即飛騰去。今夜長亭臨别處。斷梗飛雲，盡是傷情緒。

【校】

〔一〕毛本注云：「清真集不載。」王静安云：「宋史高麗傳，宣和四年高麗王俁卒，詔給事中路允迪、中書舍人傅墨卿奠慰。留一年而歸。國華當即墨卿字，時爲中書舍人，故詞中有『鳳閣鸞坡，看即飛騰去』之句。時先生已卒，即未卒，亦不應復入京師，此詞必係他人之作。」

〔二〕據百家詞增。

〔三〕百家詞「半」作「果」。

燕歸梁〔一〕（高平）〔二〕　詠曉〔三〕

簾底新霜一夜濃。短燭散飛蟲。曾經洛浦見驚鴻。關山隔，夢魂通。　明〔四〕星晃晃，津回路轉，榆影步花驄。欲攀雲駕倩西風。吹清血，寄玲瓏。

【校】

〔一〕毛本注云：「清真集不載。」案詞律第五體謝逸詞與此闋字句同。百家詞、片玉詞抄補有。

〔二〕據百家詞增。

〔三〕百家詞無「詠」字。

〔四〕「明」，百家詞作「朗」。

南浦〔一〕（中吕）〔二〕

淺帶一帆風，向晚來、扁舟穩下南浦。迢遞阻瀟湘，衡皋迥、斜艤蕙蘭汀渚。危檣影裏，斷雲點點遥天暮。菡萏裏〔三〕，風偷送清香，時時微度。　吾家舊有簪纓，甚頓作天涯，經歲羈旅。羌管怎知情，煙波上、黄昏萬斛愁緒。無言對月，皓彩千里人何處。恨無鳳翼身，只待而今，飛將歸去。

【校】

〔一〕毛本注云：「清真集不載。」

〔二〕據百家詞增。

〔三〕鄭校云：「案譜此句疑有脱誤。」案鄭文焯引宋詞「紙」「語」兩韻通用之例以「裏」字叶韻，然上闋第七句是四字句，或以「風」字置「裏」字之上足成四字句較合，第八句爲五字句，仍缺一字，但第五句「危檣影裏」又作「菡萏風裏」，古人雖不忌複字，而兩句相離太近，複字均在句末，總未安也。

醉落魄〔一〕

葺金細弱。秋風嫩〔二〕桂花初著。蕊珠宫裏人難學。花染嬌荑，羞映翠雲幄。　清香不與蘭蓀約。一枝雲鬢巧梳掠。夜涼輕撼薔薇萼。香滿衣襟，月在鳳皇閣。

【校】

〔一〕毛本注云：「清真集不載。」

〔二〕百家詞「嫩」作「嬾」。

留客住〔一〕

嗟烏兔。正茫茫、相催無定，只恁東生西没，平均〔二〕寒暑。昨見〔三〕花紅柳緑，處處林茂，又覩霜前籬畔，菊散餘香，看看又還秋暮。忍思慮〔四〕。念古往賢愚，終歸何處。争似高堂，日夜笙歌齊舉。選甚連宵徹晝，再三留住。待擬沉醉扶上馬，怎生向主人未肯教去〔五〕。

【校】

〔一〕毛本注云：「清真集不載。」

〔二〕「平均」，百家詞、毛本作「半均」，詞萃從歷代詩餘改作「平均」，今從之。

〔三〕「昨」，詞譜作「乍」。

〔四〕「慮」，詞律作「處」。百家詞自此分片。

〔五〕「教」，原作「交」，歷代詩餘作「教」，今從之。

長相思慢〔一〕（高調）〔二〕

夜色澄明，天街如水，風力微冷簾旌。幽期再偶，坐久相看，纔喜欲歎還驚。醉眼重醒。映雕欄修竹，共數流螢。細語輕輕〔三〕。儘銀臺挂蠟潛聽。自初識伊來，便惜妖嬈豔質，美眄柔情。桃溪換世，鸞馭凌空，有願須成。遊絲蕩絮〔四〕，任輕狂、相逐牽縈。但連環不解〔五〕，難負深盟。

【校】

〔一〕毛本注云：「清真集不載。」

〔二〕據百家詞補。

〔三〕「輕輕」，惟詞萃作「輕盈」，未知何據。

〔四〕「蕩絮」，詞萃作「蕩漾」。

〔五〕毛本注云：「『時刻』『但連環不解』下有『流水長東』四字，誤。」案柳詞煞拍作「又豈知名宦拘檢，年來減盡風情」，與此注「流水長東」四字句法平仄正合，未可以爲誤也。毛氏藏清真詞舊本最多，注語中猶得見舊本之面目，故校記内於毛氏注語備載之。

看花迴（越調）〔一〕　詠眼〔二〕

秀色芳容明眸，就中奇絶。細看豔波欲溜，最可惜微薰〔三〕，紅綃〔四〕輕帖。匀朱傅粉，幾爲嚴妝時涴睫。因個甚，抵死〔五〕嗔人，半餉斜眄費熨貼〔六〕。斗帳裏、濃歡意愜。帶困時、似開微合。曾倚高樓望遠，自笑指頻瞤，知他誰説。那日分飛，淚雨縱横光映頰。搵香羅，恐揉損，與他衫袖裛。

【校】

〔一〕據百家詞補。

〔二〕百家詞無題。

〔三〕原作「微重」，案「重」疑「薰」誤，按律此字當作平聲也。

〔四〕「綃」，毛本作「銷」，茲從鄭校。

〔五〕「抵」，毛本作「底」，茲從鄭校。

〔六〕「熨貼」，毛本作「貼熨」，茲從鄭校。

第　二〔一〕

蕙風初散輕暖，霽景澄潔。秀蕊乍開乍斂，帶、雨態煙痕，春思紆結。危絃弄響，來去驚人鶯語滑。無賴處，麗日樓臺，亂絲歧路總〔二〕奇絶。何計解、黏花繫月。歎冷落、頓辜佳節。猶有當時氣味，挂、一縷相思，不斷如髮。雲飛帝國，人在雲邊心暗折。語東風，共流轉，謾作匆匆别。

【校】

〔一〕毛注云：「或在『黏花繫月』下分段，非。」百家詞正如此。

〔二〕詞統「總」作「兩」。

月下笛〔一〕（越調）〔二〕

小雨收塵，涼蟾瑩徹，水光浮璧〔三〕。誰知怨抑。靜倚官橋吹笛。映宮牆、風葉亂飛，品高調側人未識。想開元舊譜，柯亭遺韻，盡傳胸臆。闌干四遶，聽折柳徘徊，數聲終拍。寒燈陋館，最感平陽孤客。夜沉沉、雁啼正哀〔四〕，片雲盡卷清漏滴。黯凝魂，但覺龍吟萬壑天籟息。

（以上五十七闋，見汲古閣本片玉詞。）

【校】

〔一〕毛本注云：「清真集不載。」

〔二〕據百家詞補。

〔三〕百家詞無「水」字。

〔四〕百家詞作「甚哀」。

十六字令〔一〕　詠月〔二〕

明〔三〕。月影穿窗白玉錢。無人弄，移過枕函邊。

【校】

〔一〕毛本注云：「見天機餘錦。」案花草粹編引天機餘錦以爲邦彦從孫晴川所作，詞綜從之，是也。

〔二〕詞統題作「月影」，粹編作「窗月」。

〔三〕毛本、詞統均作「明」，詞品作「眠」。詞綜云：「十六字令即蒼梧謠也，張安國集中三首，蔡伸道集中一首，其首俱以一字句斷，今本訛『眠』字爲『明』，遂作三字句斷，非也。」

浣溪沙〔一〕　春景

水漲魚天拍柳橋。雲鳩拖雨過江皋。一番春信入東郊。　閒碾鳳團消短夢，静看燕子壘新巢。又移日影上花梢。

【校】

〔一〕毛本注云：「見草堂詩餘。」

第　二〔一〕　春景

小院閒窗春色深。重簾未捲影沉沉。倚樓無語理瑶琴。　遠岫出雲〔二〕催薄暮，細風吹雨弄輕陰。梨花欲謝恐難禁。

【校】

〔一〕毛本注云：「或刻歐陽永叔。」案陳本草堂詩餘作邦彦詞，沈際飛本草堂詩餘作永叔作。沈本非是。雅詞、粹編、歷代詩餘又以爲李易安作，四印本漱玉詞收之。

〔二〕「出雲」，粹編作「出山」。

憶秦娥〔一〕　佳人

香馥馥。尊前有箇人如玉。人如玉。翠翹金鳳，内家妝束。　矯羞愛把眉兒蹙。逢人只唱相思曲。相思曲。一聲聲是，怨紅愁緑。

【校】

〔一〕毛本注云：「或刻蘇子瞻。」案類編本草堂詩餘作蘇軾，而至正本詩餘作無名氏。

柳梢青〔一〕 佳人

有箇人人。海棠標韻，飛燕輕盈。酒暈潮紅，羞蛾凝緑，一笑生春。　爲伊無限傷心。更説甚、巫山楚雲。斗帳香消，紗窗月冷，著意温存。

【校】

〔一〕毛本注云：「見草堂詩餘。」

南鄉子〔一〕 秋懷

夜闊夢難收。宋玉多情我結儔。千點漏聲萬點淚，悠悠。霜月鷄聲幾段愁。　難展皺眉頭。怨句哀吟送客秋。蟋蟀牀頭調夜曲，啾啾。又聽驚人雁過樓。

【校】

〔一〕毛本注云：「見詞林萬選。」案今本詞林萬選不載。

蘇幙遮〔一〕 風情〔二〕

隴雲沉，新月小。楊柳梢頭，能有春多少。試著羅裳〔三〕寒尚峭。簾捲青樓，占得東風早。

翠屏深，香篆裊。流水落花，不管劉郎到。三疊陽關聲漸杳。斷雨殘雲〔四〕，只怕巫山曉。

【校】

〔一〕毛本注云：「見草堂詩餘。」

〔二〕詞統題作「初春」。

〔三〕「裳」，詞統作「衣」。

〔四〕草堂詩餘脱「雨殘」二字。

晝錦堂〔一〕 閨情

雨洗桃花，風飄柳絮，日日飛滿雕簷。懊惱〔二〕一春幽恨〔三〕，盡屬眉尖。愁聞雙飛新燕語，更堪孤枕宿酲忺〔四〕。雲鬟亂，獨步畫堂，輕風暗觸珠簾。多厭◎晴晝永，瓊户悄，香銷金獸慵添。自與蕭郎別後，事事俱嫌。短歌新曲無心理，鳳簫龍管不曾拈。空惆悵，常是〔五〕每年三月，病酒懨懨。

【校】

〔一〕毛本注云：「見草堂詩餘。」

〔二〕「懊惱」，草堂、粹編、詞的俱作「懊恨」。

〔三〕「幽恨」，歷代詩餘作「幽怨」。

〔四〕「宿醒忺」，草堂、毛本「忺」作「懽」，鄭校從草堂本。

〔五〕「常是」，粹編作「長是」。

齊天樂〔一〕　端午

疏疏幾點黃梅〔二〕雨，佳時〔三〕又逢重午〔四〕。角黍包金，香蒲〔五〕泛玉〔六〕，風物依然荆楚。衫裁〔七〕艾虎。更釵裊朱符，臂纏紅縷。撲粉香綿，喚風綾扇小窗午。沉湘〔八〕人去已遠，勸君休對景，感時懷古。慢囀鶯喉，輕敲象板，勝讀離騷章句。荷香暗度。漸引入陶陶〔九〕，醉鄉深處。卧聽江頭，畫船喧韻鼓。

【注釋】

〔一〕毛本注云：「或刻無名氏。」此爲楊補之詞，見逃禪詞。

〔二〕「黃梅」，草堂作「黃昏」。

〔三〕「佳時」，逃禪作「殊方」。

〔四〕「重午」，逃禪作「重五」。

〔五〕「香蒲」，逃禪作「菖蒲」。

〔六〕「泛玉」，草堂、粹編作「切玉」。

〔七〕「形裁」，草堂、粹編作「衫裁」。

〔八〕「沉湘」，逃禪作「沉湘」。

〔九〕「陶陶」，毛本、古今詩餘醉作「醄醄」，兹從逃禪作「陶陶」。

女冠子〔一〕 雪景

同雲密布。撒梨花、柳絮飛舞。樓臺悄似玉，向紅爐暖閣，院宇深沉，廣排筵會。聽笙歌猶未徹，漸覺輕寒，透簾穿户。亂飄僧舍，密灑歌樓，酒帘如故。想樵人、山徑迷蹤路。料漁父、收綸罷釣歸南浦。路無伴侣。見孤村寂莫，招颭酒旗斜處。南軒孤雁過，嚦嚦聲聲，又無〔二〕書度。見臘梅枝上嫩蕊，兩兩三三微吐。

（以上十闋，見汲古閣本片玉詞補遺）

【校】

〔一〕毛本注云：「或刻柳耆卿。」今樂章集無。

〔二〕「又無」，粹編作「人無」。

以上林校本所收詞一百九十四闋，此下則虞所增附，其中亦有所謂過而存之者也。

燭影摇紅〔一〕

芳臉匀紅〔二〕，黛眉巧畫宫妝淺。風流天付與精神，全在嬌波眼〔三〕。早是縈心可慣。向尊前[四]、頻頻顧盼。幾回相見[五]，見了還休，争如不見。　燭影摇紅，夜闌飲散春宵短。當時誰會[六]唱陽關，離恨天涯遠。争奈[七]雲收雨散。凭闌干、東風淚滿[八]。海棠開後，燕子來時，黄昏深院。

（見能改齋漫録卷十七）

【校】

〔一〕萬樹詞律：「按能改齋漫録云，此詞乃晉卿駙馬自度曲，因憶故人作也。徽宗喜其詞意，但以不豐容宛轉，命周美成增益，而取其首句爲名。」又歷代詩餘引古今詞話云：「王都尉有憶故人詞云：『燭影摇紅，向夜闌，乍酒醒、心情嬾。尊前誰爲唱陽關，離恨天涯遠。無奈雲沉雨散。凭闌干、東風淚眼。海棠開後，燕子來時，黄昏庭院。』徽宗喜其詞意，猶以爲不盡宛轉，遂令大晟樂府別撰腔。周美成增損其詞，而以首句爲名，謂之燭影摇紅云。」雅詞及詞林紀事以爲美成作，花庵、草堂、粹編以爲王詵作，題曰春恨。

〔二〕「芳臉匀紅」，花庵、草堂、粹編均作「香臉輕匀」，雅詞拾遺作「月臉輕匀」。

〔三〕「嬌波眼」，花庵、雅詞、拾遺、草堂、粹編均作「嬌波轉」。

〔四〕「向尊前」，花庵、雅詞、拾遺、草堂、粹編作「更那想」。

〔五〕「相見」，花庵、草堂、粹編均作「得見」，雅詞、拾遺作「席上」。

〔六〕「誰會」，花庵、雅詞、拾遺、草堂、粹編均作「誰解」。

〔七〕「争奈」，花庵、雅詞、拾遺、草堂、粹編均作「無奈」。

〔八〕「淚滿」，花庵、雅詞、拾遺、草堂、粹編均作「淚眼」。

玉團兒（雙調）

妍姿豔態腰如束。笑無限桃粗杏俗。玉體橫陳，雲鬟斜墜，春睡還熟。　夕陽斗轉闌干曲。乍醉起餘霞襯肉。搦粉搓酥，剪雲裁霧，比並不足。

無悶　冬

雲作重陰，風逗細寒，小谿冰凍初結。更聽得悲鳴，雁度空闊。莫雀喧喧聚竹，聽竹上清響風敲雪。洞户悄、時見香消翠樓，獸煤紅爇。　淒切。念舊歡、聚舊約。至此方惜輕別。又還是離亭，楚梅堪折。暗想鶯時似夢裏，又却是似鶯時節。要無悶、除是擁爐對酒，共譚風月。

琴調相思引

生碧香羅粉蘭香。冷綃緘淚倩誰將。故人何在，煙水隔瀟湘。　花落燕□春欲老，絮吹思浪日偏長。一些兒事，何處不思量。

青房並蒂蓮　維揚懷古

醉凝眸，正楚天秋晚，遠岸雲收。草緑蓮紅，□映小汀洲。芰荷香裏鴛鴦浦，恨菱歌驚起眠鷗。望去帆，一派湖光，棹聲咿啞櫓聲柔。　愁窺汴堤細柳，曾舞送鶯時，錦纜龍舟。擁傾國纖腰皓齒，笑倚建樓。空令五湖夜月，也羞照三十六宮秋。正浪吟、不覺回橈，水花風葉兩悠悠。

滿庭芳　懷錢塘

山崦籠春，江城吹雨，暮天煙澹雲昏。酒旗漁市，冷落杏花村。蘇小當年秀骨，縈蔓草、空想羅裙。潮聲記（起）、高樓噴笛，五兩了無聞。　淒涼懷故國，朝鐘暮鼓，十載紅塵。似（但）夢魂迢遞，長到吴門。聞道花開陌上，歌舊曲、愁殺王孫。何時見，名娃喚酒，同倒甕頭春。

又

花撲鞭鞘，風吹衫袖，馬蹄初趁輕裝。都城漸遠，芳樹隱斜陽。未慣羈遊況味，征鞍上、滿目淒涼。今宵裏、三更皓月，愁斷九迴腸。　佳人何處去，别時無計，同引離觴。似（但）唯有相思，兩處難忘。去即十分去也，如何向、千種思量。凝眸處、黄昏畫角，天遠路岐長。

又

白玉樓高，廣寒宮闕，暮雲如障褰開。銀河一派，流出碧天來。無數星躔玉李，冰輪動、光滿樓臺。登臨處、全勝瀛海，弱水浸蓬萊。　雲鬟香霧溼，月娥韻壓，雲凍江梅。況餐花飲露，莫惜裴回。坐看人間如掌，山河影，倒入瓊杯。歸來晚、笛聲吹徹，九萬里塵埃。

（以上七闋見百家詞）

如夢令　春晚

池上春歸何處。滿目殘花飛絮。孤館悄無人，夢斷月堤歸路。無緒。無緒。簾外五更風雨。

（見詞的、古今詩餘醉）

點絳脣　鞦韆

蹴罷鞦韆，起來慵整纖纖手。露濃花瘦。薄汗輕衣透。　見客入來，襪剗金釵溜。和羞走。倚門回首。却把青梅齅。

浣溪沙 晚景

鶯外紅綃一縷霞。淡黄楊柳帶棲鴉。玉人和月折梅花。　笑撚粉香歸繡户，半垂羅幕護窗紗。東風寒似夜來些。

（以上二闋見詞的）

浣溪沙 漁父

新婦磯頭眉黛愁。女兒浦口眼波秋。驚魚錯認月沉鈎。　青篛笠前無限事，緑簑衣底一時休。斜風細雨轉船頭。

（以上三闋見古今詩餘醉）

斷句

露葉煙梢寒色重，攢星低映小珠簾。

（見橘録）

清真集參考資料

吴則虞輯

凡分傳記、序録、詞話、版本考四類。其資料已見於前者，後不重出。例如傳記類清真先生遺事已引玉照新志及揮麈録；序録類鄭文焯清真詞跋已引樵隱筆録；詞話類概不再引，以免重複。

一、傳記

清真先生遺事

王國維

事蹟一

周邦彦字美成，錢塘人。疏儁少檢，不爲州里推重，而博涉百家之書。元豐初遊京師，獻汴都賦萬餘言，神宗異之，命侍臣讀於邇英殿，召赴政事堂，自太學諸生一命爲正，居五歲不遷，益盡力於辭章。出教授廬州，知溧水縣，還爲國子主簿。哲宗召對，使誦前賦，除秘書省正字，歷校書郎，考功員外郎、衛尉宗正少卿兼議禮局檢討，以直龍圖閣知河中府。徽宗欲使畢禮書，留之踰年，乃知龍德府當作隆德府。徙明州，入拜秘書監，進徽猷閣待制，提舉大晟府。未幾，知順昌府，徙處州。卒，年六十六，贈宣奉大夫。邦彦好音樂，能自度曲，製樂府長短句，詞韻清蔚，傳於世。（宋史文苑傳）

案：先生獻賦之歲，本傳及揮麈餘話皆云在元豐初，餘話所載先生重進汴都賦表，則云元豐元年七月汲古、照曠二本皆同。而近時錢塘丁氏武林先哲遺書中重刊明單刻本汴都賦前有重進賦表則作六年七月。直齋書録解題又作元豐七年。余案：元年當爲六年之誤，賦中所陳有疏汴洛、改官制、修景靈宮三事。案宋史河渠志，元豐二年三月，以宋用臣提舉導洛通汴。神宗紀元豐二年六月甲寅，清汴成。三年六月丙午，詔中書省詳定官制，五年夏四月癸酉，官制成。三年九月乙酉，詔即景靈宮作十一殿，以時王禮祀祖宗，五年十一月景靈宮成，告遷祖宗神御。此三事皆在元年之後，此一證也。樓攻媿清真先生文集序云：「未及三十作汴都賦。」時先生方二十八歲，若在元年，則才二十三歲，當云年踰二十，不得云未及三十，此二證也。樓序、咸淳志、直齋書録皆云賦奏，命左丞李清臣讀於邇英殿。案：清臣官至門下侍郎，此云左丞，非稱其最後之官，乃以讀賦時之官稱之。而神宗紀及宰輔表，清臣以元豐六年八月辛卯自吏部尚書除尚書右丞，至元祐初乃遷左丞，則左丞當爲右丞之誤。獻賦在七月，而讀賦則在八月以後，亦與事實合，此三證也。若直齋所云七年，則又因六年七月而誤也。

周邦彦字美成，錢塘人也。性落魄不羈，涉獵書史。元豐中獻汴都賦，神宗異之，自諸生命爲太學正。紹聖中除祕書省正字。徽宗即位，爲校書郎，遷考功員外郎、衛尉宗正少卿，又遷衛尉卿，出知隆德府，徙明州，召爲祕書監，擢徽猷閣待制，提舉大晟府。未幾，知真定，改順昌府，提舉洞霄宮。卒，年六十六。邦彦能文章，世特傳其詞調云。（東都事略文藝傳）

周邦彦字美成，少涉獵書史，游太學，有儁聲。元豐中獻汴都賦七千言，多古文奇字，神宗嗟異，命左丞李清臣讀於邇英閣，多以邊旁言之，不盡悉也……徽宗即位，爲校書郎，累遷衛尉卿，出知隆德府，徙明州。以祕書監召賜對崇政殿，上問汴都賦其辭云何，對以歲月久不能省憶，用表進入，帝覽表稱善，除徽猷閣待制，提舉大晟府，知真定府，改順昌府，提舉洞霄宮。卒，年六十六。邦彦能文章，妙解音律，名其堂曰「顧曲」，樂府盛行於世，人謂之落魄不羈，其提舉大晟，亦由此。然其文，識者謂有工力深到處。磬鏡烏几之銘，有鄭圃、漆園之風；禱神之文，倣送窮、乞巧之作，不但詞調而已。自號清真居士，有集二十四卷。（咸淳臨安志人物傳以東都事略本傳、王明清揮麈録、樓鑰清真集序、陳直齋書録解題修）

案：此以重進汴都賦在官秘書監後，本揮麈餘話，誤，辨見後條。提舉洞霄宮當從玉照新志王銍所手記者爲正，乃南京鴻慶宮，非杭州洞霄也。樓鑰文集序稱其旅死，亦合。

周美成邦彦，元豐初以太學生進汴都賦，神宗命之以官，除太學録。其後流落不偶，浮沉州縣三十餘年。蔡元長用事，美成獻生日詩，略云：「化行禹貢山川内，人在周公禮樂中。」元長大喜，即以祕書少監召，又復薦之，上殿契合，詔再取其本來進。表云：「六月十八日賜對崇政殿，問臣爲諸生時所進先帝汴都賦，其辭云何？臣言曰：賦語猥繁，歲月持久，不能省憶，即勑以本來進者。雕蟲末技，已玷國恩，芻狗陳言，再干睿覽：事超所望，憂過于榮。竊惟漢晉以來，才士輩出，咸有頌述，爲國光華。兩京天臨，三國鼎峙，奇偉之作，行於無窮。恭惟神宗皇帝，盛德大業，卓高古初，積害悉平，百廢再舉。朝廷郊廟，罔不崇飾；倉廩府庫，罔不充仞；經術學校，罔不興作；禮樂制度，罔不釐正；攘狄斥地，罔不流行；理財禁非，動協成算。以至鬼神懷，鳥獸若，搢紳之所誦習，載籍之所編記，三五以降，莫之與京。未聞承學之臣，有所歌詠，於今無傳，視古爲愧。臣於斯時，自惟徒費學廩，無益治世萬分之一，不揣所堪，裒集盛事，鋪陳爲賦，冒死進投。先帝哀其狂愚，賜以首領，特從官使，以勸四方。臣命薄數奇，旋遭時變，不能俯仰取容，自觸罷廢，漂零不偶，積年於兹。臣孤憤莫伸，大恩未報，每抱舊藁，涕泗横流，不圖於今，得望天表，親奉聖訓，命録舊文，退省荒蕪，恨其少作，憂懼惶惑，不知所爲。伏惟陛下，執道御有，本於生知，出言成章，匪由學習。而臣也，欲晞雲漢之麗，自呈繪畫之工，唐突不量，誅死何恨。陛下德侔覆燾，恩浹飛沈，致絶異之祥光，出久幽之神璽，豐年屢應，瑞物畢臻，方將泥金泰山，鳴玉梁父，一代方策，可無述焉。如使臣殫竭精神，馳騁筆墨，方於兹賦，尚有靡者焉。其元豐元年七月所進汴都賦并書共二册，謹隨表上進以聞。」表入，乙覽稱善，除次對内祠。（揮麈餘話一）

案：此條所記牴牾最甚，「太學録」當依宋史、東都事略諸書作「太學正」，「浮沈州縣三十餘年」，亦無此事。其重進汴都賦，參考諸書，當在哲宗元符之初，而不在蔡元長用事之後，徵之表文，事甚明白。壽蔡元長詩云：「化行禹貢山川内，人在周公禮樂中」，必作於崇寧、大觀制作禮樂之後，時先生已位列卿，若於此時進賦，不得云「漂零不偶，積年於兹」，一也。表文又云：「陛下德侔覆燾，恩浹飛沈，致絶異之祥光，出久幽之神璽。」此正哲宗元符事。案咸陽段義得玉璽，宋史哲宗紀云，在元符元年正月，輿服志謂在紹興三年，四年上之，志説較是。志又云：「元符元年三月，翰林學士蔡京及講議官十三員奏按所獻玉璽云：『今得璽於咸陽，其玉乃藍田之色，其篆與李斯小篆體合，飾以龍鳳鳥魚，乃蟲書鳥跡之法，於今所傳古書，莫可比擬，非漢以後所作明矣。今陛下嗣守祖宗大寶，而神璽自出，其文曰「受命於天，既壽永昌」，則天之所畀烏可忽哉？漢晉以來，得寶鼎瑞物猶告廟改元，肆青（眚）上壽，況傳國之器乎？』遂以五月朔御大慶殿降坐受寶，羣臣上壽稱賀。」所謂「出久幽之神璽」，正指此事。若徽宗崇寧五年，雖得玉印，然未嘗以爲神璽，則重進汴賦，明在哲宗時，二也。若重進賦表作於徽宗時，不應不及哲宗朝誦賦之事，三也。明清通習宋時掌故，不知何以疏漏若此。咸淳志亦仍其誤，幸有宋史及表文可證耳。樓攻媿清真先生文集序云「哲宗始寘之文館，徽宗又列之郎曹，皆以受知先帝之故，以一賦而得三朝之眷」，云云。則先生非由元長進用亦可知。至云「表入，乙覽稱善，除次對内祠」，則又并前後數事爲一事。又後日提舉鴻慶宮亦外祠而非内祠，其紕繆不待論也。

周邦彦待制嘗爲劉昺之祖作埋銘，以白金數十斤爲潤筆，不受，昺無以報之，因除户部尚書，薦以自代。後劉緣坐王寀訞言事得罪，美成亦落職，罷知順昌府宫祠。周笑謂人曰：「世有門生累舉主者多矣，獨邦彦乃爲舉主所累，亦異事也。」（莊綽雞肋編中）

案：揮麈後録三云：「王、劉既誅竄，適鄭達夫與蔡元長交惡，鄭知蔡之嘗薦二人也，忽降旨應劉炳所薦，并令吏部具姓名以聞。當議降黜，宰執既對，左丞薛昂進曰：『劉炳臣嘗薦之矣，今炳所薦尚當坐，而臣薦炳何以逃罪？』京即進曰（中略）。上笑而止，由是不直達夫，即再降旨劉炳所薦并不問。」則先生此時但外轉，并未落職，亦未奉祠，季裕所記但一時之言，故王銍記先生晚年事猶云「以待制提舉南京鴻慶宫」也。

道君幸李師師家，偶周邦彦先在焉。知道君至，遂匿於牀下。道君自攜新橙一顆，云：「江南初進來。」遂與師師謔語。邦彦悉聞之，隱括成少年遊云：「并刀如水，吳鹽勝雪，纖手破新橙。」後云：「城上已三更。馬滑霜濃，不如休去，直是少人行。」李師師因歌此詞，道君問：「誰作？」李師師奏云：「周邦彦詞。」道君大怒，坐朝諭蔡京云：「開封府有監稅周邦彦者，聞課額不登，如何京尹不案發來？」蔡京罔知所以，奏云：「容臣退朝呼京尹叩問，續得覆奏。」京尹至，蔡以御前聖旨諭之。京尹云：「惟周邦彦課額增羨。」蔡云：「上意如此，只得遷就將上。」得旨：「周邦彦職事廢弛，可日下押出國門。」隔一二日，道君復幸李師師家，不見李師師，問其家，知送周監稅。道君方以邦彦出國爲喜，既至不遇，坐久至更初，李始歸，愁眉淚睫，憔悴可掬。道君大怒云：「爾往那裏去？」李奏：「臣妾萬死，知周邦彦得罪押出國門，略致一杯相別，不知官家來。」道君問：「曾有詞否？」李奏云：「有蘭陵王詞。」今「柳陰直」者是也。道君云：「唱一偏看。」李奏云：「容臣妾奉一杯，歌此詞爲官家壽。」曲終，道君大喜，復召爲大晟樂正，後官至大晟樂府待制。邦彦以詞行，當時皆稱美成詞，殊不知美成文筆大有可觀，作汴都賦，如箋奏雜著，皆是傑作，可惜以詞掩其他文也。當時李師師家有二邦彦，一周美成，一李士美，皆爲道君狎客，士美因而爲宰相。吁！君臣遇合於倡優下賤之家，國之安危治亂，可想而知矣。（张端義貴耳集下）

案：此條所言尤失實。宋史徽宗紀：「宣和元年十二月，帝數微行，正字曹輔上書極論之，編管郴州。」又曹輔傳：

「自政和後，帝多微行，乘小轎子，數内臣導從，置行幸局，局中以帝出日謂之『有排當』，次日未還，則傳旨稱瘡痍不坐朝。始民間猶未知，及蔡京謝表有『輕車小輦，七賜臨幸』，自是邸報聞四方。」是徽宗微行始於政和而極於宣和。政和元年，先生已五十六歲，官至列卿，應無治遊之事。所云開封府監稅，亦非卿監侍從所爲。至大晟樂正與大晟樂府待制，宋時亦無此官也。

宣和中，李師師以能歌舞稱，時周邦彦爲太學生，每遊其家。一夕，值祐陵臨幸，倉猝隱去。既而賦小詞，所謂「并刀如水，吴鹽勝雪」者，蓋紀此夕事也。未幾，李被宣唤，遂歌於上前。問誰所爲，則以邦彦對，於是遂與解褐，自此通顯。既而朝廷賜酺，師師又歌大酺、六醜二解，上顧教坊使袁裪，問裪，曰：「此起居舍人新知潞州周邦彦作也。」問「六醜」之義，莫能對，急召邦彦問之。對曰：「此犯六調，皆聲之美者，然絶難歌。昔高陽氏有子六人，才而醜，故以比之。」上喜，意將留行，且以近者祥瑞沓至，將使播之樂府，命蔡元長微叩之，邦彦云：「某老矣，頗悔少作。」會起居郎張果與之不咸，廉知邦彦嘗於親王席上作小詞贈舞鬟云：「歌席上、無賴是横波。寶髻玲瓏敧玉燕，繡巾柔膩掩香羅。何況會婆娑。無箇事、因甚斂雙蛾。淺淡梳妝疑是畫，惺鬆言語勝聞歌。好處是情多。」爲蔡道其事，上知之，由是得罪。師師後入中，封瀛國夫人。朱希真有詩云：「解唱陽關别調聲，前朝惟有李夫人。」即其人也。（周密浩然齋雅談下）

案：此條失實，與貴耳集同。云「宣和中」，先生「尚爲太學生」，則事已距四十餘年。且苟以少年致通顯，不應復以憶江南詞得罪，其所自記，亦相牴牾也。師師未嘗入宮，見三朝北盟會編。

周美成晚歸錢塘鄉里，夢中得瑞鶴仙一闋：「悄、郊原帶郭，行路永，客去車塵漠漠。斜陽映山落。斂餘紅猶戀，孤城闌角。凌波步弱。過短亭、何用素約。有流鶯勸我，重解繡鞍，緩引春酌。　不計歸時早暮，上馬誰扶，醉眠朱閣。驚飆動幕。猶殘醉，遶紅藥。歎西園已是，花深無地，東風何事又惡。任流光過却。歸來洞天自樂。」未幾，方臘盗起，自桐廬擁兵入杭，時美成方會客，聞之，倉皇出奔，移西湖之墳庵，次郊外。適際殘臘，落日在山，忽見故人之妾徒步亦爲逃避計，約下馬小飲於道旁，聞鶯聲於木杪，分背，少焉抵庵中，尚有餘醺，困卧小閣之上，恍如詞中。逾月賊平，入城，則故居皆遭蹂踐，旋營緝而處。繼而得請提舉杭州洞霄宮，遂老焉，悉符前作。美成嘗自記甚詳，今偶失其本，姑記其略，而書於編。（揮麈餘話二）

明清揮麈餘話記周美成瑞鶴仙事，近於故篋中得先人所敘，特爲詳備，今具載之。美成以待制提舉南京鴻慶宮，自杭徙居睦州，夢中作長短句瑞鶴仙一闋，既覺猶能全記，了不詳其所謂也。未幾，青溪賊方臘起，逮其鴟張，方還杭州舊居，而道路兵戈已滿，僅得脱死，始得入錢塘門，但見杭人倉皇奔避，如蜂屯蟻沸，視落日半在鼓角樓簷間，即詞中所云「斜陽映山落。斂餘暉猶戀孤城闌角」者應矣。當是時，天下承平日久，吴越享安閒之樂，而狂寇嘯聚，徑自睦州直擣蘇杭，聲言遂踞二浙，浙人傳聞，内外響應，求死不暇。美成舊居既不可住，是日無處得食，饑甚，忽於稠人中有呼待制何往者，視之，鄉人之侍兒素所識者也。且曰：「日昃未必食，能捨車過酒家乎？」美成從之，驚遽間，連引數杯散去，腹枵頓解，乃詞中所謂「凌波步弱。過短亭何用素約。有流鶯勸我，重解繡鞍，緩引春酌」之句驗矣。飲罷，覺微醉，便耳目惶惑，不敢少留，徑出城北。江漲橋諸寺，士女已盈滿，不能駐足，獨一小寺經閣偶無人，遂宿其上，即詞中所謂「上馬誰扶，醉眠朱閣」又應矣。既見兩浙處處奔避，遂絶江居揚州。未及息肩，而傳聞方賊已盡據二浙，將涉江之淮泗，因自計方領南京鴻慶宫，有齋廳可居，乃挈家往焉。則詞中所謂「念西園已是，花深無路，東風又惡」之語應矣。至鴻慶，未幾以疾卒，則「任流光過了，歸來洞天自樂」又應於身後矣。美成平生好作樂府，將死之際，夢中得句而字字俱應，卒章又應於身後，豈偶然哉？美成之守潁上，與僕相知，其至南京，又以此詞見寄，尚不知此詞之言待其死乃竟驗如此。（玉照新志二）

案：此二條當以玉照新志明清父銍所手記者爲正。

周美成初在姑蘇，與營妓岳七楚雲者游甚久，後歸自京師，首訪之，則已從人矣。明日，飲於太守蔡巒子高坐上，見其妹，作點絳唇曲寄之，云：「遼鶴歸來，故鄉多少傷心事。短書不寄，魚浪空千里。憑仗桃根，説與相思意。愁何際，舊時衣袂，猶有東風淚。」（王灼碧雞漫志二）

案：吴郡志，自元豐至宣和，蘇州太守並無蔡巒其人，僅崇寧間有蔡渭耳。渭故相蔡確之子，後改名懋，與巒字不類，義亦與子高之字不相應，以他書所記先生事觀之，則此説疑亦附會也。

周美成爲江寧府溧水令，主簿之室有色而慧，美成常欵洽於尊席之間，世所傳風流子詞，蓋所寓意焉（中略）。詞中「新緑」「待月」皆簿廳亭軒之名也。俞羲仲云。（揮麈餘話二）

案：明清記美成事前後牴牾者甚多，此條疑亦好事者爲之也。御選歷代詩餘詞話引此條作「主簿之姬」，疑所見別有善本也。

著述二

清真集十一卷宋史藝文志。

清真先生文集二十四卷攻媿集、郡齋讀書志同。直齋書録解題作清真集二十四卷。

樓鑰清真先生文集序：「班孟堅之賦兩都，張平子之賦二京，不獨爲五經鼓吹，直足以佐大漢之光明，誠千載之傑作也。國家定都大梁，雖仍前世之舊，當四通五達之會，貢賦地均，不恃險阻，真得國家有德易以王之意。祖宗仁澤深厚，承平百年，高掩千古，異才間出，曾未有繼班張之作者。神宗稽古有爲，鼎新百度，文物彬彬，號爲盛際。錢塘周公，少負庠校雋聲，未及三十，作汴都賦凡七千言，富哉，壯哉，鋪張揚厲之工！期月而成，無十稔之勞；指陳事實，無夸詡之過。賦奏，天子嗟異之，命近臣讀於邇英閣，由諸生擢爲學官，聲名一日震耀海内，而皇朝太平之盛觀備矣。未幾，神宗上賓，公亦低徊不自表襮。哲宗始寘之文館，徽宗又列之郎曹，皆以受知先帝之故，以一賦而得三朝之眷，儒生之榮莫加焉。公之殁，距今八十餘載，世之能誦公賦者蓋寡，而樂府之詞盛行世，莫知公爲何等人也。公嘗守四明，而諸孫又寓居於此，嘗訪其家集而讀之，參以他本，間見手藁，又得京本文選，與公之曾孫鑄裒爲二十四卷。中更兵火，散墜已多，然足以不朽矣。公壯年氣鋭，以布衣自結於明主，又當全盛之時，宜乎立取貴顯，而考其歲月，仕宦殊爲流落，更就銓部，試遠邑，雖歸班於朝，坐視捷徑，不一趨焉。三綰州麾，僅登松班，而旅死矣。蓋其學道退然，委順知命，人望之如木雞，自以爲喜，此又世所未知者。樂府傳播，風流自命，又性好音律，如古之妙解，「顧曲」名堂，不能自已，人必以爲豪放飄逸，高視古人，非攻苦力學以寸進者。及詳味其辭，經史百家之言，盤屈於筆下，若自己出，一何用功之深而致力之精耶？故見所上獻賦之書，然後知一賦之機杼；見續秋興賦後序，然後知平生之所安。磬鏡烏几之銘，可與鄭圃、漆園相周旋；而禱神之文，則送窮、乞巧之流亞也。驟以此語人，未必遽信，惟能細讀之者，姑知斯言之不爲溢美耳。居閒養痾，爲之校讐三數過，猶未敢以爲盡。方淇水李左丞讀賦上前，多以偏旁言之，因爲考之羣書，略爲音釋，闕其所未知者，以俟博雅之君子，非敢自比張載、劉逵爲三都之訓詁也。鑰先世與公家有事契，且嘗受廛焉，公之詩文，幸不泯没，鑰之願也。公諱邦彦，字美成，清真其自號。歷官詳見誌銘云。制使待制陳公，政事之餘，既刊曾祖賢良都官家集，又以清真之文並傳，以慰邦人之思。君子謂是舉也，加於人數等，類非文吏之所能爲也。」

晁公武郡齋讀書志：「清真先生文集二十四卷。右周邦彦字美成之文也。神宗時嘗奏汴都賦七千言，上命近臣讀於邇英閣，由諸生爲學官。哲宗寘之文館，徽宗列之郎曹，嘗守四明，故樓忠簡公鑰序而刻之。」

陳振孫直齋書録解題集部别集類：「清真集二十四卷，徽猷閣待制錢塘周邦彦撰。元豐七年進汴都賦，自諸生命爲太學正。邦彦博文多能，尤長於長短句自度曲，其提舉大晟府亦由此，而他文未傳。嘉泰中，四明樓鑰始爲之序，而太守陳杞刊之，蓋其子孫家居四明故也。汴都賦已載文鑑。世傳賦初奏，御詔李清臣讀之，多古文奇字，清臣誦之如素所習熟者，乃以偏旁取之耳。鑰爲音釋，附之卷末。」

案：杞曾刻其曾祖舜俞都官集三十卷，都官集爲先生叔邠所編，邠爲舜俞女夫，見蔣之奇都官集序，故并及先生集耳。

清真雜著三卷

書録解題集部别集類：「邦彦嘗爲溧水令，故邑有詞集。其後有好事者，取其在邑所作文記詩歌併刻之。」

操縵集五卷

書録解題集部詩集類：「周邦彦撰。亦有前集中所無者。」

國維案：右詩文集四種，今皆不傳。宋志文集僅十一卷，疑即樓序中所謂家集，而二十四卷本則宋世通行之本也。今遺文尚存者，則有汴都賦（宋文鑑）、重進汴都賦表（揮麈餘話）、勑賜唐二高僧師號記（嚴陵集），遺詩則錢塘丁立中重刻汴都賦附録，除録宋詩紀事外，尚有補輯，其目爲：過羊角哀左伯桃墓一首、鳳凰臺一首、僊杏山一首（出景定建康志）、曝日一首（出齊東野語）、天賜白一首（出陳郁藏一話腴）、春帖子一首（出合璧事類）、春雨一首（出後村千家詩）、贈常熟賀公叔隱士一首（出琴川志）、竹城一首（出江寧志）、投子山一首、宿靈仙觀一首、芝朮歌一首（均出茅山志），而陳元靚歲時廣記中尚有内制春帖子詩二斷句，爲丁氏所未録。又寶真齋法書贊（卷十八）、郁氏書畫題跋記（卷一）各有一帖，溧陽端制軍方藏有先生手蹟，亦未見。至遺文則聖宋文海、播芳文粹尚有之，未及檢也。

則虞案：溧水縣志有楚平王廟五古一首，式古堂書考有帖一通。賀公叔隱士，又見海虞文録。

清真詞二卷、續一卷

書録解題集部歌詞類：「周美成邦彦撰。多用唐人詩語檃括入律，渾然天成，長調尤善鋪敘，富豔精工，詞人之甲乙也。」

注清真詞二卷

同上歌詞類：「曹杓季中注，自稱一壺居士。」

片玉詞二卷

晉陽强焕序。（下略）

案：此疑舊本二卷，爲直齋著録之清真詞。「晉所掇拾，乃其後集（四庫提要）」，誤，辨見下。

清真詩餘見鄭瑶景定嚴州續志、黄昇花庵絶妙詞選。

圈法美成詞張炎詞源卷下。

詳註周美成片玉集十卷

漳江陳元龍少章注。劉肅序。（序略）

清真集二卷

明無名氏跋：「隆慶庚午用復所司李藏元人巾箱本，命胥魯頌照録訖。盟鷗園主人記。」王鵬運有跋。（跋略）

案：先生詞集行於世者，今惟毛刻片玉詞二卷、王刻清真集二卷，陳注片玉集十卷，則元刻僅存。又見仁和勞巽卿手鈔振綺堂藏片玉集十卷，目録之下，略有注釋，詞中注多已削去，殆亦從陳本出。其古本則見於景定嚴州續志、花庵詞選者，曰清真詩餘；見於詞源者，曰圈法美成詞；見於直齋書録者，曰清真詞，曰曹杓注清真詞，又與方千里、楊澤民和清真詞合刻者，曰三英集；（見毛晉方千里和清真詞跋。）子晉所藏清真集與王刊元本不同，其氏州第一一首作熙州摘徧，此宋人語，非元以後人所知，則其源亦出宋本；加以溧水本，是宋時已有七本。而陳注片玉集十卷、王刻清真集二卷，則爲元本。毛跋之美成長短句不識編於何時。別本之多，爲古今詞家所未有。溧水本編於淳熙庚子，故闋數雖多，頗有僞詞。陳注十卷，與王刻二卷編次均同，方千里、楊澤民和詞，既不據溧水本，又題和清真詞，則必據清真詞，今其次序與陳注本、王刊本正同，則此二本疑即出於直齋著録之清真詞三卷。今以此數本比較觀之，方、楊和詞均至滿路花而止，（陳注本卷八之末，王刊本卷二第五十三闋。）而陳注本、王刊本尚有綺寮怨以下三十一闋，疑宋本清真詞一卷當至滿路花止，而綺寮怨以下即所謂後集。王刊元本以後集一卷合於下卷，而陳本則分前集爲八卷，後集爲二卷，雖皆出於清真詞，然皆非清真詞之舊矣。由此觀之，則清真三卷之編次，亦復不難推測。至毛刊片玉詞，子晉謂出宋本，或據陳注本劉必欽序，謂「片玉」之名，乃必欽所改題，溧水舊本不應先有此名。然此本編次既與他本絶異，而所增詞甚多，其中僞作間出，而其佳者又絶非清真不辦，且陳允平西麓繼周集全從此本次第，足證宋末已有此本。又子晉未見陳注本，則亦無從改題爲「片玉」。余疑劉序乃釋「片玉」二字，特措辭不倫，此又元、明人常態，無足怪也。又疑清真詞三卷，篇篇精粹，雖非先生手定，要爲最先之本。考王灼碧雞漫志成於紹興己巳，而書中已有「美成集中多新聲」一語，則先生詞集，紹興間已盛行矣。片玉本强焕所編，又益以未收諸詞，既編於數十年後，羼入他作，自不能免。惟子晉宋本之説，固無可疑也。

大觀禮書賓軍等四禮五百五卷、看詳十二卷

大觀新編禮書吉禮二百三十二卷、看詳十七卷均見宋史藝文志。

祭服制度十六卷大觀三年成，見禮志。

五禮四百七十七卷政和元年成，見禮志。此四種疑即五禮新儀之長編也。

政和五禮新儀二百四十卷政和三年成，見禮志、藝文志。

徽宗御序題政和新元三月一日，文煩不録。（下略）

尚論三

先生家世錢塘，自祖父以上，均不可考。有名邠者，乃先生之從父。咸淳志云：「邠字開祖，嘉祐八年登進士第，熙寧間，蘇軾倅杭，多與醻唱，所謂周長官者是也。軾後自密州改除河中府，過濰州，邠時爲樂清令，以雁蕩圖寄軾，有詩，軾和韻有「西湖三載與君同」之句。後軾知湖州，以詩得罪，邠亦坐罰金。元祐初，邠知管城縣，乞復管城爲鄭州，有興廢補敗之力。由是通判壽春府，見蘇轍所行告詞。後知吉州，官至朝請大夫、上輕車都尉。其丘墓在南蕩山。邠係元符末上書人，崇寧初第爲上書邪等，政和五年又爲僧懷顯序錢塘勝蹟記，蓋歷五朝云。

姪邦彦。（咸淳臨安志人物傳以九朝通略、東坡年譜及乾道志修。）案茅山志載先生芝朮歌序云：「道正盧至恭得芝一本於朮間，邦彦請乞於盧，持壽叔父。」中有句云：「廬陵太守藴仙風。」邠嘗知吉州，故云「廬陵太守」。然則邠乃先生叔父也。咸淳志人物尚有周邦式字南伯，著名錢塘，中元豐二年進士，官至提點江東刑獄，知宿州、滑州，皆不赴，提舉南京鴻慶宫，十二年，起知處州，不行，積官中大夫。其傳即在先生傳後，蓋先生兄弟行，而亦知處州，亦提舉鴻慶宫，可謂盛事。

先生子姓無考。四庫全書總目：「清波雜志十二卷、別志三卷，宋周煇撰，煇字昭禮，邦彦之子。」案：煇書中載其父事至紹興中尚存，又事絶不與先生類，決非一人也。

先生有孫與岳倦翁相知。寶真齋法書贊云：「嘉泰甲子十二月，舟過吴門，遇公之孫某同上蘭省。」但名字官階均不可考。曾孫鑄，則嘉泰中與樓忠簡共編定先生文集者也。案桯史云「辛稼軒守南徐，予來筮仕委吏，時以乙丑南宫試，歲前莅事，僅兩旬即謁告去」云云，則倦翁於甲子十二月過吴門，實應乙丑省試，時先生之孫尚赴南宫，而曾孫已與攻媿編定先生文集，可知先生有數孫也。先生冢墓在杭南蕩山，（咸淳志、夢粱録均同。）故後裔自明州復徙於此。咸淳志云「子孫今居定山之北鄉」是也。

先生卒年，宋史、東都事略、咸淳志皆云「年六十六」。而據玉照新志，則先生實以宣和三年辛丑卒，以此上推，則當生於仁宗嘉祐二年也。

宋太學生額，熙寧初九百人，後稍增至千人，至元豐二年詔增太學生舍爲八十齋，齋三十人，外舍生二千人，内舍生三百人，上舍生百人（宋史選舉志）。先生入都爲太學生，當在此時。詞中西平樂序「元豐初，予以布衣西上，過天長道中」，亦足證也。

先生所歷之官，爲太學正、國子主簿、秘書省正字、校書郎、考工員外郎、衛尉少卿、宗正少卿、衛尉卿、秘書監。所帶之職，則爲直龍圖閣、徽猷閣待制。所任之差遣，則在朝爲議禮局檢討官，提舉大晟府；在外則教授廬州，知溧水縣，知河中府，知隆德府，知明州，知真定府，知順昌府，知處州。河中、真定、處州均未之官，故樓攻媿序但云「三綰州麾」。至揮麈餘話謂先生嘗爲秘書少監，浩然齋雅談謂嘗爲起居舍人，均不足信。胡仔漁隱叢話、王楙野客叢書稱先生爲周侍郎，亦誤也。

先生交遊殊不易考，其見於遺詩者，則有蔡天啓、賀公叔。片玉詞下鬢雲鬆令一闋「送傅國華奉使三韓」，案宋史高麗傳：「宣和四年，高麗王俁卒，詔給事中路允迪、中書舍人傅墨卿奠慰，留二年而歸。」（徐兢宣和奉使高麗圖經序同。）國華當即墨卿字，時爲中書舍人，故詞中有「鳳閣鸞坡，看即飛騰去」之句。時先生已卒，即未卒，亦不應復入京師，此詞必係他人之作。又片玉詞上有水調歌頭一闋「中秋寄李伯紀大觀文」，案忠定初罷宣撫使，除觀文殿學士，知揚州，在靖康元年九月，其罷左僕射爲觀文殿大學士，在建炎元年八月，十月落職，至紹興二年復拜觀文殿學士、湖廣宣撫使，均在先生卒後。且忠定爲觀文殿大學士，僅歷兩月，其詞亦不似建炎倥偬時之作，其僞無疑。則先生與二人有交際否，殊不可考。其在議禮局則上官同僚有鄭居中等十數人，其提舉大晟府則僚屬有徐伸幹臣（典樂）、田爲不伐（初爲製撰官，後爲典樂大司樂）、姚公立（協律郎）、晁沖之叔用（大晟府丞，然大晟府官制無丞，疑即大樂令，官與太常寺丞同）、江漢朝宗、萬俟詠雅言、晁端禮次膺（均製撰官，次膺後爲協律郎），其在順昌則與王性之相知。交遊可考者如此而已。（徐伸見揮麈餘話，田爲見宋史樂志、方技魏漢津傳，姚公立見直齋書録，晁沖之見獨醒雜志，江漢諸人見鐵圍山叢談、碧雞漫志，唯徐伸、晁沖之官大晟府在政和初，未必與先生提舉同時耳。）

先生於熙寧、元祐兩黨均無依附，其於東坡爲故人子弟，哲宗初，東坡起謫籍掌兩制時，先生尚留京師，不聞有往復之跡，其賦汴都也頗頌新法，然紹聖之中不因是以求進。晚年稍顯達，亦循資格得之，其於蔡氏亦非絶無交際。蓋文人脱略，於權勢無所趨避，然終與强淵明、劉昺諸人由蔡氏以躋要路者不同。此則强焕政事之目，或屬諛詞，攻媿委順之言，殆爲篤論者已。徽宗時，士人以言大樂、頌符瑞進者甚多，樓序、潛志均謂先生妙解音律，其提舉大晟府以此，然當大觀、崇寧製作之際，先生絶不言樂，至政和末蔡攸提舉大晟府，力主田爲而排任宗堯（事見宋史樂志及方伎魏漢津傳）。先生提舉適當其後，不聞有所建議，集中又無一頌聖貢諛之作，然則弁陽翁所記「頗悔少作」之對，當得其實，不得以他事失實而并疑之也。

先生少年曾客荆州，片玉詞上有少年遊「南都石黛掃晴山」一闋，注云：「荆州作。」（片玉集無此注。）又渡江雲詞云「晴嵐低楚甸」，風流子詞云「楚客慘將歸」，均此時作也。其時當在教授廬州之後，知溧水之前，集中齊天樂「緑蕪凋盡臺城路」一首作於金陵，當在知溧水前後，而其換頭云「荆江留滯最久，故人相望處，離思何限」，此其證也。又瑣窗寒詞云「似楚江暝宿，風燈零亂，少年羈旅」，時先生方三十餘歲，雖云少年可也。

先生友議帖（見寶真齋法書贊）：「罪逆不死，奄及祥除，食貧所驅，未免禄仕。此月挈家歸錢塘展省墳域，季春遠當西邁。」此帖歲月雖不可考，味「西邁」一語，或即在客荆州之際。果爾，則在荆州亦當任教授等職。

先生游蹤或至關中，故有西河「長安道」一闋，惟此詞真僞尚不可定，又無他詞足證。至蘇幕遮詞所云「家在吴門，久作長安旅」，則以汴都爲長安也。

先生出知隆德府當在政和二三年之交，五禮新儀進於政和三年四月二十九日，書中不列銜，蓋已莅潞州矣。至五年，徙知明州，則在潞州蓋及二年以上。

先生以直龍圖閣知明州，在政和五年，其次年即以顯謨閣待制毛友代之，見乾道四明圖經、太守題名記（寶慶、延祐二志同）。則其入爲秘書監，即在次年也。

先生出知順昌府，據雞肋編在王寀、劉昺獲罪之後，而揮麈後録載開封尹盛章命其子并釋昺和寀，詩有「來年庚子」之語，則必在宣和己亥（元年）以前。又案昺傳，「昺免死，長流瓊州」，乃刑部尚書范致虚爲請。考致虚於重和元年九月自刑部尚書爲尚書右丞，則寀、昺獲罪必在重和元年九月前，先生出外，亦在是歲矣。

先生晚年自杭徙居睦州，故嚴陵集有先生勅賜唐二高僧師號記，景定嚴州續志載州校書板有清真集、清真詩餘，以此集中一寸金詞恐亦在睦州時改定也。

宋時，錢塘詞人以先生與潘閬爲最著，而二人身後毁譽適得其反，可謂有幸有不幸矣。逍遥獲罪之事，宋人所記亦不一，謂太宗晚年燒煉丹藥，潘閬嘗獻方書，懼誅，匿舒州潛山寺爲行者，劉貢父詩話之説也。謂閬爲秦王記室參軍，王坐罪下獄，捕閬急，閬白髡其髮，後編置信上者，葉紹翁四朝聞見録之説也。謂坐盧多遜黨追捕，變姓名僧服入中條山者，沈括夢溪筆談之説也。謂太宗大漸時，閬與内侍王繼恩等謀立太祖之孫惟吉，尋悉誅竄者，揮麈餘話之説也。宋史王繼恩傳言閬與繼恩交通狀而不及易儲事，吕端傳言繼恩等謀立楚王元佐而不及太祖孫惟吉（案元佐亦字惟吉，疑即一事）。參考諸説，知閬曳裾王門，納交宦侍，至以布衣與人家國事，決非高蹈之士，徒以東坡盛稱其詩，陸子遹跋逍遥集遂以楊朴、魏野比之，殊爲失實。先生立身頗有本末，而爲樂府所累，遂使人間異事，皆附蘇秦；海内奇言，盡歸方朔。廓而清之，亦後人之責矣。

先生汴都賦變二京、三都之形貌，而得其意，無十年一紀之研錬，而有其工。壯采飛騰，奇文綺錯。二劉博奥，乏此波瀾；兩蘇汪洋，遜其典則。至令同時碩學，只誦偏旁；異世通儒，或窮音釋。然在先生猶爲少作已。

重進汴都賦表高華古質，語重味深，極似荆公制誥表啓之文，末段倣退之潮州謝上表，在宋四六中頗爲罕覯。五禮新儀劄子語尤簡古，又與重進汴都賦表同一機杼，時先生雖已在外，疑亦出其手也。

先生詩之存者，一鱗片爪，俱有足觀。至如曝日詩云：「冬曦如村釀，微温只須臾。行行正須此，戀戀忽已無。」語極自然，而言外有北風雨雪之意，在東坡和陶詩中猶爲上乘，惜僅存四句也。

陳元靚歲時廣記有先生内制春帖子三斷句。案宋制春帖子詞均翰林學士爲之，先生未任此官，殆爲人代作耶？

先生詩文之外，兼擅書法，岳倦翁法書贊稱其體具態全，董史皇宋書録謂其正行皆善，又石刻鋪敘鳳墅堂帖第二十卷中，刻有周清真書，古人能事之多，自不可測也。

先生於詩文無所不工，然尚未盡脱古人蹊逕。平生著述，自以樂府爲第一，詞人甲乙，宋人早有定論。惟張叔夏病其意趣不高遠，然北宋人如歐、蘇、秦、黄高則高矣，至精工博大，殊不逮先生。故以宋詞比唐詩，則東坡似太白，歐、秦似摩詰，耆卿似樂天，方回、叔原則大曆十子之流，南宋惟一稼軒可比昌黎，而詞中老杜，則非先生不可。昔人以耆卿比少陵，猶爲未當也。

先生之詞，陳直齋謂其「多用唐人詩句，檃括入律，渾然天成」，張玉田謂其善於融化詩句，然此不過一端。不如强焕云「模寫物態，曲盡其妙」，爲知言也。

山谷云「天下清景不擇賢愚而與之，然吾特疑端爲我輩設」。誠哉是言！抑豈獨清景而已，一切境界無不爲詩人設，世無詩人，即無此種境界。夫境界之呈於吾心而見於外物者，皆須臾之物，惟詩人能以此須臾之物，鐫諸不朽之文字，使讀者自得之，遂覺詩人之言，字字爲我心中所欲言，而又非我之所能自言，此大詩人之祕妙也。境界有二：有詩人之境界，有常人之境界。詩人之境界惟詩人能感之而能寫之，故讀其詩者亦高舉遠慕，有遺世之意。而亦有得有不得，且得之者亦各有深淺焉。若夫悲歡離合，羈旅行役之感，常人皆能感之，而惟詩人能寫之，故其入於人者至深而行於世也尤廣。先生之詞屬於第二種爲多，故宋時别本之多，他無與匹，又和者三家，注者二家，（强焕本亦有注，見毛跋。）自士大夫以至婦人女子，莫不知有清真，而種種無稽之言，亦由此以起，然非入人之深，烏能如是耶。

樓忠簡謂先生妙解音律，惟王晦叔碧雞漫志謂：「江南某氏者解音律，時時度曲，周美成與有瓜葛，每得一解，即爲製詞，故周集中多新聲。」則集中新曲，非盡自度，然「顧曲」名堂，不能自已，固非不知音者。故先生之詞，文字之外，須兼味其音律，惟詞中所注宫調，不出「教坊十八調」之外，則其音非大晟樂府之新聲，而爲隋、唐以來之燕樂，固可知也。今其聲雖亡，讀其詞者猶覺拗怒之中，自饒和婉，曼聲促節，繁會相宜，清濁抑揚，轆轤交往。兩宋之間，一人而已。

先生逸詞，除毛氏所録草堂數闋外，罕有所見，祇樂府雅詞拾遺下南歌子一首，能改齋漫錄載先生增王晉卿燭影搖紅半闋耳。惟僞詞最多，强焕本所增，强半皆是。如片玉詞上青玉案「良夜燈光簇紅豆」一闋，乃改山谷憶帝京詞爲之者，決非先生作，不獨送傅國華、寄李伯紀二首歲月不合也。

年表四

紀年		時事	出處
仁宗嘉祐二年丁酉	一歲		
英宗治平元年甲辰	八歲		
神宗熙寧元年戊申	十三歲		
元豐元年戊午	二十三歲		
二年己未	二十四歲	增太學生千人爲二千四百人，清汴成	入都爲太學生當在是歲
三年庚申	二十五歲		
四年辛酉	二十六歲		
五年壬戌	二十七歲	四月官制成，九月景靈宮成	
六年癸亥	二十八歲		七月進汴都賦，自諸生一命爲太學正
七年甲子	二十九歲		

續表

紀年		時事	出處
八年乙丑	三十歲		
哲宗元祐元年丙寅	三十一歲	詔齊、廬、宿、常等州各置教授一員	
二年丁卯	三十二歲		教授廬州
三年戊辰	三十三歲		
四年己巳	三十四歲		
五年庚午	三十五歲		
六年辛未	三十六歲		
七年壬申	三十七歲		以上數年當在荆州
八年癸酉	三十八歲		春，知溧水縣
紹聖元年甲戌	三十九歲		
二年乙亥	四十歲		
三年丙子	四十一歲		尚在溧水任，作插竹亭記
四年丁丑	四十二歲	咸陽人段義上玉璽	還爲國子主薄當在此數年

續表

紀年	時事	出處
元符元年戊寅 四十三歲		六月十八日召對崇政殿，重進汴都賦，除秘書省正字
二年己卯 四十四歲		
三年庚辰 四十五歲		
徽宗建中靖國元年辛巳 四十六歲		遷校書郎
崇寧元年壬午 四十七歲		
二年癸未 四十八歲		
三年甲申 四十九歲		
四年乙酉 五十歲	八月置大晟府	
五年丙午 五十一歲		
大觀元年丁亥 五十二歲	置議禮局於尚書省，命詳議檢討官具禮制本末，議定請旨	歷考功員外郎、衛尉宗正少卿兼議禮局檢討當在此數年
二年戊子 五十三歲		
三年己丑 五十四歲	議禮局成吉禮二百三十卷、祭服制度十六卷	

續表

紀年	年	時事	出處
四年庚寅	五十五歲		
政和元年辛卯	五十六歲	議禮局分秩五禮成書四百七十卷，帝始微行	遷衛尉卿，又以直龍圖閣知河中府，帝留之，當在此年
二年壬辰	五十七歲		出知隆德府當在此年
三年癸巳	五十八歲	議禮局成五禮新儀二百廿卷，罷局	
四年甲午	五十九歲	以大晟樂頒天下	
五年乙未	六十歲		徙知明州，劉昺遷户部尚書，薦先生自代，不用
六年丙申	六十一歲		入爲秘書監，進徽猷閣待制，提舉大晟府
七年丁酉	六十二歲		
重和元年戊戌	六十三歲	劉昺獲罪長流瓊州	出知真定府，改順昌府
宣和元年己亥	六十四歲		
二年庚子	六十五歲	方臘反，罷大晟府	徙知處州，旋罷官，提舉南京鴻慶宫當在前年或此年　是歲居睦州，適方臘反，還杭州，又絶江居揚州

續表

紀年	時事	出處
三年辛丑　六十六歲		正月過天長，至南京，卒於鴻慶宫齋廳

右録自王忠慤公遺書内編。

案：此表推算恐有誤，宣和三年爲公元一一二一，上溯嘉祐二年，只六十五歲，宋史稱六十六，生年應爲嘉祐元年丙申。則虞並識。

二、序録

辭不輕措，辭之工也。閲辭必詳其所措，工於閲者也。措之非輕，而閲之非詳，工於閲而不工於措胥失矣，亦奚胥望焉。是知雌霓之誦，方脱諸口，而見謂知音，白題、八滑之事既陳，而當世之疑已釋。楛矢萍實，苟非推其所從，則是物也棄物耳，誰歟能知？觸物而不明其原，覩事而莫徵所自，與冥行何别？故曰無張華之博，則孰知五色之珍？乏雷焕之識，則孰辨衝斗之靈？況措辭之工，豈有不待於閲者之箋釋耶？周美成以旁搜遠紹之才，寄情長短句，縝密典麗，流風可仰，其徵辭引類，推古誇今，或借字用意，言言皆有來歷，真足冠冕詞林。歡筵歌席，率知崇愛，知其故實者，幾何人斯，殆猶屬目於霧中花、雲中月，雖意其美，而皎然識其所以美則未也。章江陳少章，家世以學問文章爲廬陵望族，涵泳經籍之暇，閲其詞，病舊註之簡略，遂詳而疏之，俾歌之者究其事達其辭，則美成之美益彰，猶獲崑山之片珍，琢其質而彰其文，豈不快夫人之心目也？因命之曰片玉集云。少章名元龍。時嘉定辛未杪臘。廬陵劉肅必欽序。

右録自陳元龍集注片玉集宋劉肅序（涉園景宋覆刻本）。

題周美成詞

文章政事，初非兩塗。學之優者，發而爲政，必有可觀；政有其暇，則游藝於詠歌者，必其才有餘辨者也。溧水爲負山之邑，官賦浩穰，民訟紛沓，似不可以絃歌爲政。而待制周公，元祐癸酉春中爲邑長於斯，其政敬簡，民到於今稱之者，固有餘愛。而其尤可稱者，於撥煩治劇之中，不妨舒嘯，一觴一詠，句中有眼，膾炙人口者，又有餘聲，聲洋洋乎在耳側，其政有不亡者存。余慕周公之才名有年於兹，不謂於八十餘載之後，踵公舊蹤，既喜而且愧，故自到任以來，訪其政事，於所治後圃，得其遺政，有亭曰「姑射」，有堂曰「蕭閑」，皆取神仙中事，揭而名之，可以想像其襟抱之不凡；而又睹「新緑」之地，「隔浦」之蓮，依然在目，抑又思公之詞，其槪寫物態，曲盡其妙。方思有以發揚其聲之不可忘者，而未能及乎？暇日從容式燕嘉賓，歌者在上，果以公之詞爲首唱，夫然後知邑人愛其詞，乃所以不忘其政也。余欲廣邑人愛之之意，故裒公之詞，旁搜遠紹，僅得百八十有二章，釐爲上下卷，迺輟俸餘，鳩工鋟木，以壽其傳，非惟慰邑人之思，亦蘄傳之有所託，俾人聲其歌者，足以知其才之優於爲邑如此，故冠之以序，而述其意云。公諱邦彦，字美成，錢塘人也。淳熙歲在上章困敦孟陬月圉赤奮若，晉陽强焕序。

右録自毛刻片玉詞宋强焕序（汲古閣本）。

美成於徽宗時提舉大晟樂府，故其詞盛傳於世。余家藏凡三本：一名清真集，一名美成長短句，皆不滿百闋。最後得宋刻片玉集二卷，計調百八十有奇，晉陽强焕爲敍。余見評註龐雜，一一削去，釐其訛謬。間有茲集不載，錯見清真諸本者，附補遺一卷，美成庶無遺憾云。若乃諸名家之甲乙，久著人間，無待余備述也。湖南毛晉識。

右録自片玉詞明毛晉跋（汲古閣本）。

周美成詞片玉集十卷，陳元龍少章集注。汲古閣舊藏，半塘翁目爲元板者也。美成詞刻於宋世者：一爲嚴州本，名清真詩餘，景定嚴州續志載「州校書板有清真集，復有詩餘」是也，黄昇花庵詞選據之。一爲溧水本，名清真詞。直齋書録解題謂：「邦彦嘗爲溧水令，故邑有詞集。」即晉陽强焕爲序者是也，西麓繼周集據之。一爲圈法美成詞，見詞源。一爲美成長短句，見毛子晉跋語。又有三英集，乃與方千里、楊澤民和作同刻者，皆無注。若曹杓注清真詞，亦見書録解題，其書久佚。然茲集劉必欽序謂：「病舊注之簡略，詳而疏之。」所云「舊注」，疑即曹注，嘗見士禮居别藏本，與茲本悉同，惟卷五注中有異，又序尾有「嘉定辛未」云云。（今已據補。）其爲宋刻無疑。兹本雖削「嘉定辛未」字，詞中譌脱較尠，注亦加詳，卷五注尤多增改，其爲少章手訂覆刻亦無疑。毛氏秘本書目，謂爲元刻，半塘翁因之，蓋未覩黄本標明嘉定也。毛刻用强焕序，本清真詞，乃以兹集之名名之，老友曹君直謂其跋中「最後得宋刻」云云，明指强本；余見「評注龐雜」云云，復指陳本；懸牛頭市馬脯，令人迷罔。而所謂「長短句」者，未知視兹集增損何如？亦湮没不可考，爲尤可惜也。庚申小除日，歸安朱孝臧跋於禮霜堂。

右録自校刻宋嘉定刻本陳元龍集注片玉集清朱孝臧跋（彊村叢書本）。

右影元巾箱本清真集二卷，附集外詞一卷。案美成詞傳世者，以汲古毛氏片玉詞爲最著，近仁和丁氏西泠詞萃所刻，即汲古本。此本二卷，百二十七闋，爲余家所藏，末有盟鷗主人誌語，蓋明鈔元本也。編次體例與片玉詞迥别，而調名字句亦多不同。陳振孫書録解題云：「清真集二卷，後集一卷。」又毛子晋片玉詞跋：「美成詞一名清真集，一名美成長短句，皆不滿百闋。」與此均不合。久欲刊行，以舊抄剥蝕過甚，無本可校而止。去年從孫駕航京兆丈假得元刻廬陵陳元龍片玉詞注本，編次體例與抄本正同，特分卷與題號異耳。爰據陳注校訂，依式影寫，付諸手民。其集中所無，而見於毛刻者，共五十四闋，爲集外詞一卷附後。毛本强序，陳注劉序，抄本不載，今皆補入。美成集又名片玉詞，據序即劉必欽改題也。光緒丙申春三月十有三日，臨桂王鵬運騖翁記。

右録自景元巾箱本清真集清王鵬運跋（四印齋本）。

清真詞校後録要

一、「清真」爲美成自號以名其集者也，見於宋史藝文志。集十一卷，蓋合其集之全者而言，或詩餘即附載其中。自陳振孫書録解題有清真集二卷、後集一卷，始專以清真集之名屬其詞，其篇目不可復考。虞山毛子晉所云：「家藏三本，一名清真集，未詳卷數。」又云：「最後得宋刻片玉集二卷，計調百八十有奇，晉陽强焕爲敍。」直齋書録所記，卷首亦有强焕，未知汲古傳本與陳録合否？至所稱篇數，則與强焕序所言僅得百八十有二章相類，但增其二及補遺十首耳。顧「片玉」之名，始見於元刻廬陵劉肅之敍、漳江陳元龍詳註之本，其敍云：「猶獲崑山之片珍，琢其質而彰其文，因命之曰片玉集。」是清真詞實自陳刻始改題號，宋時刊本斷無「片玉」之名可證。如方千里、楊澤民、陳君衡三家和作，及見諸夢窗、玉田詞敍者，并稱「清真」，强敍前亦止云「題周美成詞」，諸子皆南宋時人，可知「片玉」爲後起之號，信而有徵也。且説部中如胡仔苕溪漁隱叢話、王灼碧雞漫志、龐元英談藪、陳藏一話腴、毛幵樵隱筆録及揮麈録、浩然齋雅談、詞源諸書所稱引，楊守齋之圈法，曹季中之牋注，於其詞并云「清真」，更未聞以「片玉」稱也。毛刻乃據多本而羼亂其名，戈氏順卿未見元本，輒稱「片玉」爲强焕所輯，搜羅最富，其疏妄已甚。後之襲謬沿訛者，昧厥淵源，無復正名之議，此宋、元本題號先後之證也。

一、清真集當以淳熙官本爲美贍。蓋以强公繼踵美成，廣邑人之遺愛，聆歌者之雅聲，遠紹旁搜，手校墨版，陳義甚高，故視諸本所得倍之。嘗謂兩宋詞刻，善本流傳，在南宋爲白石道人歌曲，雲間錢布武以嘉泰壬戌刻於東巖之讀書堂；北宋則清真集，晉陽强煥以淳熙庚子刻於溧水縣齋者。獨是姜詞宋本有傳刻，而清真闕然，亦一憾事。陳藏一話腴稱：「邦彦以樂府獨步，學士貴人市儈伎女皆知其詞爲可愛。」蓋其提舉大晟，每製一曲，名流輒依律賡唱，可知在宋時傳抄哀刻，各本異同，不名一格。今行世者，最初爲汲古本，亦最踳駁。其跋云：「一名清真集，一名美成長短句，皆不滿百闋。」余證以方千里和詞才九十四首，楊澤民又次之，其敍第并與元巾箱本相符，惟闕卷末二首及雜賦類三十二首。當時未睹其全，好事輒合方、楊和章爲三英集刊行。陳君衡西麓繼周集追步在後，所得差多。將毛本所謂「不滿百闋者」，豈南宋坊刻罕覯足本耶？迨强煥爲溧水長，網羅放失，釐爲上下卷，始廣其傳，今毛本所輯百八十有四闋，證以强敍所稱，數雖冥合，然强敘不言有注，而毛本則校注間存，疑多出子晉删節之餘，其所斥評注龐雜者，豈陳元龍補注即在其中？而詞下每注「清真集不載」，或云「見清真集」，必其就詞之多者雜連彙刊，又獨嫁名於「片玉」，目元刻爲宋槧，抑亦謬已。其補遺一卷十首，自謂取之清真諸本，與此錯見者。近臨桂王給諫半塘老人影明抄元巾箱本附集外詞五十四首，即從汲古補入，又删其卷下鎖陽臺三首及補遺十首。惜陳振孫所録後集一卷，其書不傳，無從勘其出入耳。至四庫集部所收，近今丁氏西泠詞萃所重刻，篇卷題號，悉仍汲古之舊，於其謁舛，尠所校正。其作十卷附注者，惟阮氏揅經室外集録目及汪閬原藝芸書目載之，其編分四時、單題、雜賦諸體，而阮、汪二家皆誤以爲宋槧。（汪目稱「宋本詳注十卷」，阮録謂「此宋陳元龍注釋本」，并題曰「詳注片玉詞十卷」。）按元龍乃元人，爲美成詞補注，因命之曰片玉集，即孫京兆駕航所藏元刻片玉詞，廬陵劉必欽敍稱「漳江陳少章」其人也。半塘據以校明隆慶庚午盟鷗園主人影抄復所司李藏元人巾箱本，其編次百二十七首并分類體例，一一相符，特分卷與題號異耳。蓋孫氏所藏元刻陳注十卷之本，即出於汪、阮舊録，以其分類卷數集注命名，考之悉合。按自直齋書録已標二卷，其後集當是續編，强刻釐爲上下，則亦二卷，王刻明影抄元巾箱本，卷第正同。毛刻雖合三本爲之，未必盡依舊次，而汲古秘本書目固稱元板片玉詞二本，昔黄蕘翁嘗謂所見毛氏珍藏之本，不必盡合於所刻，信然。今觀其跋刻片玉集曰「宋刻二卷」，其秘目則稱「元板二本」，實一書而前後自紊其標題，此宋、元本篇目多寡之證也。

一、清真集在宋時已有注本，直齋書録云：「有曹杓字季中，號一壺居士，曾注清真詞二卷。」元本已無稱曹注者，則其書不傳久矣，此爲注本之初祧。玉田詞源言：「楊守齋有圈法美成詞，蓋取其詞中字句融入聲譜，一一點定，如白石歌曲之旁譜，特於其拍頓加一墨圍，故云圈法耳。」夢窗惜黄花慢詞敍云：「吴江夜泊惜別，邦人趙簿攜伎侑尊，連歌數闋，皆清真詞。」毛幵樵隱筆録云：「紹興初，都下盛行清真詠柳蘭陵王慢，西樓南瓦皆歌之。」玉田詞敍亦兩記杭伎沈梅嬌、吴伎車秀卿能歌美成曲，得其音旨。强焕敍言：「式燕嘉賓，歌者果以公之詞爲首唱。」可知其詞當南渡後，頗以雅管流傳，一時勝寄。自元以來，大晟餘韻，嗣音闃然，學者但賞其文藻，率於其舉典隸事，强作解人，雖習見者，亦多所箋釋。要之，詞原於比興，體貴清空，奚取典博。美成詞切情附物，風力奇高，玉田謂其取字「皆從唐之温、李及長吉詩中來」一語，思過半矣。故詞之有注，轉爲贅疣，且有因注而誤者：如清真詞西河「金陵懷古」，「傷心東望淮水」，此數語實檃括劉夢得金陵五題詠石頭城詩句，融會分明，而草堂詩餘及毛刻注皆以「傷心」爲「賞心」，草堂本引詩話總龜賞心亭故實，頓失作者本義。又六醜「斷鴻」句，諸本「鴻」字確是「紅」之譌，而汲古注引詩「天南斷雁」之句以實之。考宋龐元英談藪云：「本朝詞人用御溝紅葉故事，惟清真樂府六醜詠落花見之，云：『恐斷紅上有相思字，何由見得。』」是宋人所見原本爲「斷紅」可證。此類尚多，并是注者妄有所掎摭，以亂其真，甚無謂也。元劉肅敍稱，陳少章病舊注之簡略，遂詳而疏之。宋以後所見注本僅此，其間舊注固無從條晰，而毛本删存及草堂所有者，同一猥雜，此宋、元本注釋存佚之證也。

一、清真集分類體例，蓋宋時已有刊行，據方千里和詞次第，以考元巾箱本及陳注本，自「四時」至「單題」類，若合符節，千里固宋人，是宋本有分類可知。其「什賦」一類三十二首，疑出於後之續編，校刻者不欲羼敓舊次，遂附卷末，别立一門，或陳振孫所謂「後集一卷」者此歟？否則「什賦」諸詞，儘可分入前編諸類，奚事他題，千里未見，故無和作耳。考分類之體，昉於昭明，宋人編訂前賢專集，多沿其例，如劉後村分門纂類唐宋時賢千家詩選二十二卷，列十四門」，趙孟奎分類唐歌詩百卷亦然。至於少陵、香山、東坡之集，皆有分類本行世。士禮居藏書記有乾道本山谷詞一卷，亦是分類編纂。是清真集在宋已有類編之刻，可類推矣。元本未詳所自，蓋亦依據舊格，附注以行，非創體也。至强刻或從溧水官本搜輯，故視諸坊刻爲多，論世知人，當時必以編年之例刊行於世，惜淳熙本世無傳刻，僅見一敍。毛本義近編年，第所據宋刻多本，仍是元板之片玉詞，其所謂「清真美成長短句不滿百闋者」，必非强刻百八十二章之本可知，是編年宋本散佚久矣。此宋、元本體例出入之證也。

曩嘗取白石詞爲之編年補傳，以其詞敍自注歲月，旁徵宋、元説部事跡，易於考見。今欲仿其義例，編訂清真集，爲之詮第。其見諸説部者，集外軼事寥寥，惟王灼碧雞漫志謂：「點絳脣爲美成歸自京師飲於太守蔡巒子高坐中，見營伎岳楚雲之妹，作此曲以寄之。」龐元英談藪謂：「本朝詞人用御溝流红葉故實，惟清真樂府六醜詠落花見之。」又揮麈録載瑞鶴仙「悄郊原帶郭」一首，謂是美成晚歸泉唐鄉里，夢中所得，後兆方臘盜起，倉皇出奔，趨西湖之墳巷，遇故人之妾，小飲旗亭，歸卧菴閣，恍如詞中情境，繼得提舉洞霄宫，悉乎前作，美成因自記之。毛幵樵隱筆録云：「紹興初，都下盛行周清真詠柳蘭陵王慢，西樓南瓦皆歌之，謂之渭城三疊。以周詞凡三换頭，至末段聲尤激越，惟教坊老笛師能倚之以節歌者。其譜傳自趙忠簡家。忠簡於建炎丁未九日南渡，泊舟儀真江口，遇宣和大晟樂府協律郎某，叩獲九重故譜，因令家伎習之，遂流傳於外。」玉田國香詞敍云：「沈梅嬌，杭伎也，忽於京都見之，把酒相勞苦，猶能歌周清真意難忘、臺城路二曲，因屬余記其事。詞成，以素羅帨書之。」又意難忘詞敘：「中吴車氏秀卿，樂部中之翹楚者，歌美成曲，得其音旨，余每聽，輒愛歎不已。」此數事尚足爲詞中佳證。至草窗浩然齋雅談云：「宣和中，李師師以善歌稱，時邦彦爲太學生，游其家，祐陵臨幸，倉皇避去，賦少年游詞所謂『并刀如水，吴鹽勝雪』者，蓋記此夕事也。未幾，李被宣唤，歌於上前，遂與解褐。」按强焕敘言「元祐癸酉春，公爲溧水邑長」，是其作宰已在哲宗朝。癸酉屬元祐八年，距宣和前二十餘年，且宋史稱其元豐中獻汴都賦，召爲太學正，安所謂宣和中始爲太學生？其誣一也。雅談又云：「朝廷賜酺，師師又歌大酺、六醜二解，上顧教坊使袁綯問之，綯曰：『此起居舍人新知潞州周邦彦作也。』上意將留行，且以近多祥瑞，將使播之樂章，命蔡元長叩之。邦彦云：『某老矣，頗悔少作。』」按宋史文苑傳言邦彦仕至徽猷閣待制，出知順昌府，徙處州卒，未嘗稱其知潞州。玉田詞源云：「崇寧立大晟府，命美成諸人討論古音，八十四調之聲稍傳。美成復增慢曲引近，或爲三犯、四犯之曲，依月律進之，其曲遂繁。」是其六醜犯六調之曲，當在提舉大晟時所製，既非少作，且未嘗以老辭，信而有證，其誣二也。雅談又云：「起居郎張果廉知邦彦嘗於親王席上作小詞贈舞鬟，即望江南『歌席上無賴是横波』一闋，爲蔡道其事，上知之，由是得罪。」按此又與前記師師事相反，豈出於一人之詞、一時之事，而一官榮落，以詞始終？且祐陵既於宣幸之坊伎聞歌詞而賞音，詎以藩邸之舞鬟因贈詞而株累，時主愛才，必不出此，其誣三也。餘書如鶴林玉露引楊東山言，道藏經「蝶交粉退、蜂交黄退」，而誤以爲美成詞「蝶粉蜂黄」出典，且斥其以「退」爲「褪」之繆。墨莊漫録謂：「今人家閨房遇春秋社日，不作組紃，謂之忌作，引美成秋蕊香『聞知社日停鍼線』之句爲證。」又西湖游覽志稱其以「顧曲」名堂，獨載意難忘一曲，率評其詞格類此。詞苑叢談又記其爲溧水令，主薄之室有色而慧，每款洽於尊席之間，世所傳風流子，蓋所寓意，至妄謂其詞中「新淥」「待月」皆簿廳亭軒之名。又載：邦彦在師師家，聞道君至，匿牀下，道君自攜新橙一顆，云是江南初進，遂與諧謔。邦彦悉聞之，檃括成少年游。因師師歌，以直對。道君大怒，因加遷謫，押出國門。越日復幸，聞歌其蘭陵王留别詞，乃大喜，復召邦彦爲大晟樂正。凡此皆小説家附會，或出之好事忌名，故作訕笑，等諸無稽。倘史傳所謂邦彦疏雋少檢，不爲州里推重者此歟？苕溪漁隱謂「小詞紀事，率多舛誤，豈復可信」，洵知言也。若夫集中自敍，惟西平樂一詞歲月可考。其云「元豐初，予以布衣西上」，是其未獻賦通籍時可知。又云「後四十餘年辛丑正月，避賊復游故地」，考神宗元豐元年戊午，汔徽宗宣和三年辛丑，正得四十四年，時以金狄之亂，中外騷然，美成至是，蓋已老矣，故詞云：「身與塘蒲共晚。」其從處州，當在宣和之季，又集中隔浦蓮近題云：「中山縣圃姑射亭避暑作。」滿庭芳題云：「夏日溧水無想山作。」鶴沖天題云：「溧水長壽鄉作。」此三闋當屬元祐癸酉官溧邑時所作，證以强敍，稱其所治後圃，有亭曰「姑射」，堂曰「蕭閑」，皆取神仙中事，揭而名之，則所注「無想山」「長壽鄉」，亦其遺跡，足補强敍所未及。他如少年游題「荆州作」，西河題「金陵懷古」，水調歌頭題「中秋寄李伯紀觀文」，鬢雲谿令題「送傅國華奉使三韓」，一寸金題「新定作」，其人與地，間可考見時事，而未足盡爲編年之助。足則能徵，仍蓋闕之例焉耳。綜核其身世，蓋生於治平之初，通顯於元豐之季，哲宗一朝，官游南北，多見諸詞，崇寧内召，名在樂官。時已躬歷三朝，迴翔近侍，一麾江海，終老青田。至其詞賦知遇，不可謂非遭際昌明，而少壯至老，蹤蹟所之，即西平樂一敍，亦略具顛末，感歎歲月，不啻自述其生平矣。光緒上章困敦之年大梁月既望，叔問校竟，附記。

右録自校本清真集清鄭文焯清真詞校後録要（大鶴山人刻本）。

聲音之學，至明季不絶如線，故宋人詞集散佚幾半，使非汲古閣彙刊六十家詞流傳海内，此事遂成廣陵散矣。

四庫著録亦以汲古爲藍本，毛氏之有功於詞學實非淺尠。丁君松生刻杭人詞屬爲校訂，其表章鄉邦文獻之盛心，實與子晉後先媲美。頃以片玉詞屬校，瀏覽永夕，似汲古本亦尚有踳譌者，因取清真集、美成長短句按之圖譜，暨杜氏校勘詞律，句櫛字比，一一釐政之。不敢謂駕汲古而上之，要之繼汲古而起者，不得不謂之善本矣。松生屬書數語於後，似蒙之不學，烏足以語此，若視諸鈔胥之儔，則不敢辭焉。光緒丁亥正月仁和許增跋。

右録自清許增片玉詞跋（西泠詞萃本）。

戊戌閏三月，邂逅王侍御幼遐前輩，出元巾箱本清真集見示，証以元鈔明刻盟鷗園主人校本，詳爲考定。

清真風骨，原於唐詩人劉夢得、韓致光，與屯田所作異甚而同工，其格調之奇高，文采之深美，亦相與頡頏，未易軒輊也。夢華論詞，獨以梅谿、片玉並提，而謂周之勝史又在「渾」之一字。己酉九月鶴道人記。

「片玉」定名，實昉於元人陳少章補注之刻。見劉必欽後敍。阮文達、汪閬源並稱宋片玉集，疏於考古如此。

南宋後，大晟遺譜久歎畸零。丁酉仲夏逭暑西園，取諸宋人詞譜研究校訂，正其沿譌，比例詳証，不無一得，讀者審之。叔問。

按强焕叙刻於淳熙時，得詞八十有二首，今毛本實多二首，又補遺十首，陳振孫所記清真集二卷、後集一卷，不知與此章數合否？書録解題又云：「曹杓曾注清真詞二卷。」毛刻後跋稱「最後得宋刻二卷，見評注龐雜，一一削去。」今毛本猶存其一二，似非一壺居士注本，惜毛氏未著其厓略耳。光緒涒灘之歲七月既望叔問記於齊玉堪。

右録自清鄭文焯片玉詞批本（據楊壽枏過録本）。

右清真集二卷，百二十七闋，據王半塘（鵬運）四印齋景刊元巾廂本，（刻於光緒二十二年）補遺一卷，六十七闋，從毛子晉（晉）汲古閣刊片玉詞本增入。案周美成爲一代宗匠，當時刻本，不一其處，具詳於毛跋及朱跋中。今世流傳之本，以余所見，最初爲汲古閣彙刊六十家詞中之片玉詞二卷百八十四闋、補遺一卷十闋，（刻於崇禎二年）後四庫全書所箸録（書成於乾隆四十七年）及丁松生（丙）之西泠詞萃（刻於光緒十三年）均依之。近人鄭叔問（文焯）之大鶴山人校本清真集二卷、補遺一卷（刻於光緒二十六年）雖改題「清真」，而序次篇數與毛本悉同，并參校諸家，訂正亦精。以上五本，均無註釋。至庚申間（民國九年）朱古微詞宗（孝臧，原名祖謀）得宋嘉定刻本陳元龍集註之片玉集十卷，刊於彊村叢書中，此爲美成詞有註之僅存者也。顧陳註與元槧均屬分類，故序次篇數亦相同。方千里、楊澤民所和即據此本。若陳允平之西麓繼周集，則與毛刻片玉詞粗合。由此三家之和詞，可以窺見宋刻兩本之面目。至於各家之紀録，或古存今佚，與諸氏之藏庋，或侈稱溢實，凡未經寓目，概不敢涉及。今羅列諸本，以毛刻爲最備，朱刻爲最善，然審觀元槧與陳註以及方、楊之所和，均爲分類，實便研讀，特弗及毛刻之備。茲依録王刻元巾廂本兩卷，其字句則參酌鄭、朱二家之所校，至毛刻未見於元本者，別爲補遺一卷。若夫强焕及劉肅二序，雖所題各異，仍録以弁首，各註其所自出，以免混同。又采方千里和詞一卷，九十三闋（汲古閣六十家詞本）、楊澤民和詞一卷，九十二闋（江標刻汲古閣未刊本）、陳允平西麓繼周集一卷，百二十八闋（內五闋有目無詞，乃彊村叢書刻勞巽卿傳録本）附焉。宋人之和全詞者，方、楊、陳三家之和清真及陳三聘之和石湖外，實不多覯。美成深精律吕，其所作皆具有法度，惜乎音譜失傳，後世讀其遺篇，徒驚歎其文字之工妙，末由窺見古人辨音審韻之苦衷，今佐以三家所賡和，則細懌美成之佳製，句櫛字比，其或庶幾焉。中華民國十六年二月立春日，閩侯林大椿識。

右録自清真集近人林大椿跋（商務印書館本）。

清真詞凡有三本：一曰美成長短句，一曰清真集，一曰片玉集。片玉爲晉陽强焕所輯，搜羅最富，汲古又補遺十餘首，可爲完璧矣。然子晉刻時，欠校讐之功，譌謬頗多，幸其詞散見於各集，予因將花庵詞選、樂府雅詞、陽春白雪、樂府指迷、詞源、草堂詩餘、花草粹編、歷代詩餘、詞綜、詞潔、詩餘圖譜、詞律、詞苑詞話諸書，參互考訂，擇其善者從之，各詞下俱未注出，以省繁重。惟諸本有大誤之處，於此略標一二：如秋蕊香「探新燕」，「探」汲古作「貪」。蝶戀花「轣轆牽金井」，「轣轆」花庵作「轆轤」。蘇幕遮「斷雨殘雲」，草堂、圖譜落去「雨」、「殘」二字。華胥引有「鳳箋盈篋」，汲古落去「有」字。又「夜來和淚雙疊」，「夜來」圖譜作「夜夜」。玉燭新「好亂插繁華盈首」，圖譜落去「好」字。花犯「冰盤同燕喜」，「同」字草堂、詞潔作「共」。掃花游「問一葉怨題」，汲古、草堂落去「問」字。渡江雲「漸漸可藏鴉」，圖譜落去「可」字。宴清都「風翻暗雪」「淮山夜月」，草堂、詞潔「雪」作「雨」，「山」作「水」。氏州第一「欲夢高唐」，「唐」詞潔作「堂」。瑞鶴仙「不記歸時早暮」，「暮」歷代詩餘作「著」。拜星月慢「似覺瓊林玉樹相倚」，草堂、詞綜落去「相倚」二字。解連環「拚今生、對花對酒，爲伊淚落」，清真集作「拚今生、爲伊對花對酒淚落」。霜葉飛「度日如歲難到」，草堂落去「難到」二字，下又多一

「嘆」字。蘭陵王「似夢裏」汲古多一「魂」字。大酺「望極頻驚」，「頻」草堂作「頓」。浪淘沙慢「念漢浦離鴻」，詞律「漢」作「溪」，「鴻」作「魂」。瑞龍吟「盡是傷離意緒」，詞綜落去「意」字。凡此不可不亟爲改正，且可借此以正彼耳。其有介于兩可者，則以方千里、楊澤民、陳允平和詞相證。如南鄉子「颼颼」，汲古於第二「颼」字作「飀」，和詞皆作「颼」。荔支香近「閒看兩兩相倚燕新乳」，「閒」字汲古落去，和詞皆作「九」字，結句「共翦西窗蜜炬」，片玉集作「如今誰念凄楚」，和詞皆押「炬」字。西河「酒旂戲鼓甚處市」，「市」汲古作「是」，和詞皆作「市」。六醜「靜繞珍叢底成嘆息」，陽春白雪「底」作「祇」，作四字二句，和詞皆作一五一三，是皆據以爲準。惟解連環「記得當日音書」，方和詞亦六字，花庵則多一「漫」字，此字必不可少，故從花庵。至「小雨收塵」一首，諸本皆作月下笛，予細按之，並非月下笛，實是瑣窗寒也。换頭與結句稍異，乃一調而異體者，改爲瑣窗寒，或不繆與？清真之詞，其意淡遠，其氣渾厚，其音節又復清妍和雅，最爲詞家之正宗，所選更極精粹無憾，故列爲七家之首焉。

右録自清戈載宋七家詞選序（光緒重刊本）。

美成詞之存於今者：片玉詞二卷，虞山毛氏所刻者是也。清真集二卷，臨桂王氏所刊者是也。片玉集陳元龍注十卷，阮文達四庫未收書目所著録者是也。此本十卷，當自陳注本出，今以數本比較觀之，知陳注本十卷亦自宋本清真集出。而王刻清真集已非宋人舊本。何以知之？陳氏書録解題云：「清真集二卷、後集一卷，今王刻無後集，其不同一也。方、楊和清真詞均至滿路花（陳本第八卷末闋）而止，而無綺寮怨以下三十一闋，今王刻均有之，闋數較多而卷數反少，其不同二也。竊意宋本清真集二卷當終於滿路花一闋，故方、楊和詞皆從之，至綺寮怨以下三十一闋，殆即所謂後集，王刻以後集合於下卷，而陳注本則分前集二卷爲八卷，後集爲二卷，二本雖皆出於清真集，然皆非清真集之舊矣。至毛刻之片玉詞，雖云出於宋本，然據陳注本劉肅序，則片玉集之名，乃陳少章所改題，强焕何自用之？且美成詞之佳者已略盡於清真集，而强本所收頗多潦倒之作，在三本中當爲最下，然陳允平西麓繼周集已據其次序，則宋本之説，又似不誣。校勘既竟，因以所疑者拉雜書之。國維。宣統改元秋九月爲伯宛先生校於宣武城南之學山海居。

右録自甘遯村居鈔本片玉集王國維跋（墨蹟）。

曩讀周清真片玉詞訴衷情一闋（片玉集、清真集均不載。則虞案：見補遺内）曰：「當時選舞萬人長。玉帶小排方。喧傳京國聲價，年少最無量。」按「排方」「玉帶」乃宋時乘輿之服。岳倦翁愧郯録十二：「國朝服帶之制，乘輿，東宫以玉，大臣以金，勳舊間賜以玉，其次則犀、則角，此不易之制。考之典故，玉帶，乘輿以排方，東宫不佩魚，親王佩玉魚，大臣勳舊佩金魚。」石林燕語七亦云：「國朝親王皆服金帶，元豐中官制行，上欲寵嘉、岐二王，乃詔賜方團玉帶，著爲朝儀。先是乘輿玉帶皆排方，故以方團別之，二工力辭，乞寶藏於家而不服用，不許，乃請加佩金魚，遂詔以玉魚賜之，親王玉帶佩玉魚自此始。故事，玉帶皆不許施於公服，然熙寧中收復熙河，神宗特解所繫帶賜王荆公，且使服以入賀，荆公力辭久之，不從，上待服而後追班，不得已受詔。次日，即釋去。（維案：臨川集卷十八荆公賜玉帶謝表末云：「退藏唯謹，知非及於雲來。」知釋去之説不妄）大觀中收復青、唐，以熙河故事，復賜蔡魯公而用排方。時公已進太師，上以爲三師禮當異特，許施於公服，辭，乃乞琢爲方團。既以爲未安，或誦韓退之「玉帶垂金魚」之禮，告以請，因加佩金魚（鐵圍山叢談、揮麈前録所記略同。）則排方玉帶實乘輿之制，臣下未有敢服者也。且宋時臣下受玉帶之賜者可以指數，太祖時則有李彝興、符彦卿、王審琦、石保吉，英宗時則有王守約（保吉、守約均以主壻賜），神宗時則有王安石、嘉岐二王，徽宗時則有蔡京、何執中、鄭居中、王黼、蔡攸、童貫、趙仲忽，欽宗時則有李綱。（上皇所賜）南宋得賜者，文臣則有張浚、秦檜、史浩、史彌遠、鄭清之、賈似道，宗室則有居、廣、士輵、璩、伯圭、師揆、師彌，勳臣則有劉光世、張俊、楊存中、吴璘，外戚則有吴益、謝淵、楊次山、（何執中以下五人賜玉帶事，見石林燕語，史彌遠、趙師揆見四朝聞見録，賈似道、師彌見癸辛雜志。餘見宋史本傳及玉海卷八十六）此外罕聞。唯太祖紀載「建隆元年正月以犀玉帶偏賜宰相樞密使及諸君列校」。此行佐命之賞，未可據爲典要。又夢溪筆談二十二云：「丁晉公從車駕巡幸，禮成，有詔賜輔臣玉帶，時輔臣八人，行在祗候庫只有七帶，尚衣有帶，謂之比玉，價直數百萬，上欲以賜輔臣，以足其數。」容齋隨筆四駁之曰：「景德元年真宗巡幸西京，大中祥符元年巡幸太山，四年幸河中，丁謂皆爲行在三司使，未登政府。七年幸亳州，謂始以參知政事從，時輔臣六人，王旦、向敏中爲宰相，王欽若、陳堯叟爲樞密使，皆在謂上，謂之下尚有樞密副使馬知節，即不與此説合。且既爲玉帶，而又名比玉，尤可笑。」洪氏之言如此。案宋史真宗紀：「大中祥符二年正月癸亥，以封禪慶成，賜宗室輔臣襲衣金帶器幣。」不云玉帶。舊聞證誤四引某書謂「真宗嘗徧以玉帶賜兩府大臣」，蓋亦襲筆談之誤。夫以乘輿御服，大臣所不得賜，宰相親王所不敢服，僭侈如蔡京猶必琢爲方團，加以金魚，而後敢用，何物倡優，乃以此自炫於萬人之中？（則虞案：原詞有云：「佯向人前，不認周郎。」）此事誠不可解。蓋嘗參互而得其説焉。宋史輿服志：「太平興國七年，翰林學士承旨李昉奏：『奉詔詳定車服制度，請從三品以上服玉帶。』」舊聞證誤四引慶元令云：「諸帶三品以上得服玉，臣僚在京者不得施於公服。」蓋宋時便服并無禁令，故東坡曾以玉帶施元長老，有詩見集中。（東坡集十四）其二曰：「此帶閱人如傳舍，流傳到我亦悠哉。錦袍錯落真相稱，乞與佯狂老萬回。」味其詩意，不獨東坡可服，似了元亦可服矣。至順鎮江志十九載此事云：「公便服入方丈。」又云：「師急呼侍者收公所許玉帶。」則爲便服束帶之證。東坡贈陳季常臨江仙詞云：「細馬遠馱雙侍女，青巾玉帶紅靴。」亦其一證。陳后山談叢（后山集十九）亦云：「都市大賈趙氏，世居貨寶，言玉帶有刻文者，皆有疵疾以蔽映耳，美玉蓋不琢也。比歲杭、揚二州，化洛石爲假帶，色如瑾瑜，然可辨者，以其有光也。」觀此知宋時上下便服通用玉帶，故人能辨之，漫至倡優服飾，上僭乘輿，雖云細事，亦可見哲、徽以後政刑之失矣。

曩作清真先生遺事，頗辨貴耳集、浩然齋雅談記李師師事之妄，今得李師師「金帶」一事，見於當時公牘，當爲實事。案三朝北盟會編三十：「靖康元年正月十五日，聖旨：應有官無官諸色人，曾經賜金帶，各據前項所賜條數，自陳納官，如敢隱蔽，許人告犯，重行斷遣。」後有尚書省指揮云：「趙元奴、李師師、王仲端曾經祗候倡優之家，（中略）曾經賜金帶者，并行陳納。」當時名器之濫如是。則「玉帶」「排方」亦何足爲怪？頗疑此詞或爲師師作矣。然當時制度之紊，實出意外，老學庵筆記一言：「宣和間，親王、公主及他近屬戚里，入宫輒得金帶關子，得者旋填姓名賣之，價五百千，雖卒伍屠酤，自一命以上皆可得。方臘破錢塘時，太守客次有服金腰帶者數十人，皆朱勔家奴也。時諺曰：金腰帶，銀腰帶，趙家天下朱家壞。」然則徽宗南狩時，盡以太宗時紫雲樓金帶賜蔡攸、童貫等（見鐵圍山叢談六），更不足道，以公服而猶若是，則便服之僭侈更何待言。「國家將亡，必有妖孽」，殆謂是歟？

右録自王國維庚辛之間讀書記片玉詞（王忠慤公遺書）。

余箋釋夢窗詞選竟，因思夢窗之學，源本清真。尹惟曉云：「求詞於吾宋，前有清真，後有夢窗。」周止庵教人由夢窗以幾清真，是則學夢窗者，又不可不以清真爲歸宿也。夢窗詞極得清真神似，但清真用典渾成，不如夢窗之破碎；清真用意明顯，不如夢窗之晦澀；清真用筆鉤勒清楚，不如夢窗縱横穿插在若斷若續或隱或見之間。至於起伏頓挫，開合照應，格局神氣，無不酷肖而吻合。所以分者，一則峭健，一則雍容。譬之於文，夢窗其柳州，清真其六一乎？抑余更有説者，夢窗之詞出清真，知之者多；清真之詞出自何人，知之者少。今細心潛玩，知於小山爲近，不獨語摹句倣，即神氣亦在即離之間。然則謂清真之小令源出小山可也。至合吴、周、晏三家而通之，譬之於河，清真者，夢窗之龍門，小山者，清真之星宿海歟？憶前數年研夢窗未入時，意清真之詞較淺而易入也，竊有所窺測，寫爲眉評，今一覆視，殊堪噴飯。因棄而再釋之。特不知後之視今，不猶今之視昔，他人之視我，不猶今我之視昔我否耳。壬申仲秋序於紅香爐峯之麓。

右録自近人楊鐵夫清真詞選箋釋序（自印本）。

詞律之義有二：一爲詞之音律，一爲詞之格律。所謂詞之音律，如宫調，如旁譜，宋人詞集中往往見之，然節奏已亡，鏗鏘遂失。近百年來，有凌氏廷堪、方氏成培、陳氏澧、張氏文虎、鄭氏文焯諸家，鉤稽遺譜，細繹秘文，縱未由全復舊觀，然較之冥行擿埴，固已勝矣。若夫詞之格律，本爲穌龎音律而起，但音律既難臆測，不能不於字句聲響間尋其格律，格律止求諧乎喉舌，音律兼求諧乎管絃，世未有喉舌不諧而能諧乎管絃者。詞律云者，就格律言，大氐與詩律略同，而精嚴過之。自來言詩律者，如文鏡祕府論等書，所揭聲病，罕涉四聲，殆由風會使然，抑詩之格律固寬於詞也。詞有四聲，宋人亦未暢言，金、元以來，詞餘踵興，凡論曲律之書，如太和正音譜等，屢言曲有四聲，清初官撰曲譜，間采詩餘，即依其法。四庫總目於方千里和美成詞，稱其四聲，不易一字。其後戈氏載撰詞林正韻，盡取宋詞，參伍比較，觀其會通，仿中原音韻、菉斐軒詞韻之例，於四聲代用者別録之，詞家如周氏之琦、蔣氏春霖諸家，皆能按譜覓句，恪守四聲，學者漸知萬氏詞律不足以盡聲家之窾要。其餘圖譜之屬，自鄶以下無譏焉。洎王、朱、鄭、況四家比肩崛起，詞學益盛。朱、況二老，晚歲尤嚴四聲，詞之格律，遂有定程。七百年之隊響，至是絶而復續，豈不韙哉？嘗謂詞家有美成，猶詩家有少陵，詩律莫細乎杜，詞律亦莫細乎周。觀夫千里次韻以長謡，君特依聲而操縵，一字之微，弗爽累黍，一篇之內，弗紊宮商，良由宋世大晟樂府創自廟堂，而詞律未造專書，即以清真一集爲之儀埻，後之學者，所宜遵循勿失者也。犍爲楊易霖從余問故，且十載，精孯倉、雅，尤通韻學，偶爲詩餘，能窺汴宋堂奥。聞余言，爰有周詞訂律之作，書凡十二卷，專論清真格律，審音揆誼，析疑匡謬，凡見存詞籍足供質證者，甄采靡遺，於同異之辨，是非之數，尤三致意焉。猶之匠石揮斤，必中檃栝，離俞縱目，弗失豪芒，翼羽前修，衣被來學，不惟美成之功臣，抑亦詞林之司南也。綴學之士，若由美成之格律，進而治唐、宋諸大家之格律，并由詞之格律，進而治詞之音律，行見前人碧雞漫志、樂府指迷等書，將以粃糠塵垢視之，即萬律戈韻，亦成附綴懸疣矣。易霖寫稿既訖，擬刊版以行，因述所懷，書於卷端。

右録自近人邵瑞彭周詞訂律序（開明書店本）。

片玉詞二卷、補遺一卷，宋周邦彦撰。邦彦字美成，錢塘人。元豐中獻汴都賦，召爲太學正。徽宗朝仕至徽猷閣待制，出知順昌府，徙處州卒。自號清真居士。宋史文苑傳稱：「邦彦疏儁少檢，不爲州里推重，好音樂，能自度曲，製樂府長短句，詞韻清蔚。」藝文志載清真居士集十一卷，蓋其詩文全集久已散佚，其附載詩餘與否，不可復考。陳振孫書録解題載：「清真集二卷，後集一卷。」此編名曰片玉，據毛晉跋稱：「爲宋時刊本所題，原作二卷，其補遺一卷，則晉采各選本成之。」疑舊本二卷，即所謂清真集，晉所掇拾，乃其後集所載也。卷首有强焕序，與書録解題所傳合。其詞多用唐人詩句檃括入調，渾然天成，長篇尤富豔精工，善於鋪敍。陳郁藏一話腴謂其「以樂府獨步，貴人學士、市儈伎女皆知其詞爲可愛」，非溢美也。又邦彦本通音律，下字用韻，皆有法度，故方千里和詞，一一案譜填腔，不敢稍失尺寸。今以兩集互校，如隔浦蓮近拍「金丸驚落飛鳥」句，毛本注云：「案譜此處宜三字二句。」然千里詞作「夷猶終日魚鳥」，則周詞本是「金丸驚落飛鳥」，非三字二句。又荔枝香近「兩兩相依燕新乳」句止七字，千里詞作「深澗斗瀉飛泉灑甘乳」句凡九字，覯柳永、吴文英二集，此調亦俱作九字句，不得謂千里爲誤，則此句尚脱二字。又玲瓏四犯「細念想夢魂飛亂」句七字，毛本因舊譜誤脱「細」字，遂注曰：「案譜宜是六言。」不知千里詞正作「顧鬢影翠雲零亂」七字，則此句

「細」字非衍文。又西平樂「爭知向此征途區區，佇立塵沙。」二句共十二字，千里和云：「流年迅景，霜風敗葦驚沙。」止十字，則此句實誤衍二字。至於蘭陵王尾句「似夢裏淚暗滴」六仄字成句，觀史達祖此調此句作「欲下處似認得」亦止用六仄字，可以互證。毛本乃於「夢」字下增一「魂」字作七字句，尤爲舛誤，今並釐正之。據書録解題，有曹杓字季中號一壺居士者，曾注清真詞二卷，今其書不傳。

右録自四庫全書總目提要。

詳注周美成片玉集十卷。宋周邦彦所撰。片玉詞二卷，四庫全書已著録，此宋陳元龍注釋本。元龍字少章，廬陵人。是書分春、夏、秋、冬四景及「單題」「雜賦」諸體，爲十卷。元龍以美成詞借字用意，言言俱有來歷，乃廣爲考證，詳加箋注焉。

右録自清阮元四庫未收書目提要。

景宋本詳註周美成詞片玉集十卷。湘案：文達所據宋本，光緒中在濟寧孫駕航京兆揖家，臨桂王氏四印齋別得元人所鈔無注本清真集二卷，曾以孫本互校，篇次字句略同，取汲古片玉詞輯爲集外詞而未録陳注。江安傅沅叔復從南中收勞羿卿手寫一本，亦分十卷，詞目下稍采注語，似前人所最録。近歲孫本散出，紙墨頗有渝損，適又出一宋槧，爲黄蕘圃舊藏，精整遠過之，有「丕烈」「蕘夫」「士禮居」「惟庚寅吾以降」「汪士鐘印」「閬源真賞」諸印，每半葉十行，行十七字，景寫上版。北宋詞有注者惟此獨爲完本，亦前賢未見之秘帙也。蕘圃多收宋詞，恒以自詡。此本獨無題識，蓋其晚歲所得，故僅有印記，附識以補百宋一廛著録。

右録自近人陶湘景刊宋金元明本詞四十種叙録。

三、詞話

黄昇曰：今按此詞（瑞龍吟）自「章臺路」至「歸來舊處」是第一段，自「黯凝竚」至「盈盈笑語」是第二段。謂之「雙拽頭」，屬正平調。自「前度劉郎」以下，即犯大石調，是第三段。至「歸騎晚」以下再歸正平，今諸本於「吟牋賦筆」處分段者，非也。

黄昇曰：此（花犯「梅花」）只詠梅花，而紆餘反覆，道盡三年間事，昔人謂好詩圓美流轉如彈丸，余於此詞亦云。

右録自宋黄昇花庵唐宋諸賢絶妙詞選（汲古閣本）。

王都尉有憶故人詞云：「燭影摇紅，向夜闌，乍酒醒心情嬾。尊前誰爲唱陽關，離恨天涯遠。無奈雲沉雨散。凭闌干東風淚眼。海棠開後，燕子來時，黄昏庭院。」徽宗喜其詞意，猶以不豐容宛轉爲恨，遂令大晟别撰腔，周美成增損其辭，而以首句爲名，謂之「燭影摇紅」云。

右録自宋吴曾能改齋漫録卷十七（守山閣叢書本）。

周美成初在姑蘇與營妓岳七楚雲者游甚久。後歸自京師，首訪之，則已從人矣。明日飲於太守蔡巒子高坐中，見其妹，作點絳脣曲寄之云：「遼鶴西歸，故鄉多少傷心事。短書不寄。魚浪空千里。　憑仗桃根，説與相思意。愁何際。舊時衣袂。猶有東風淚。」

右録自宋王灼碧雞漫志卷二（知不足齋叢書本），又見夷堅支志。

楊東山言道藏經云：「蝶交則粉退，蜂交則黄退。」周美成詞云「蝶粉蜂黄渾退了」，正用此也。而説者以爲宫妝，且以「退」爲「褪」，誤矣。余因歎曰：區區小詞，讀書不博者尚不能得其旨，況古人之文章而可臆見妄解乎。

右録自宋羅大經鶴林玉露卷十四（明刻本）。

周邦彦字美成，自號清真。二百年來以樂府獨步，貴人學士、市儇妓女知美成詞爲可愛，而能知美成爲何如人者百無一二也。蓋公少爲太學内舍選，年未三十作汴都賦，鋪張揚厲，凡七千言，奏之天子，命近臣讀於邇英閣，遂由諸生擢太學正，聲名一日震耀海内。神宗上賓，哲宗寘之文館，徽宗列之郎曹，皆自文章而得。至於詩歌自經史中流出，當時以詩名家如晁、張，皆自歎以爲不及。姑以一二篇言之，如薛侯馬云：「薛侯，河東土豪也。以戰功累官左侍禁西方罷兵，薛歸吏部授官。帶所乘駱馬寓武城坊，經年不得調，羈馬庳屋下，馬怒，敗主人屋，時時踶碎市販盎器，薛悉賣裝以償。傷己阨屈，因對馬以泣，鄰居李文因之之爲薛作傳，同舍賦詩者十一人，僕與其一焉。薛侯俊健如生猱，不識中原生土豪。蛇矛丈八常在手，駱馬蕃鞍雲錦袍。往屬嫖姚探虎穴，狐鳴蕭蕭風立髮。短韉淋血斬將歸，夜斲堅冰濡馬渴。中都久住武城坊。屋頭養駱如養羊。枯萁不飽籬壁盡，狹巷怒踶盆盎傷。只今栖栖守環堵，五月樵風吹宿莽。千金夜出酬市兒，客帳晝眠聽戲鼓。邊人視死亦尋常，笑裹辭家登戰場。銓勞定次屈壯士，兩眼熒熒收淚光。齒堅食肉何曾老，騎馬身輕飛一鳥。焉知不將萬人行，横槊秋風賀蘭道。」如天賜白云：「永樂城陷，獨王湛、曲真夜縋以出。真持木爲兵，且走且敵，前陷大澤中，顧其旁有馬而白，暫騰上馳去，五鼓達米脂城，因以得脱。真名其馬爲『天賜白』。蔡天啟得其事於西人，邀余同賦：『君不見，書生鐫羌勒兵入，羌來薄城東縛急。蠟丸飛出辭大家，帳下健兒紛雨泣。鑿沙到沙終無水，擾擾萬人如渴蟻。挽絙竊出兩將軍，敵箭隨來風掠耳。道傍神馬白雪毛，噤口不嘶深夜逃。忽聞漢語米脂下，黑霧壓城風怒號。脱身歸來對刀筆，短衣射虎朝朝出。自椎雜寶塗箭創，心折骨驚如昨日。榖城魯公天下雄，陰陵一跌兵力窮。檥舟不渡謝亭長，有何面目歸江東。將軍偶生名已弱，鐵花暗澀龍文鍔。縞帳肥芻酬馬恩，閑望旄頭向西落。』」若此凡數百篇，豈區區學晚唐者可及耶？樓攻媿謂其磬鏡烏几之銘，可與鄭圃、漆園相周旋，而禱神之文，則送窮、乞巧之流亞，不爲溢美矣。擬清真者又當於樂府之外求之。

右録自宋陳郁藏一話腴外編（文津閣本）。

本朝詞人罕用此（紅葉）事，惟周清真樂府兩用之。掃（原誤爲「歸」）花游云：「信流去，想一葉怨題，今到何處。」六醜「詠落花」：「飄流處莫趁潮汐，恐斷水（紅）上有相思字，何由見得。」脱胎換骨之妙極矣。

右録自宋龐元英談藪（明版宋人百家小説本）。

詞欲雅而正，志之所之，一爲情所役，則失其雅正之音。耆卿、伯可不必論，雖美成亦有所不免，如「爲伊淚落」，如「最苦夢魂，今宵不到伊行」，如「天便教人，霎時得見何妨」，又「恐伊尋消問息，瘦損容光」，如「許多煩惱，只爲當時，一餉留情」，所謂淳厚日變成澆風也。

古之樂章、樂府、樂歌、樂曲，皆出於雅正。粤自隋、唐以來，聲詩間爲長短句，至唐人則有尊前、花間集。迄於崇寧，立大晟府，命周美成諸人討論古音，審定古調。淪落之後，少得存者。由此八十四調之聲稍傳，而美成諸人又復增演慢曲引近，或移宫换羽爲三犯、四犯之曲，按月律爲之，其曲遂繁。美成負一代詞名，所作之詞渾厚和雅，善於融化詩句，而於音譜且間有未諧，可見其難矣。作詞者多效其體製，失之軟媚而無所取，此惟美成爲然，不能學也，所可倣傚之詞，是一美成而已。舊無刊本，六十家詞可歌可誦者指不多屈，中間如秦少游、高竹屋、姜白石、史邦卿、吴夢窗，此數家格調不侔，句法挺異，俱能特立清新之意，删削靡曼之詞，自成一家，各名於世。作詞者能取諸人之所長，去諸人之所短，精加玩味，象而爲之，豈不能與美成輩争雄長哉！

美成詞只當看他渾成處，於軟媚中有氣魄，採唐詩融化如自己者，乃其所長。惜乎意趣却不高遠，所以出奇之語，以白石騷雅句法潤色之，真天機雲錦也。

右録自宋張炎詞源卷下（蔡松筠校本）。

凡作詞當以清真爲主，蓋清真最爲知音，且無一點市井氣，下字運意，皆有法度，往往自唐、宋諸賢詩句中來，而不用經史中生硬字面，此所以爲冠絶也。學者看詞，當以周詞集解爲冠。

結句須要放開，含（明萬曆本、四印齋本并作合）有餘不盡之意。以景結情最好，如清真之「斷腸院落，一簾風絮」，又「掩重關、偏城鐘鼓」之類是也。以情結尾亦好，往往輕而露，如清真之「天便教人，霎時廝見何妨」，又云「夢魂凝想鴛侣」之類，便無意思。亦是詞家病，却不可學也。

如詠物須時時提調，覺不可曉，須用一兩件事印證方可。如清真「詠梨花」水龍吟第三第四句，引（各本并作須，百尺樓叢書本作引，引字較佳，今從之）用「樊川」「靈關」事，又「深閉門」及「一枝帶雨」事，覺後段太寬，又用「玉容」事，方表得梨花。若全篇只説花之白，則是凡白花皆可用，如何見得是梨花。

詞中用事使人姓名，須委曲得不用出最好。清真詞多要兩人名對使，亦不可學也。如宴清都云「庾信愁多，江淹恨極」，西平樂云「東陵晦迹，彭澤歸來，」大酺云「蘭成憔悴，衛玠清羸」，過秦樓云「才減江淹，情傷荀倩」之類是也。

右録自宋沈義父樂府指迷（花草粹編本）。

周清真渡江雲首云「晴嵐低楚甸，煖回雁翅，陣勢起平沙。」繼云「千萬絲、陌頭楊柳，漸漸可藏鴉。」今以景物而觀，煖初回雁，柳漸藏鴉，則仲春候也，後乃云「今朝正對初弦月，傍水驛、深艤蒹葭。」又似夏秋之際，容非語病乎？謂若稍更句中云「今宵正對江心月，憶年時水宿蒹葭」，庶映帶過無礙也。

右録自明陳霆渚山堂詞話（嘉靖刊本）。

美成能作景語，不能作情語，能入麗字，不能入雅字，以故價微劣於柳。然至「枕痕一線紅生玉」，又「喚起兩眸清炯炯。淚花落枕紅綿冷。」其形容睡起之妙，真能動人。

右録自明王世貞弇州山人詞評（四部稿本）。

唐制，妓女所居曰坊曲，北里志有「南曲」「北曲」，如今之南院北院也。宋陳敬叟詞「窈窕青門紫曲」，周美成詞「小曲幽坊月暗」，又「愔愔坊曲人家」，近刻草堂詩餘改作「坊陌」，非也。謝皋羽天地（原誤作「池」）間集載孟鞕南京詩云：「愔愔坊曲傍深春，活活河流過雨渾。花鳥幾時充貢賦，牛羊今日上丘原。猶傳柳七工詞翰，不見朱三有子孫。我亦前生梁楚（處）士，獨持心事過夷門。」

杜詩「燈前細雨簷花落」，注謂簷下之花，恐非。蓋謂簷前雨映燈花如花爾，後人不知，或改作「簷前細雨燈花落」，則直致無味矣。宋人小詞多用「簷花」字，周美成云：「浮萍破處，簷花簾影顛倒。」又云：「簷花紅雨照方塘。」多不悉記。

周美成十六字令云：「眠。月影穿窗白玉錢。無人弄，移過枕函邊。」詞簡思深，佳詞也。其片玉集中不載，見天機餘錦。

周美成「寒食」應天長詞「條風布暖，霏霧弄晴，池塘徧滿春色。正是夜堂無月，沈沈暗寒食。」今本遺「條風」至「正是」二十字。

周美成過秦樓首句是「水浴清蟾」，今刻本誤作「涼浴」。

右録自明楊慎升庵詞品（蜀刻本）。

周美成邦彥，錢塘人，疏雋少檢，不爲州里推重，而博涉百家。元豐初游京師，獻汴都賦，神宗奇之，累官徽猷閣待制、提舉。能自度曲，製樂府長短句，詞韻清蔚，名其居曰「顧曲堂」，其所製意難忘云：「衣染鶯黄。愛、停歌駐拍，勸酒持觴。低鬟蟬影動，私語口脂香。簷露滴，竹風涼。拚劇飲淋浪。夜漸深、籠燈就月，子細端詳。知音見説無雙。解移宫换羽，未怕周郎。長顰知有恨，貪耍不成粧。些個事，惱人腸。試、説與何妨。又恐伊尋消問息，瘦減容光。」其詞格大率類此。

美成晚歸錢塘，夢中得瑞鶴仙詞一闋云云。未幾，方臘亂，自桐廬入杭。美成方宴客，倉皇出奔，趨於西湖墳庵。適際殘冬，落日在山，忽逢故人之妾奔逃而來，乃與小飲於道旁旗亭，聞鶯聲於木杪，少焉分背，抵菴尚有餘醺，因卧小閣之上，恍如詞中所云。逾月入城，故居皆遭蹂踐矣。後得請提舉洞霄宫而終老焉。

右録自明田汝成西湖游覽志餘卷十二（萬曆刊本）。

詞家刻意、俊語、濃色，此三者皆作者神明，然須有淺深處、平處，忽着一二乃佳。如美成「秋思」（案：華胥引）平叙景物已足，乃出「醉頭扶起寒怯」，便動人工妙。

周清真少年游題云「冬景」，却似飲妓館之作。起句「并刀似水」四字，若掩却下文，不知何爲陡着此語。「吴鹽」「新橙」寫境清别，「錦幄」數語，似爲上下太淡宕，故着濃耳。後闋絶不作了語，只以「低聲問」三字貫徹到底，藴藉嫋娜，無限情景，都自纖手破橙人口中説出，更不必别着一語，意思幽微，篇章奇妙，真神品也。

清真「衣染鶯黄」（案：意難忘）詞，忽而歡笑，忽而悲泣，如同枕席，又在天畔，真所謂不可解不必解者。此等最是難作，作亦最難得佳。「夜漸深，籠燈就月，仔細端相。」義仍之「就月籠燈衫袖張」出此。

周美成詞家神品，如少年游「馬滑霜濃，不如休去，直是少人行。」何等境味。若柳七郎，此處如何煞得住。

右録自清王又華古今詞論節録毛稚黄與沈去矜論填詞書（詞學全書本）。

周邦彦在李師師家，聞道君至，遂匿牀下。道君自携新橙一顆，云「是江南初進」，遂與師師謔語。邦彦悉聞之，隱括成少年游云：「并刀如水，吴鹽勝雪，纖指破新橙。錦幄初温，獸香不斷，相對坐調箏。低聲問向誰行宿，城上已三更。馬滑霜濃，不如休去，直是少人行。」師師因歌此詞，道君問誰作？師師以直對。道君大怒，因加邦彦遷謫，押出國門。越一二日，道君復幸師師家，不遇，至更初師師歸，愁眉淚眼，憔悴可掬。道君問故，師師奏言：「邦彦得罪去國，略致一杯相別，不知得官家來。」道君問：「曾有詞否？」李云：「有蘭陵王詞。」道君云：「唱一遍看。」李因奉酒歌云……歌竟，道君大喜，復召邦彦爲大晟樂正。

右録自清徐釚詞苑叢談卷六（蛾術堂本）。

美成詞乍近之，覺疏樸苦澁，不甚悦口，含咀之久，則舌本生津。

右録自清先著詞潔（康熙刻本）。

周美成不止不能作情語，其體雅正，無旁見側出之妙。

右録自清劉體仁七頌堂詞繹（別下齋叢書本）。

「馬滑霜濃，不如休去，直是少人行」，言馬言他人，而纏綿偎倚之情自見，若稍涉牽裾，鄙矣。

「天便教人，霎時廝見何妨。」「花前月下，見了不教歸去。」卞急迂妄，各極其妙，美成真深於情者。

右録自清沈謙填詞雜説（東江集鈔本）。

周清真避道君匿李師師榻下，作少年游以詠其事，吾極喜其「錦幄初温，獸煙不断，相對坐調笙。」情事如見。至「低聲問向誰行宿，城上已三更。馬滑霜濃，不如休去」等語，幾於魂搖目蕩矣。及被謫後，師師持酒餞別，復作蘭陵王贈之，中云「愁一箭風快，半篙波暖，回首迢遞便數驛」，酷盡別離之慘。而題作「詠柳」，不書其事，則意趣索然，不見其妙矣。

詞家用意極淺，然愈翻則愈妙，如周清真滿路花後半云「愁如春後絮、來相接。知他那裏，争信人心切。除共天公説。不成也，還似伊無箇分別。」酷盡無聊賴之致。

長調推秦、柳、周、康爲緦律，然康惟滿庭芳冬景一詞可稱禁臠，餘多應酬鋪敘，非芳旨也。周清真雖未高出，大致勻淨，有柳攲花嚲之致，沁人肌骨處，視淮海不徒娣姒而已。弇州謂其能入麗字不能入雅字，誠確。謂能作景語不能作情語，則不盡然，但生平景勝處爲多耳。要此數家正是王石廚中物，若王武子琉璃匕内豚味，吾謂必當求之陸放翁、史邦卿、方千里、洪叔璵諸家。

從來佳處不傳，不但隱鱗之士，名人猶抱此憾。周清真人所共稱，然如：「乳鴨池塘水暖。風緊柳花迎面。午妝粉指印窗眼。曲理長眉翠淺。聞知社日停鍼綫。探新燕。寶釵落枕夢魂遠。簾影參差滿院。」草堂所收周詞，不及此者多矣。

右録自清賀裳皺水軒詞筌（增補賴古堂刊本）。

宋人張玉田論詞極推少游、竹屋、白石、梅谿、夢窗諸家，而稍詘美成。夢窗之詞雖琱繢滿眼，然情致纏綿，微爲不足。余獨愛其除夕立春一闋，兼有天人之巧。美成詞如十三女子，玉艶珠鮮，政未可以其軟媚而少之也。

右録自清彭孫遹金粟詞話（別下齋叢書本）。

周邦彦片玉詞南鄉子云：「輕軟舞時腰。初學吹笙苦未調。誰遣有情知事早，相撩。暗舉羅巾遠見招。　癡騃一團嬌。自折長條撥燕巢。不道有人潛看著，從教。掉下鬟心與鳳翹。」詞景俱新麗動人，此春閨詞也。刻本題下註「撥燕巢」三字，蛇足。

右録自清李調元雨村詞話（函海本）。

清真以短調行長調，滔滔莽莽，嫌其不能盡變。

右録自清田同之西圃詞説（古懽堂本）。

大酺　通首俱寫雨中情景。「況蕭索青蕪國」，温飛卿詩：「花庭忽作青蕪國。」

滿庭芳　通首疏快，實開南宋諸公之先聲。「人静烏鳶樂」杜句也。「黄蘆苦竹」出香山琵琶行。

少年游　情景如繪，宜遭道君之怒也。

西河　檃括唐句，渾然天成。「山圍故國繞清江」四句，形勝。「莫愁艇子曾繫」三句，古迹。「酒旗戲鼓甚處市」至末，目前景物。

點絳脣「遼鶴」　淡淡寫來，深情無限，宜楚雲爲之感泣也。

瑞鶴仙　「任流光過却」，緊接上文。「猶喜洞天自樂」，收拾中間。

右録自清許昂霄詞綜偶評（初白庵詩評後）。

美成思力獨絶千古，如顔平原書，雖未臻兩晉，而唐初之法至此大備。後有作者，莫能出其範圍矣。　讀得清真詞多，覺他人所作，都不十分經意。　鉤勒之妙，無如清真，他人一鉤勒便薄，清真愈鉤勒愈渾厚。

清真，集大成者也。

清真渾厚正於鉤勒處見，他人一鉤勒便刻削，清真鉤勒愈渾厚。

右録自清周濟介存齋論詞雜著及四家詞選序論（蜀刻本）。

瑞龍吟　只一句化去町畦。　不過「桃花人面」舊曲翻新耳，看其由無情入，結歸無情，層層脱換筆筆往復處。

蘭陵王「柳」　客中送客，一「愁」字代行者設想，以下不辨是情是景，但覺煙靄蒼茫。「望」字「念」字尤幻。

鎖窗寒　奇横。

齊天樂　此清真荆南作也，胸中猶有塊壘。　南宋諸公多模仿之。　身在荆南，所思在關中，故有「渭水」「長安」之句，碧山用作故實。

蘇幕遮「燎沉香」　若有意若無意，使人神眩。

六醜「薔薇謝後作」　十三字千迴百折，千錘百鍊，以下如鵬羽自逝。　不説人惜花，却説花戀人，不從無花惜春，却從有花惜春，不惜已簪之殘英，偏惜欲去之斷紅。

大酺　「怎奈向」，宋人語，「向」作「一餉」二字解，今語「向來」也。

法曲獻仙音　結是本色俊語。

滿庭芳「夏日溧水無想山作」　體物入微，夾入上下文中，似褒似貶，神味最遠。

應天長慢「寒食」　生辣。　反剔所尋不見。

木蘭花本作玉樓春，木蘭花之前後仄起者，一名玉樓春。其平起者但可云「春曉曲」「惜春客」耳。今標其本名，以息紛解。　只賦天台事，態濃意遠。

少年游　此亦本色佳製也。本色至此便足。再過一分，便入山谷惡道矣。

拜新月慢　全是追思，却純用實寫。但讀前闋，幾疑是賦也。換頭再爲加倍跌宕之，他人萬萬無此力量。

尉遲盃　南宋諸公所斷不能到者，出之乎實，故勝。　一結拙甚。

菩薩蠻　造語奇險。

關河令　淡永。

過秦樓　入此三句，意味淡厚。

氏州第一　竭力追逼得換頭一句出，鉤轉思牽情繞，力挽六鈞，此與瑞鶴仙一闋，皆絕新機杼，而結體各別，此輕利，彼沉鬱。

瑞鶴仙　只閒閒說起。　不扶殘醉，不見紅藥之繫情，東風之作惡，因而追溯昨日送客後薄暮入城，因所攜之妓倦游，訪伴小憩，復成酣飲。換頭三句，反透出一「醒」字，驚飇句倒插東風，然後以「扶殘醉」三字點睛，結構精奇，金鍼度盡。

花犯「梅花」　清真詞其清婉者至此，故知建章千門，非一匠所營。

浪淘沙慢　空際出力，夢窗最得其訣。　三句一氣趕下，是清真長技。　鉤勒勁健陗舉。

夜飛鵲　「班草」是散會處，「酹酒」是送人處，二處皆前地也，雙起故須雙結。

解語花「元宵」　此美成在荆南作，當與齊天樂同時，到處歌舞太平，京師尤爲絶盛。

垂絲釣　「向層」句應作前結。　詞綜誤，起句可不用韻。「梁間」二字可衍。

夜游宫　此亦是層疊加倍寫法，本只「不戀單衾」一句耳，加上前闋，方覺精力彌滿。

感皇恩　白描高手。

右録自清周濟四家詞選評語（蜀刻本）。

美成浪淘沙慢精綻悠揚，爲千古絶調。（萬紅友）

右録自清馮金伯詞苑萃編卷四（嘉慶刊本）。

小説周美成以少年游得罪外謫，考浩然齋雅談周時爲太學生，因此詞遂與解褐，未有外謫之事。既而上問六醜之義，教坊使袁祹進曰：「起居舍人新知潞州周邦彦所作也。」召而訊之，對曰：「此犯六調，皆聲之美者，然絶難歌，昔高陽氏有子六人而醜，故以比之。」上喜，意將留行，會起居郎張果與之不咸，廉知周嘗於親王席上賦詞贈歌鬟，爲蔡京道其事，上知之，自此得罪。是周之得罪由於張果、蔡京之譖，非爲少年游詞。因親王席上妓，非師師也。弁陽翁之言較小說家差覈實可據。六醜楊用修易爲箇儂，殆未喻清真之義耶。

張玉田云：「詞貴雅正，如周美成『最苦今宵夢魂，不到伊行』，『天使教人，霎時廝見何妨』，『許多煩惱，只爲當時，一晌留情』，所謂變淳泊爲澆漓矣。」韙哉是言，雅俗正變之殊，學者誠不可不辨，「魂銷當此際」，東坡所以致誚於少游也。

周美成「詠梨花」云：「傳火樓臺，妒花風雨，長門深閉。亞簾櫳半濕，一枝在手，偏勾引，黃昏淚。」用「深閉門」及「一枝春帶雨」意，圓轉工切。黃德夫則云：「一春花下，幽恨重重，又愁晴，又愁雨，又愁風。」却絕不使梨花事，然何嘗不是梨花耶？

右録自清吴衡照蓮子居詞話卷一（退補齋本）。

周美成精於音律，每製新調，教坊競相傳唱。游汴，嘗主李師師家，爲賦洛陽春（案即一落索）云：「眉共春山争秀。可憐長皺。莫將清淚濕花枝，恐花也、如人瘦。清潤玉簫閑久。知音稀有。欲知日日倚闌愁，但問取、亭前柳。」李嘗欲委身而未能也。一夕，道君幸師師家，美成倉卒不及避，匿複壁間。道君自攜新橙一顆，云江南新進者，相與謔語。周悉聞之，因成少年游云：「并刀如水，吴鹽勝雪，纖指破新橙。錦幄初温，獸香不斷，相對坐調笙。低聲問向誰行宿，城上已三更。馬滑霜濃，不如休去，直是少人行。」他日師師爲道君歌之，詢是誰作？以美成對，道君大怒，即令押出國門。越日，道君復幸師師家，不遇，坐待初更始歸，啼眉淚眼，愁態可掬，道君詰之，答以「周邦彦得罪去國，略致杯酒郊餞，不知官家到來」。道君問：「有詞否？」答云：「有蘭陵王詞。」道君云：「唱一遍看。」師師迺整袂捧觴而歌云：「柳陰直。烟裏絲絲弄碧。隋堤上、曾見幾番，拂水飄綿送行色。登臨望故國。誰識◎京華倦客。長亭路、年去歲來，應折柔條過千尺。閒尋舊蹤跡。又酒趁哀絃，燈照離席。梨花榆火催寒食。愁一箭風快，半篙波暖，回首迢遞便數驛。望、人在天北。悽惻◎恨堆積。漸別浦縈回，津堠岑寂。斜陽冉冉春無極。念、月榭攜手，露橋聞笛。沈思前事，似夢裏，淚暗滴。」道君大悦，即命召還爲大晟樂正。嗟呼！君人者舉動若此，宜其相傳爲李重光後身，似不誣也。

美成在姑蘇日，與營妓岳七楚雲相戀，後從京師過蘇，則岳已從人久矣。因宴於太守蔡巒子高座上，見其妹，遂賦點絳唇寄之云：「遼鶴歸來，故人多少傷心事。短書不寄。魚浪空千里。憑仗桃根，說與相思意。愁無際。舊時衣袂，猶有東風淚。」楚雲得詞，感泣者累日。

美成宰溧水日，主簿之姬美而慧，美成每款洽於尊席之間，因成風流子云：「新緑小池塘。風簾動、碎影舞斜陽。念、金屋去來，舊時巢燕，土花繚繞，前度莓牆。繡閣裏、鳳幃深幾許，聽得理絲簧。欲說又休，慮乖芳訊，未歌先咽，愁轉清商。暗想新妝了，開朱户，應自待月西廂。最苦夢魂，今宵不到伊行。問、甚時說與，佳音密耗，寄將秦鏡，偷換韓香。天便教人，霎時廝見何妨。」「新緑」「待月」皆簿廳亭軒之名。此詞雖極情致纏綿，然律以名教，恐亦有傷風雅已。

美成以待制提舉南京鴻慶宫，自杭徙居睦州，夢中作瑞鶴仙一闋，既覺，全記其詞，初不解其所謂也。未幾，方臘亂起，欲還杭州舊居，而道路干戈已遍，僅得脱免。將入錢塘門，見杭人倉皇奔避，視落日在鼓角樓檐間，恍悟詞中所謂「斜陽映山落。斂、餘紅猶戀，孤城闌角」者應矣。舊居既不可往，無處覓食，忽有呼「待制何往」，回視之，乃鄉人侍兒所素識者，且曰：「日昃想尚未食，能同過酒家乎？」從之，忽遽間連引數觥，腹枵頓解，則所謂「凌波步弱。過短亭、何用素約。有、流鶯勸我，重解繡鞍，緩引春酌」者應矣。飲罷，覺微醉，耳目惶惑，不敢少留，徑出城北江漲橋，諸寺士女已滿，惟一小寺經閣偶無人，遂宿其上，則所謂「不記歸時早暮，上馬誰扶，醒眠朱閣」者應矣。嗣聞兩浙已爲賊據，自計方領南京鴻慶宫尚有齋廳可居，乃挈家往焉，則所謂「念西園已是，花深無地，東風何事又惡。任流光過却，歸來洞天自樂」者又應矣。美成生平好作樂府，晚年夢中得句，而事事皆驗，豈偶然哉？

右録自清葉申薌本事詞卷上（天籟軒刊本）。

周美成詞或稱其無美不備，余謂論詞莫先於品，美成詞信富豔精工，只是當不得一個「貞」字，是以士大夫不肯學之，學之則不知終日意縈何處矣。

周美成律最精審，史邦卿句最警錬，然未得爲君子之詞者。周旨蕩而史意貪也。

右録自清劉熙載詞概（成都刊本）。

詞至美成乃有大宗，前收蘇、秦之終，復開姜、史之始，自有詞人以來，不得不推爲巨擘，後之爲詞者，亦難出其範圍。然其妙處，亦不外沈鬱頓挫。頓挫則有姿態，沈鬱則極深厚，既有姿態，又極深厚，詞中三昧，亦盡於此矣。

今之談詞者，亦知尊美成，然知其佳而不知其所以佳，正坐不解沈鬱頓挫之妙。彼所謂佳者，不過人云亦云耳，摘論數條於後，清眞面目可見一斑。

美成詞極其感慨，而無處不鬱，令人不能遽窺其旨。如蘭陵王「柳」云：「登臨望故國。誰識◎京華倦客。」二語是一篇之主，上有「隋堤上、曾見幾番，拂水飄綿送行色」之句，暗伏倦客之根，是其法密處。故下接云「長亭路、年去歲來，應折柔條過千尺。」久客淹留之感，和盤託出，他手至此，以下便直抒憤懣矣，美成則不然，「閒尋舊蹤迹」二叠，無一語不吞吐，只就眼前景物約略點綴，更不寫淹留之故，却無處非淹留之苦，直至收筆云「沈思前事，似夢裏，淚暗滴」，遥遥挽合，妙在纔欲説破，便自咽住，其味正自無窮。六醜「薔薇謝後作」云「爲問家何在」，上文有「悵客裏光陰虛擲」之句，此處點醒題旨，既突兀，又綿密，妙只五字束住。下文反覆纏綿，更不糾纏一筆，却满纸是羈愁抑鬱，且有許多不敢説處。言中有物，吞吐盡致。大抵美成詞一篇皆有一篇之旨，尋得其旨，不難迎刃而解，否則病其繁碎重複，何足以知清真也。

美成詞有前後若不相蒙者，正是頓挫之妙。如滿庭芳「夏日溧水無想山作」上半闋云：「人静烏鳶自樂，小橋外、新緑濺濺。凭欄久，黄蘆苦竹，擬泛九江船。」正擬縱樂矣，下忽接云：「年年、如社燕，飄流瀚海，來寄修椽。且、莫思身外，長近樽前。憔悴江南倦客，不堪聽、急管繁絃。歌筵畔，先安枕簟，容我醉時眠。」是烏鳶雖樂，社燕自苦，九江之船卒未嘗泛，此中有多少説不出處，或是依人之苦，或有患失之心，但説得雖哀怨，却不激烈，沈鬱頓挫中别饒蘊藉，後人爲詞，好作盡頭語，令人一覽無餘，有何趣味。

美成菩薩蠻上半闋云：「何處望歸舟。夕陽江上樓。」思慕之極，故哀怨之深。下半闋云：「深院捲簾看。應憐江上寒。」哀怨之深，亦忠愛之至，似此不必學温、韋已與温、韋一鼻孔出氣。

美成齊天樂云：「緑蕪彫盡臺城路，殊鄉又逢秋晚。」傷歲暮也。結云：「醉倒山翁，但愁斜照斂。」幾於愛惜寸陰，日暮之悲，更覺餘於言外，此種結構，不必多費筆墨，固已意無不達。

美成詞有似拙實工者，如玉樓春結句云：「人如風後入江雲，情似雨餘黏地絮。」上言人不能留，下言情不能已，呆作兩譬，别饒姿態，却不病其板，不病其纖，此中消息難言。

美成詞操縱處有出人意表者，如浪淘沙慢一闋，上二叠寫别離之苦，如「掩紅淚、玉手親折」等句，故作瑣碎之筆。至末段云：「羅帶光銷紋衾疊。連環解、舊香頓歇。怨歌永、瓊壺敲盡缺。恨春去、不與人期，弄夜色，空餘滿地梨花雪。」蓄勢在後，驟雨飄風，不可遏抑。歌至曲終，覺萬彙哀鳴，天地變色，老杜所謂「意愜關飛動，篇終接混茫」也。

美成解語花「元宵」後半闋云：「因念帝城放夜。望千門如畫，嬉笑遊冶。鈿車羅帕。相逢處、自有暗塵隨馬。年光是也。惟只見、舊情衰謝。清漏移、飛蓋歸來，從、舞休歌罷。」縱筆揮灑，有水逝雲卷，風馳電掣之感。

美成夜飛鵲云：「何意重經前地，遺鈿不見，斜徑都迷。兔葵燕麥，向斜陽、影與人齊。但徘徊班草，欷歔酹酒，極望天西。」哀怨而渾雅，白石揚州慢一闋從此脱胎，超處或過之，而厚意微遜。

美成小令以警動勝，視飛卿色澤較淡，意態却濃，温、韋之外，別有獨至處。

陳子高詞婉雅閒麗，暗合温、韋之旨，晁無咎、毛澤民、万俟雅言等遠不逮也。

美成豔詞如少年游、點絳脣、意難忘、望江南等篇，別有一種姿態，句句灑脱，香匳泛話，吐棄殆盡。

美成以少年游「并刀如水」一詞通顯，以望江南「歌席上」一闋得罪，榮枯皆繫於一詞，異矣。

美成蝶戀花云：「魚尾霞生明遠樹。翠壁黏天，玉葉迎風舉。一笑相逢蓬海路，人間風月如塵土。　翦水雙眸雲半吐。醉倒天瓢，笑語生青霧。此會未闌須記取。桃花幾度吹紅雨。」

語帶仙氣，似贈女冠之作，否則故爲隱語，已爲夢窗「北斗秋橫」「春温紅玉」兩篇開其先路。

右録自清陳廷焯白雨齋詞話卷一及卷六（光緒刻本）。

美成詞鎔化成句，工鍊無比，然不借此見長，此老自有真面目，不以綴拾爲能也。

美成樂府開合動蕩，獨有千古，南宋白石、梅溪皆祖清真而能出入變化者。

美成詞渾灝流轉中，而下字用意皆有法度，故其詞名清真集。蓋「清真」二字最難，美成真千古詞壇領袖。

右録自清陳廷焯詞壇叢話（南通王氏晴藹廬舊鈔本）。

美成詞極頓挫之致，窮高妙之趣，前無古人，後無來者。

詞至美成開合動蕩，包掃一切，讀之如登太華之山，如掬西江之水，使人品概自高，塵垢盡滌。

兩宋作者，除白石、方回，莫與争鋒矣。

美成長調高據峯巔，下視衆山，盡屬附庸。

右録自清陳廷焯雲韶集卷四（晴藹廬鈔本）。

瑞龍吟　此詞自「章臺路」至「歸來舊處」是第一段。自「黯凝竚」至「盈盈笑語」是第二段。此之謂雙拽頭，屬正平調。自「前度劉郎」以下即犯大石，是第三段。至「歸騎晚」以下四句再歸正平。諸本以「吟箋賦筆」處分段，非也。此黄叔暘所言，當從之。

蘭陵王「柳」　意與人同，而筆力之高，壓徧今古。又沈鬱，又勁直，有獨往獨來之概。

鎖窗寒「寒食」　起三語精工，若他人寫來，秀麗或過之，骨韻終遜。「少年羈旅」四字淒慘。一味直來直往，自非他手所能到。

齊天樂「緑蕪凋盡……」　只起二句便覺黯然銷魂。下字用意無不精鍊。沈鬱蒼涼，太白「西風殘照」後有嗣音矣。

蘇幕遮「燎沉香……」　不必以詞勝，而詞自勝。風致絶佳，亦見先生胸襟恬淡。

十六字令　他本「眠」字作「明」字，遂以「明月影」爲句，誤矣。

六醜「薔薇謝後作」　如泣如訴，語極嗚咽，而筆力沉雄，如聞孤鴻，如聽江聲。筆態飛舞，反覆低徊，詞中之聖也。結筆愈高。

滿庭芳「夏日溧水無想山作」　起筆秀絶。以意勝，不以詞勝，筆墨真高。亦淒惻，亦疏狂。

玉樓春「桃溪……」　只縱筆直寫，情味愈出。

少年游「并刀……」　秀豔。情急而語甚婉約，妙絶古今。

浣溪沙「水漲……」入字妙。語極香豔而意極恬淡，中有静機。

憶秦娥「香馥馥……」　豔麗無比。風流淒豔，令讀者忍俊不禁。

西河「金陵懷古」　此詞純用唐人成句，融化入律，氣韻沉雄，蒼涼悲壯，直是壓倒古今。金陵懷古詞，古今不可勝數，要當以美成此詞爲絶唱。

點絳脣「遼鶴……」　淒豔芊綿，銷楚雲魂矣。

點絳脣「征騎……」　情景兼勝，筆力高絶，較柳耆卿「今宵酒醒何處」更高一着。

一落索　情詞雙絶，奴婢秦、柳。

意難忘「衣染……」　此詞香豔極矣。但香豔不難，難在吐棄一切泛語。誰不能作香奩詞？誰能如此擺脱有致？

憶舊游「記愁……」　無限淒涼，鍊字鍊句，精勁絶倫。

霜葉飛「露迷……」　寓秋夜景色，字字淒斷。「撼」字下得精神。曉何可撼，撼曉何可解？惟其不可撼，所以爲奇妙，惟其不可解，所以爲神化也。

傷情怨「枝頭……」　「又是」妙。收字妙。

菩薩蠻「銀河……」　情景都妙，筆力又高，不減太白。深款。

關河令「秋陰……」　「雲淡無雁影」五字千古。不必説借酒銷愁，偏説酒已都醒，筆力勁直，情味愈見。

過秦樓「水浴……」　婉約芊麗。淒艷絶世，滿紙是淚，而筆墨極盡飛舞之致。

氐州第一「波落……」　翻字破字鍊得妙。寫秋景淒涼，如聞商音羽奏。語極悲婉，一波三折，曲盡其妙。　美成詞大半皆以紆徐曲折制勝，妙於紆徐曲折中有筆力有品骨，故能獨步千古。

望江南「歌席……」　此詞最芊緜，麗而有則，他手自不及。

花犯「梅花」　此詞非專詠梅花，特借花以寄身世之感耳。　黄叔暘謂「此詞只詠梅花，而紆徐反覆，道盡三年間事，圓美流轉如彈丸。」可謂知言。

浪淘沙慢「曉陰……」　美成善於摹寫秋景，每讀晏、歐詞後，再讀美成詞，正如水逝雲卷，風馳電掣，覺萬彙哀鳴，天地變色。　第三段急管繁絃，飄風驟雨，如聆樂章之亂。

渡江雲「晴嵐……」　寫秋來春去，意亦猶人，而筆法自別。　雅韻欲流，視花間、秦、柳如皂隸矣。　筆力勁絶，是美成獨步處，所謂「清真」。　結句情真語切。

解語花「元宵」　因元宵而念禁城放夜時，屈指年光，已成往事。　此種着筆，何等姿態，何等情味，若泛寫元宵衣香燈影如何豔冶，便寫得工麗百二十分，終覺看來不俊。

垂絲釣「縷金……」　重尋舊跡，却寫得如許淒涼，唐人「桃花依舊笑東風」不及此也。

右録自陳廷焯雲韶集宋詞選周詞評（晴藹廬鈔本）。

拜星月慢「夜色……」　迤邐寫來，入微盡致。　當年畫中曾見，今日重逢，其情愈深。旅館淒涼相思情況，一一如見。

已是磨杵成針手段，用筆欲落不落。　此類噴醒，非玉田所知。　斜陽七字微吟千百徧，當入三昧出三昧。（評周邦彦蘭陵王「柳」起句「柳陰直」）　但以七言古詩長篇法求之自悟。（評周邦彦六醜「薔薇謝後作」起句「正單衣試酒」）　麗極而清，清極而婉，然不可忽過「馬滑霜濃」四字。（評周邦彦少年游起句「并刀如水」）　「凝望久」以下筋摇脈動。（評周邦彦花犯「梅花」起句「粉牆低」）　所謂以無厚入有間，斷字殘字皆不輕下。本是人去不與春期，翻説是無憀之思。（評周邦彦浪淘沙慢重起句「曉陰」）

右録自雲韶集補詞（晴藹廬鈔本）。

右録自清譚獻復堂詞話（心園叢刊本）。

周邦彦清真居士片玉詞。元豐中獻賦召爲太樂正，官至徽猷閣待制，知處州府倅。好音樂，能自度腔，製樂府長短句，詞韻清蔚。故方千里和詞，一一案填，不失分寸。今以兩集互校，如隔浦蓮近拍「金丸驚落飛鳥」，毛注「此處三字兩句，而周調不爾，當從原作。」荔支香近「兩兩相依燕新乳」七字，千里詞「深澗斗瀉飛泉，灑甘乳」，耆卿、夢窗作俱九字，則千里不誤，而原作脱二字。　惜曹季中注清真詞二卷不傳耳。

右録自清胡薇元歲寒居詞話（玉津閣叢書本）。

元人沈伯時作樂府指迷，於清真詞推許甚至。唯以「天便教人，霎時厮見何妨」「夢魂凝想鴛侶」等句爲不可學。則非真能知詞者也。清真又有句云：「多少暗愁密意，惟有天知。」「最苦夢魂，今宵不到伊行。」「拌今生、對花對酒，爲伊淚落。」此等語愈樸愈厚，愈厚愈雅，至真之情由性靈肺腑中流出，不妨説盡而愈無盡。南宋人詞如姜白石云「酒醒波遠，正凝想明璫素襪」，庶幾近似，然已微嫌刷色。誠如清真等句，唯有學之不能到耳。如曰不可學也，詎必顰眉搔首作態幾許然後出之，乃爲可學耶？明已來詞，纖豔少骨，致斯道爲之不尊，未始非伯時之言階之厲矣。竊嘗以刻印比之，自六代作者，以縈紆拗折爲工，而兩漢方正平直之風，蕩然無復存者，救敝起衰，欲求一丁敬身、黄大易而未易遽得，及至倚聲小道，即亦將成絶學，良可慨夫。

清真詞望江南云：「惺忪言語勝聞歌。」謝希深夜行船云：「尊前和笑不成歌。」皆熨貼入微之筆。

右録自清况周頤蕙風詞話（惜陰堂本）。

周美成齊天樂詞或病其複韻，非也。上句「佳時又逢重午」指節序言，下句「喚風綾扇小窗午」指氣候言。（逃禪詞和美成韻上「午」字作「五」。）大抵文辭用韻其異義者，原不必以複出爲禁。

右録自清張德瀛詞徵卷三（一九二二年刊本）。

周清真綺寮怨第三四句「映水曲、翠瓦朱簾，垂楊裏、乍見津亭。」元人王竹澗則云：「疏簾下、茶鼎孤烟，斷橋外、梅豆千林。」純作對偶語，不成綺寮怨矣。此不明句調之失，鄙人嘗論詞有單行有儷體，學者不可不考，至陳西麓和作，失去「清」字一韻，尤爲疏忽。

詞中側協，如夢窗西平樂「歎廢緑平煙帶苑。幽渚塵香蕩晚」，「苑」「晚」爲韻。美成云：「歎事逐孤鴻盡去，身與塘蒲共晚」，「去」當是「遠」之脱文。若淮海八六子詞之「斷」、「晚」與「減」本不同部，必非韻協，淩次仲效之，則又强解事耳。

周美成西平樂一首，和者方千里、楊澤民、陳西麓三家，句法長短互異，萬紅友、杜筱舫諸家亦不能考定，嘗疑此調下段十五句祇三用韻，未免失拍。及讀夢窗「畫船爲市，夭妝照水」，始悟美成之過換處「道連三楚，天低四野」，「楚」「野」固互協也。持語漚尹、叔問，皆亟以余爲知言。

清真詞大酺云「牆頭青玉旆」，玉字以入代平。下文云「郵亭無人處」，皆四平一仄。夢窗此句第四字亦用入聲。守律之嚴如此，今人則胡亂用之矣。

清真大酺云「未怪平陽客」，又月下笛云「最感平陽孤客」。按平陽帝都，見於春秋、史、漢。此「平陽客」未知何指？唐陳嘉言宴高氏園詩云「人是平陽客，地即石崇家。」或所本也。

右録自近人陳鋭褏碧齋詞話（褏碧齋集）。

詞之雅鄭，在神不在貌，永叔、少游雖作豔語，終有品格，方之美成，便有淑女與娼伎之別。美成深遠之致，不及歐、秦，唯言情體物，窮極工巧，故不失爲第一流之作者，但恨創調之才多，創意之才少耳。

詞忌用替代字，美成解語花之「桂華流瓦」，境界極妙，惜以「桂華」二字代月耳。夢窗以下，則用代字更多，其所以然者，非意不足則語不妙也。蓋意足則不暇代，語妙則不必代，此少游之「小樓連苑」「繡轂雕鞍」所以爲東坡所譏也。

美成蘇幕遮詞「葉上初陽乾宿雨。水面清圓，一一風荷舉。」此真能得荷之神理者，覺白石念奴嬌、惜紅衣二詞猶有隔霧看花之恨。

右録自近人王國維人間詞話卷上（王忠慤公遺書本）。

詞興於唐，李白肇基，温岐受命，五代纘緒，韋莊爲首，温、韋既立，正聲於是乎在矣。天水將興，江南國蹙，心危音苦，變調斯作。文章世運，其勢則然。宋詞既昌，唐音斯暢，二晏濟美，六一專家。爰逮崇寧，大晟立府，製作之事，用集美成。此猶治道之隆於成、康，禮樂之備於公旦，監殷監夏，無間然矣。東坡獨崇氣格，箴規柳、秦，詞體之尊，自東坡始。南渡而後，稼軒崛起，「斜陽烟柳」與「故國月明」，相望於二百年中，詞之流變，至此止矣。湖山歌舞，遂忘中原，名士新亭，不無涕淚，性情所寄，慷慨爲多，然達事變懷舊俗，大晟餘韻，未盡亡也。天祚斯文，鍾美君特，水樓賦筆，年少承平，使北宋之緒微而復振，尹焕謂前有清真，後有夢窗，信乎其知言矣。

周止庵立周、辛、吴、王四家，善矣！惟師説雖具，而統系未明，疑於傳授家法或未洽也。吾意則以周、吴爲師，餘子爲友。使周、吴有定尊，然後餘子可取益。於師有未達，則博求之友，於友有未安，則還質之師。如此，則系統明而源流分合之故亦從可識矣。周氏之言曰：「清真集大成者也。稼軒斂雄心，抗高調，變温婉，成悲涼。碧山切理饜心，言近指遠，聲容調度，一一可循。夢窗奇思壯采，騰天潛淵，返南宋之清泚，爲北宋之穠摯。是爲四家，領袖一代。」所謂師説具者也。又曰：「問塗碧山，歷夢窗、稼軒以還清真之渾化。」所謂統系未明者也。

清真格調天成，離合順逆，自然中度。夢窗神力獨運，飛沉起伏，實處皆空，夢窗可謂大，清真則幾於化矣。由大而幾化，故當由吴以希周。

清真不肯附和祥瑞，夢窗不肯攀援藩邸，襟度既同，自然玄契。詩云：「惟其有之，是以似之。」

瑞龍吟「章臺路……」海綃翁曰：第一段，地。第二段，人。「因記」逆入，「重到」平出，作第三段换頭。以下撫今追昔。「訪鄰尋里」，今。「同時歌舞」，昔。「惟有舊家秋孃，聲價如故」，今猶昔。而秋孃已去，却不説出，乃吾所謂留字訣者。於是「吟箋賦筆」「露飲」「閒步」，與窺户、約黄、障袖、笑語，皆如在目前矣，又吾所謂能留，則離合順逆，皆可隨意指揮也。「事與孤鴻去」，咽住。「探春盡是，傷離意緒」，轉出。「官柳」以下，風景依稀，與「梅梢」「桃樹」映照，詞境渾融，大而化矣。

瑣窗寒「暗柳啼鴉……」海綃翁曰：由户而庭，由昏而夜，一步一境，總趨歸「故人翦燭」一句。「楚江暝宿」「少年羈旅」，又换一境。一「似」字極幻。「遲暮」鉤轉，渾化無迹。以下設景設情，層層脱换，皆收入「西窗語」三字中，美成藏此金針，不輕與人。

應天長「條風布暖……」海綃翁曰：「布暖」「弄晴」，已將後闋遊興全神攝起，「夜堂無月」從閉門中見。「梁燕笑人」「亂花過院」，一有情，一無情，全爲「愁寂」二字出力。後闋全是閉門中設想，「强載酒」「細尋前迹」言意欲如此也。「人家相識」反應邂逅相逢。

丹鳳吟「迤邐春光無賴……」海綃翁曰：本是睡起無憀，却見春光無賴。已殘照矣，始念「朝來」，已暮景矣，因思晝永，筆筆斷，筆筆逆，爲「迤邐」二字曲曲傳神。以墊起换頭，「况是」二字，不爲别離，已是無憀，縮入上闋，小歇，然後轉出下句，二句不可連讀。「心緒惡」則比無憀難遣，故曰「無計」，到此一步，已是盡頭，復作何語。却以「那堪」二句鉤轉，「弄粉」二句放開，至「怕人道著」則「無憀」「無計」一齊收起，惟有無賴之春光耳。三「無」字極幻化。

浪淘沙慢「曉陰重……」海綃翁曰：自「曉（晝）陰重」至「玉手親折」，全述往事。「東門」，京師，「漢浦」，則美成今所在也。「經時信音絶」逆挽，「念」字益幻，「不與人期」者，不與人以佳期也。「梨雪」無情，固不如「拂面垂楊」。

滿庭芳「風老鶯雛……」海綃翁曰：方喜「嘉樹」，旋苦「地卑」，正羨烏鳶，又懷蘆竹，人世苦樂萬變，年年爲客，何時了乎？「且莫思身外」則一齊放下，「急管繁絃」徒增煩惱，固不如醉眠之自在耳。詞境静穆，想見襟度，柳七所不能爲也。

過秦樓「水浴清蟾……」海綃翁曰：「人今千里」，「今」字點出。自起句至「立殘更箭」，皆敘舊遊。換頭三句承「人今千里」。梅風三句承「年華一瞬」。實。然後以「無聊爲伊」三句結情，以「明河影」下兩句結景。篇法之妙，不可思議。

塞垣春「暮色分平野……」海綃翁曰：「漸、別離氣味難禁也」，脱。「更物象、供瀟灑」，複「暮色分平野」五句。然後以「念多才、渾衰減，一懷幽恨難寫」歸到別離氣味上。後闋却全從對面寫，總歸納「追念」二字中，正是難禁難寫處，前用虚提，後用實證。

丁香結「蒼蘚沿階……」海綃翁曰：「漢姬」十二字，已是舊意，「登山臨水」，即又提開，從空處展步，然後跌落。換頭五句，復以「誰念」二句鉤轉，「惟丹青相伴」已是歇步，再跌進一步作收，讀之但覺空濛淡遠，何處尋其源耶？

慶春宮「雲接平岡……」海綃翁曰：前闋離思，滿紙秋氣，後闋留情，一片春聲。而以「許多煩惱」一句作兩邊呼應，法極簡要。

滿路花「金花落盡燈……」海綃翁曰：「玉人新間闊」，脱。「恁地時節」，複上六句。後闋全寫「著這情懷」，亦前用虚提，後用實證。

大酺「對宿煙收……」海綃翁曰：自「宿煙收」至「相觸」六句，屋外景。「潤逼」至「簾竹」三句，屋内景。「困眠初熟」四字逆出。「聽簷聲不斷」是未眠熟前情事，「郵亭」上九句，是驚覺後情事，困眠則聽，驚覺則對也。「郵亭」一句作中間停頓，「奈愁極」二句作兩邊照應。曰「煙收」，曰「禽静」，則不特無人，「蟲網吹黏」「鉛霜洗盡」，静中始見，總趨歸「幽獨」二字。「行人歸意速」陡接，「最先念流潦妨車轂」倒提，復以「怎奈向」三字鉤轉，將上闋所有情事，總納入「傷心目」三字中。「未怪平陽客」墊起，「況蕭索青蕪國」跌落，「共誰秉燭」與「自憐幽獨」，顧盼含情。神光離合，乍陰乍陽，美成信天人也。

花犯「粉牆低……」海綃翁曰：只梅花一句點題，以下却在題前盤旋。換頭一筆鉤轉，「相將」以下却在題後盤旋，收處復一筆鉤轉，往來順逆，磬控自如，圓美不難，難在拙厚。又云：「正在」應「相逢」，「夢想」應「照眼」，結構天成，渾然無迹。又云：此詞體備剛柔，手段開闊，後來稼軒有此手段，無此氣均；若白石則并不能開闊矣。

蘭陵王「柳陰直……」海綃翁曰：託柳起興，非詠柳也。「弄碧」一留，却出「隋堤」；「行色」一留，却出「故國」；「長亭路」應「隋堤上」，「年去歲來」應「曾見幾番」，「柔條千尺」應「拂水飄緜」，全爲「京華倦客」四字出力。第二段「舊蹤」往事一留，「離席」今情一留，於是以「梨花榆火催寒食」一句脱開。「愁一箭」至「數驛」三句逆提，然後以「望人在天北」合上「離席」作歇拍。第三段「漸別浦」至「岑寂」，乃證上「愁一箭」至「波暖」二句，蓋有此「漸」，乃有此「愁」也。「愁」是逆提，「漸」是順應。「春無極」正應上「催寒食」，「催寒食」是脱，「春無極」是複。「月榭攜手，露橋聞笛」是離席前事，「似夢裏淚暗滴」仍用逆挽。周止庵謂「複處無垂不縮」，故脱處如望海上神山，詞境至此，謂之不神不可也。

尉遲杯「隋堤路……」海綃翁曰：「隋堤」一境，「河橋」一境，「京華」一境，「漁村水驛」一境，總收入「焚香獨自語」一句中，「鴛侶」則不獨自矣。只用實説，樸拙渾厚，尤清真之不可及處。又云：「長偎傍」九字，紅友謂於「傍」字豆，正可不必。「偎傍疏林」與「小檻歡聚」是搓挪對，「冶葉倡條」「珠歌翠舞」「俱相識」「仍慣見」，皆如此法。

夜飛鵲「河橋送人處……」海綃翁曰：「河橋送人處」逆入，「何意重經前地」平出。换頭三句將上闋盡化煙雲，然後轉出下句，事過情留，低徊無盡。

右録自近人陳洵説詞初稿。

詞壇領袖屬周郎，雅擅風流顧曲堂。南渡諸賢更青出，却虧藍本在錢塘。江昱

宫調精研字字珠，開山妙手詎容誣。後生學語矜南渡，牙慧能知協律無。周之琦

草草鶯花作夢粱，人間天上總荒唐。祐陵不似高皇種，鼾卧居然上下牀。

離情别有尉遲杯，楊柳千條帶恨來。可惜鄭箋無本事，轘轅誰識魏王才。尉遲杯亦别師師之

作，蓋賦於蘭陵王之後。惜宋人筆記及陳注無道此者。

汴水風華不可尋，百年柔媚變吴音。江流此是分津處，南北滔滔只到今。

曲筆能拳直不孱，更將渾淡見才難。偏從鉤勒窺奇秘，九節何曾解一環。

隋唐燕樂久榛蕪，刻劍南湖黑白圖。操縵不知矜格律，笑他詞客畫葫蘆。慊静題鄭叔問藏本清真集。

四、版本考辨（附版本源流表）

吴則虞

清真詞自毛晉、朱孝臧、王鵬運、鄭文焯以迄於林大椿、楊鐵夫、楊易霖，㬪録校訂且備矣。王國維並爲清真先生遺事，考論精詳。惟於詞集之版刻源流，偶有未逮。兹考辨如左，版本源流表殿其後，或於讀清真詞者間有小補。

清真詞在宋紹興間已別行，今可考者，宋刻得十有一種。王國維謂「宋有七本」，未詳察也。

清真詩餘景定嚴州續志及花庵詞選。

圈法美成詞詞源。

美成長短句毛扆明本片玉詞跋，見静嘉堂祕籍志卷五十，又見毛晉片玉詞跋。

注清真詞二卷曹杓注，見直齋書録解題。

三英集見毛晉跋方千里和清真詞。

清真集不詳卷數，見毛晉跋片玉詞。其云「不滿百闋」，又汲古閣片玉詞内氏州第一注「清真集作熙州摘遍」，此宋人語，非元以後人所知，此清真集必屬宋本無疑。

清真詞二卷後集一卷見直齋書録解題。

詳注周美成詞片玉集十卷陳元龍注、劉肅序，後有「嘉定辛未」年號，朱孝臧所據之本如此。覆刻本削去此四字。

覆刻陳注本汲古閣藏。朱孝臧謂：「劉肅序尾削去『嘉定辛未』，字句中譌脱較尟，注亦加詳，卷五尤多增改。」案望江南「詠妓」，各本皆作「掩香羅」，惟此本作「染香羅」，其爲覆刻無疑。涉園即據此影印。

清真詞二卷一百八十二首，强焕序，淳熙庚子溧水刊本。

片玉集二卷有詳註，見毛晉片玉詞跋，蓋宋翻强本也。

元有二：

元版片玉詞二卷汲古閣舊藏。珍藏秘書目：「元版片玉詞二本，一兩二錢。」毛扆跋明片玉詞云：「元刻本片玉集。」又結一廬書目：「片玉詞二卷，元刊本，汲古閣藏書。」案：此即元翻强本。

元巾箱本清真集二卷明無名氏跋：「隆慶庚午用復所司李藏元人巾箱本，命胥魯頌照録訖。」

明有五：

片玉詞十卷，又抄補吴訥唐宋名賢百家詞本。

片玉詞二卷毛斧季手校，汲古閣藏，見皕宋樓藏書志及静嘉堂秘籍志，有强焕序及庚午胡震亨序，知爲明刻無疑。毛刻片玉詞中屢云「時刻」，疑即指此。

影鈔元巾箱本盟鷗園主有志語，王鵬運藏。

片玉集十卷明鈔本，汲古閣藏，見文禄堂訪書記卷五。

片玉詞二卷附補遺汲古閣六十名家詞本。

清有八：

錢塘汪氏翻刻汲古閣六十名家詞本

丁丙西泠詞萃本許增校。

彊村叢書校印陳注本附校記。

涉園影宋覆刊本陳元龍注片玉集十卷

四印齋刻元巾箱本清真集二卷集外詞一卷

大鶴山人校刻清真集二卷補遺一卷校録一卷

勞權寫十卷本傳增湘藏。十卷收詞一百首，拾遺六首，共一百零六首。題下略有注語，皆釋詞調之名。余有劉耐紅影鈔本。

周邦彦詞録周之琦選，心日齋十六家詞録第七册。

近人校印者十：

邵章批校本批在汪刻六十名家詞之上。

王國維校本批校在甘遯村居鈔勞權寫本之上。

徐乃昌校本有校記一本，藍格鈔，存其女處，未刻。

楊壽枏過大鶴山人校本與刻本不盡同，藏余處。

林大椿校清真集二卷附補遺、校記商務印書館排印本。

四部備要翻印汲古閣本中華書局排印本。

影印汲古閣本商務印書館版。

周詞訂律楊易霖　開明書店版。

全宋詞本依四印齋本，略有删校。

清真詞選箋釋楊鐵夫　抱香室自印本。

不詳者二：

沈義父樂府指迷云「學者看詞，當以周詞集解爲冠」，此集解未知何人所撰。

毛扆跋片玉詞云：「及一鈔本校。」此鈔本未知何本。

今可考者，都凡三十八種，擇其要者，考辨如次：

一曰清真詞之祖本二種　宋史藝文志有清真集十一卷，攻媿集及郡齋讀書志有清真先生文集二十四卷，直齋書録解題有清真雜著三卷，書皆不傳。王灼碧雞漫志云「美成集中多新聲」，直齋書録解題云「清真雜著在溧所作文記詩歌」，二者之中俱有長短句在内，盧炳、陳允平、强焕所據之本，疑從此出，此第一本也。嚴州續志有清真詩餘，此清真詞最早别行之本，黄昇花庵詞選即據以選録，清真詩餘收詞若干不可知，然花庵所選各詞，方、楊皆有和，似亦祗九十餘首，後之三英集及毛晉所見不滿百闋之美成長短句與清真集，似俱從此出，此第二本也。皇宋書録「美成正行皆善有詞稿藏張宫講宓家」，今則不可考矣。

二曰不滿百闋之本二種　毛晉跋片玉詞有云：「余家藏凡三本，一名清真集，一名美成長短句，皆不滿百闋，最後得宋刻片玉集二卷。」案汲古閣所藏清真詞，今可考見者有八種之多，（一清真集、二美成長短句、三宋刻片玉詞、四陳注本、五元版片玉詞、六明鈔本片玉集、七明刻片玉詞、八一鈔本，俱見前。）而題跋獨舉此三者，蓋指宋本言，非泛及他本耳。楊澤民和詞九十二首，方千里和詞九十三首，俱不滿百闋，然則此之不滿百闋之長短句，恐即當時方、楊所見之本。此書今不見，（鄭文焯與朱孝臧合校西麓繼周集，書衣之上，大鶴有批云：「不滿百闋清真長短句，竟無傳本。」藏書家亦無著録。）而許增詞萃本片玉詞跋云「因取美成長短句按之圖譜」，書既久佚，邁孫獲自何處，又未明言，語極含混，此事殊不足信。至於子晉所藏不滿百闋之清真集，亦早佚。幸於毛刻片玉詞注中猶得窺見其端倪，如氏州第一，清真集作熙州摘遍，掃花遊作掃地花，倒犯作吉了犯，皆宋人舊稱，後人所不易知。又少年遊注云「清真集作『相對坐調箏』」，方、楊和詞無作「箏」者，是不滿百闋之清真集，不但與元龍注本强焕刻本俱不同，抑且與方、楊所見者相異，其輯刻必甚早。（鄭文焯校繼周集批云：「毛云清真集不滿百闋，即今元巾箱本也。」案元巾箱本收詞百廿七首，不但版式不同，而收詞之多寡亦相懸甚遠，其言誤矣。）

三曰陳振孫著録之本　直齋書録解題著録「清真詞二卷後集一卷」，竊疑即陳元龍作注所據之底本也（書早佚）。注本之一至八卷，疑即此之前二卷，（注本收詞九十五首，較千里和詞多歸去難、黄鸝遶碧樹二首，其餘之九十三首，蓋與不滿百闋之美成長短句相同。）九、十兩卷，即此之後一卷，（注本收詞三十二首，當亦不滿百闋本所未有。）不曰「第三卷」，而題曰「後集」者，以示於清真詩餘（嚴州續志）之外，別有增録，且以明輯録之先後耳。後集之詞，方、楊皆無和，是此書輯刻之年，必早於元龍而後於方、楊。

四曰陳元龍注本　少章之注，前人評述者多矣，以余論之，佳勝處有三：一則分類纂輯之存舊例也，分類纂録詩詞，宋人常用之，周詞分類，似亦不始於元龍，蓋元龍之前，不滿百闋之本已有分類排纂者，故注本一至八卷所分諸類，悉仍舊貫。（春、夏、秋、冬、單題五類。）九、十兩卷所收之詞，并非前類無可歸附，而特標曰「雜賦」者，蓋元龍欲以存「清真詞前後集」之疆畛，不使厠雜耳。二則校録之佳也，如解語花「望千門如畫」，千里、澤民和詞猶作「畫」，花草粹編亦作

「晝」，而元龍注曰：「易齋云，舊本作千門如晝者，誤也。」易齋何人不可考，足見其旁搜遠紹校訂之勤矣。三則多存舊注也，美成詞注者不止一家，曹杓而外有其人，故少章題曰「集注」，又曰「詳注」，必欽序亦稱其「病舊注之略，詳而疏之」，是輯補之外，固未嘗摒棄舊注也。此書於宋時甚通行，獨怪西麓却未之見，注本收詞一百二十七首，西麓和詞百二十八首，（和詞百二十三首，又有有調無詞者蘇幕遮、鷰山溪、玉團兒、三部樂、玉燭新等五首。）注本内歸去難、黄鸝遶碧樹二首，西麓無和，而和詞中過秦樓、琹調相思引、玉團兒，注本復未收，是其未見之證。此書有二刻：初刻本，劉肅序末有「嘉定辛未」四字，（士禮居舊藏，見朱孝臧片玉詞跋。）覆刻本此四字削去，（汲古閣所藏，亦見朱跋。王國維謂子晉未見注本，誤也。）少章、必欽，姓名不彰，其書之版式字體又介乎宋元之間，子晉跋片玉詞歷舉宋本，獨無一語及此，意者誤以爲元槧耶？（鄭文焯謂少章系元人，蓋亦如是。）此注沉晦，殆數百載矣。

五曰元巾箱本（附四印齋本） 元巾箱本清真集二卷，實即元龍之十卷本也，惟分卷編次不同。此分爲上下兩卷，上卷收詞四十七首，下卷收詞八十首，（共一百二十七首，與注本同。）四印齋刻本悉依從之。其集中所無而見於毛刻者凡五十四闋，别爲集外詞一卷，置列於後。（共百八十一首。）半塘翁一代詞宗，號爲精審，然此集之刻，殊有三失：毛本之九十四闋，其鎖陽臺等三首及補遺十首，王氏悉删去，或取或舍，欲全反缺，其失一也。又五十四闋中水調歌頭「今夕月華滿」乃何大圭詞，感皇恩「小閣倚晴空」乃晁沖之詞，鬢雲鬆亦贋品，半塘翁欲去僞存真，而真僞雜糅，其失二也。清真詞分卷雖亂於元龍，而本來面目猶髣髴見之，元巾箱本釐爲二卷，宋本堂廡從此全毁，半塘翁既見陳注，而棄宋從元，舍刻從鈔，其失三也。所喜者，清真詞自宋以來，注本與强本分道揚鑣者已久，此刻而後，兩本漸匯而爲一，林大椿復事綜集，牉以合矣。

六曰盧炳、陳允平所見之本　清真詞自紹興以來，傳刻頗多，已如上述。其纂輯體例有二：一則分門纂録，如前後卷之清真詞暨陳元龍注本，俱與方、楊和詞之序次合。二則不分門類纂者，如盧炳與陳允平所見本（哄堂詞有玉團兒，用美成韻，毛氏云「清真集所無」，元龍注本亦未收，西麓繼周集和詞佚，而存其調，是西麓與叔陽所據者同一本，又西麓如夢令作宴桃源，又有過秦樓、琹調相思引，亦皆注本所無。）及晉陽强焕本。竊疑分類纂録者，或依不滿百闋之清真詩餘、清真集；其不依類纂録者，或本諸清真先生文集之舊。宋人專集著録詩詞，分類者稀見，分類之體，往往用之於選集或詩詞别行之本（如東坡詩、山谷詞等）。是知西麓與方、楊所據者固不同本也。（如解語花「千門如畫」，千里、澤民和詞皆作「畫」，元龍本作「晝」，而西麓獨押「艷」字，此又得其一證。）校清真詞者，當以方、楊還方、楊，以盧、陳還盧、陳。

七曰强焕本（附翻本）　强本分上下兩卷，收詞一百八十餘首，較西麓和詞溢出六十餘闋，試以兩本相勘，西麓所和百二十餘闋，皆在强本上下卷之前半。嘗疑强焕之前原祇此數，其上下卷卷末增附之詞，蓋晉陽所裒次。（毛刻木蘭花令下注云：「原本二首，考『殘春一陣狂風雨』是六一詞」。

毛氏所謂原本，殆指强本，足見强焕所附各詞多誤入。）清真集以强本最贍備，然不免採真及濫，其功在此，其過亦在此。此書淳熙間刻於溧水官廨，故後人號曰官本，（元本四園竹注云：「官本作西園竹。」）宋有翻本，改易故名，并附陳注。（毛晉跋片玉詞所謂「宋刻片玉集二卷，計調百八十有奇，晉陽强焕爲序，余見評注龐雜」，翻强本也。）元亦仍之，（汲古閣藏有二卷本之「元版片玉集」即此，亦翻强本也。）明季胡震亨又爲之重刊（亦翻强本也），其書固在。曹元忠諸老不知宋有翻强本，而譏子晉「懸牛頭市馬脯」，朱孝臧、鄭文焯更誚毛氏擅改名目，豈非智者有所蔽耶？

八曰毛晉本　汲古本片玉詞最佳，猶説文解字之有大徐本也。毛本詞下注語，尤爲可寶，凡舊刻之無傳者，若清真集、宋翻强本、元版片玉集以及明刻（注中所謂「時刻」當即此）坊刻（如應天長注）、古本古注，賴以廑存，注語與元龍之注，亦間有不同，可資以校理。奈何許邁孫以次，於版本源流辨之未晰，致於毛本勝處，每每輕忽，或相率而唾棄，余故表而出之。

綜上觀之，清真詞刻本之原委得失可得而言焉：祖本明，則清真詞之二源衆流，以及後來裒合增輯之迹斯覩矣。直齋著録之前後集本清真詞之面目得見，則周詞之真贋，可於此以推考之。而强焕之功過亦著明矣。方、楊、盧、陳所見之本，即不相同，校字斠律者，當各從其當，毋相膠滯矣。元本雖早未必佳，毛本雖遲而精善，評隲頗異於前人，於前人校理之事，或有所平反矣。鄭文焯謂不滿百闋之清真集即元巾箱本，又云陳少章爲元人；曹元忠、朱孝臧譏子晉擅改名目；王國維謂清真詞宋廑七本，又云子晉未見元龍之注，賢者千慮之一失，今俱得以辨明。然則此篇之文，固不敢僭居於片玉之功臣，而寸莛蹄涔，惟冀竊附於前修之諍友。

版本源流表附次於後。

版本源流表

甲、依類編纂者：

（一）不滿百首之本

- 清真詩餘（見景定嚴州續志及花庵詞）
- 美成長短句（毛扆明本片玉詞跋）
- 方千里楊澤民和清真詞（毛本及江本）
  - 方和詞九十三首，楊九十二首，疑即清真詞之前二卷。
- 三英集（見毛晉跋千里和詞）
  - 三英集今不傳，據方、楊和詞以推，集中美成詞似亦止九十餘首。
- 清真集（汲古閣藏，見毛晉跋片玉詞）
  - 毛云不滿百闋，似與九十三闋之本相同。又毛校氏州第一云：清真集作熙州摘遍，此宋人語，其本甚早。

（二）一百二十餘首之本
清真詞（見直齋解題）
二卷
續一卷
詳注周美成詞片玉集十卷（覆刻、景刻本同）
一至八卷至滿路花止，計九十五首，似即清真詞之前二卷。
九、十兩卷收詞卅二首，似即清真詞之續一卷。
明鈔片玉集十卷（汲古閣藏，見文禄堂訪書記）
似即陳注本
同上
元巾箱本清真集二卷（見四印齋片玉詞跋）
即陳注十卷之本，惟分卷編次不同，此分上下兩卷，上卷收詞四十七首，下卷收詞八十首，共一百二十七首。
明盟鷗園主人景鈔元巾箱本清真集二卷（同前）
同前
明吴訥唐宋百名家詞片玉集十卷又抄補（又名清真唱和詞）
十卷即陳注本，收詞一百二十七首
抄補收詞二十七首，内無悶等七首，爲汲古閣本所無。（共計收詞一百五十四首）

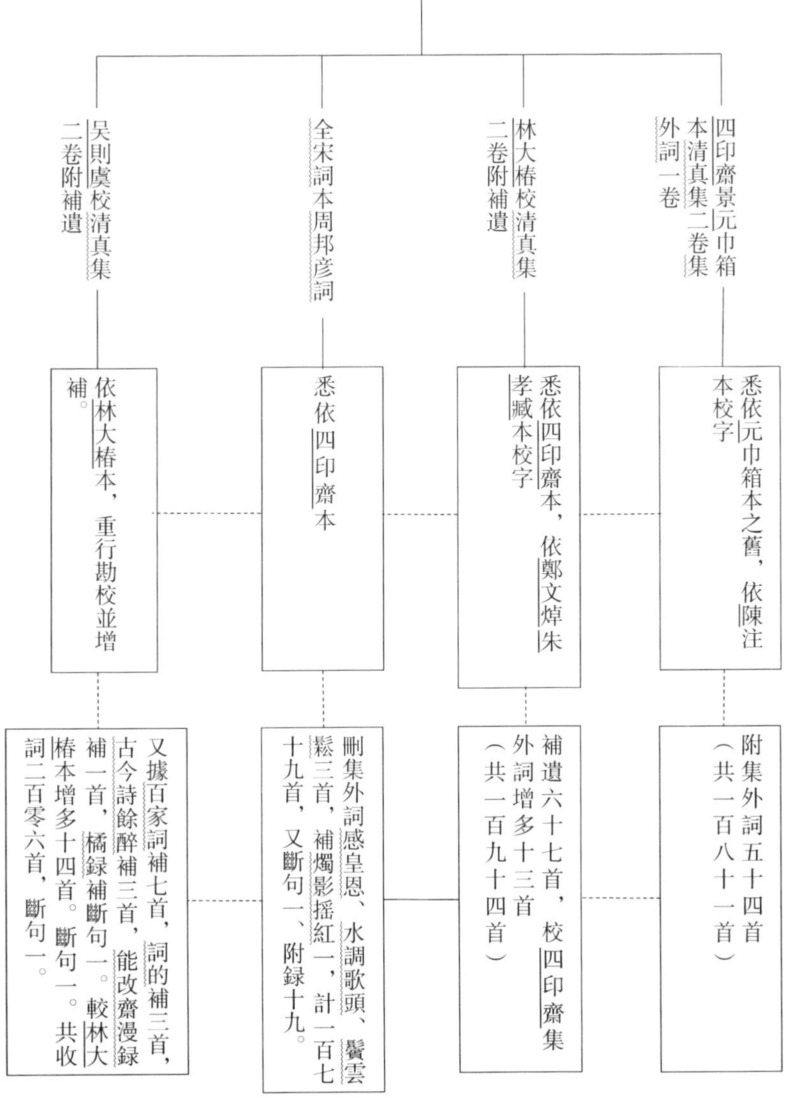
（三）一百八十首以上之本
四印齋景元巾箱本清真集二卷集外詞一卷
悉依元巾箱本之舊，依陳注本校字
附集外詞五十四首（共一百八十一首）
林大椿校清真集二卷附補遺
悉依四印齋本，依鄭文焯朱孝臧本校字
補遺六十七首，校四印齋集外詞增多十三首（共一百九十四首）
全宋詞本周邦彦詞
悉依四印齋本
删集外詞感皇恩、水調歌頭、鬢雲鬆三首，補燭影摇紅一，計一百七十九首，又斷句一、附録十九。
吴則虞校清真集二卷附補遺
依林大椿本，重行勘校並增補。
又據百家詞補七首，詞的補三首，古今詩餘醉補三首，能改齋漫録補一首，橘録補斷句一。較林大椿本增多十四首。斷句一。共收詞二百零六首，斷句一。

乙、不依類編纂者：

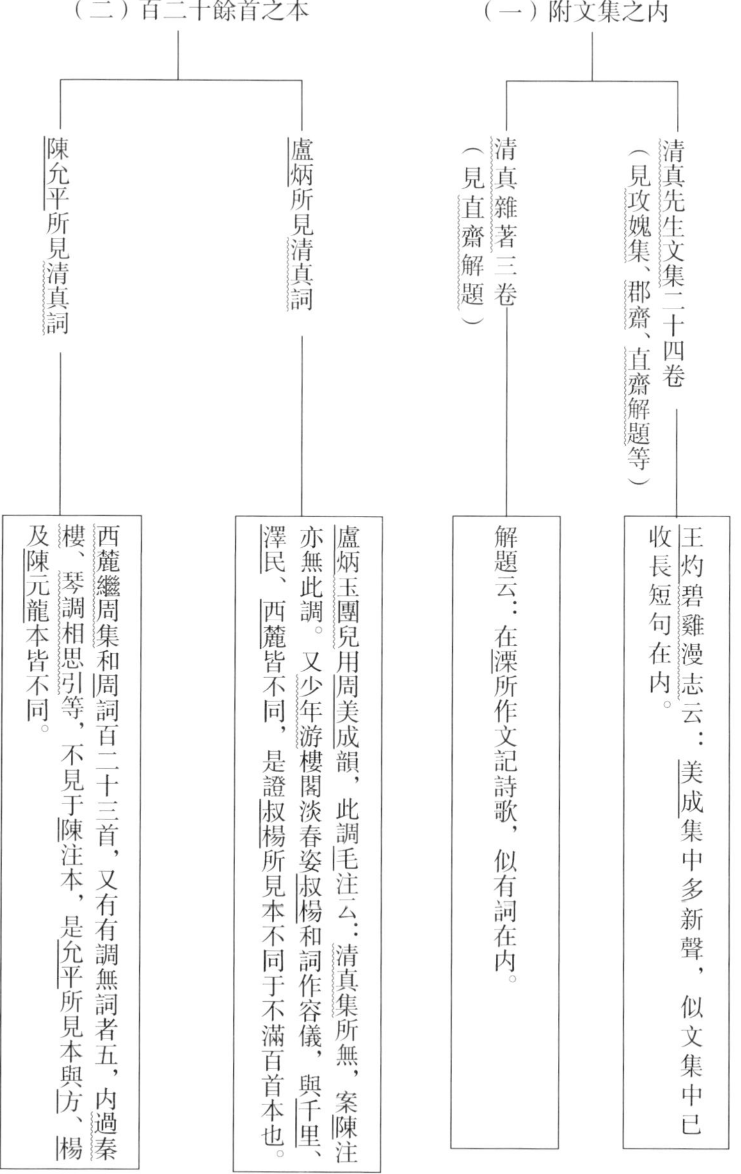

（一）附文集之内

清真先生文集二十四卷（見攻媿集、郡齋、直齋解題等）

王灼碧雞漫志云：美成集中多新聲，似文集中已收長短句在内。

清真雜著三卷（見直齋解題）

解題云：在溧所作文記詩歌，似有詞在内。

（二）百二十餘首之本

盧炳所見清真詞

盧炳玉團兒用周美成韻，此調毛注云：清真集所無，案陳注亦無此調。又少年游樓閣淡春姿叔楊和詞作容儀，與千里、澤民、西麓皆不同，是證叔楊所見本不同于不滿百首本也。

陳允平所見清真詞

西麓繼周集和周詞百二十三首，又有有調無詞者五，内過秦樓、琴調相思引等，不見于陳注本，是允平所見本與方、楊及陳元龍本皆不同。

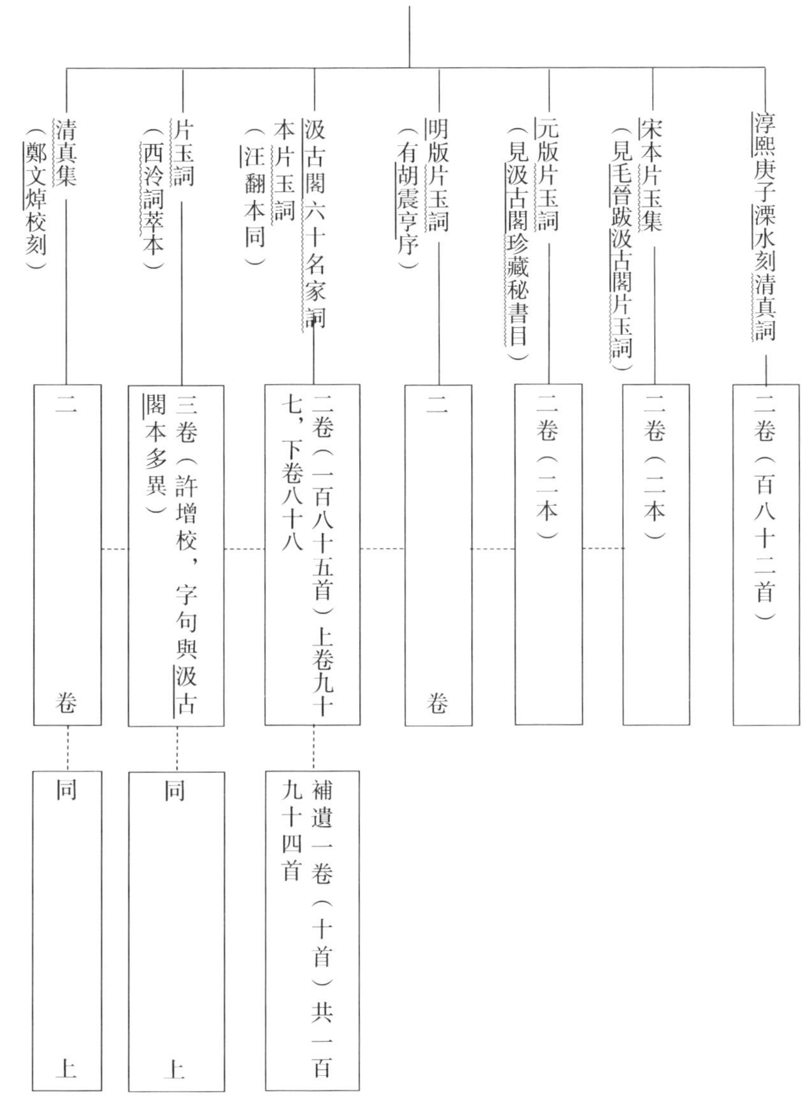
（三）一百八十首以上之本
淳熙庚子溧水刻清真詞
二卷（百八十二首）
宋本片玉集（見毛晋跋汲古閣片玉詞）
二卷（二本）
元版片玉詞（見汲古閣珍藏秘書目）
二卷（二本）
明版片玉詞（有胡震亨序）
二卷
汲古閣六十名家詞
本片玉詞（汪翻本同）
二卷（一百八十五首）上卷九十七，下卷八十八
補遺一卷（十首）共一百九十四首
片玉詞（西泠詞萃本）
三卷（許增校，字句與汲古閣本多異）
同上
清真集（鄭文焯校刻）
二卷
同上

清真詞版本考辨手蹟

清真詞版本考辨（附版本源流表及清真集考異）

吳則虞

清真詞自毛晉、朱孝臧、王鵬運、鄭文焯以迄於林大椿、楊鐵夫、楊易霖、周[illegible]璋書錄校訂且備矣。王國維並爲清真先生遺事，並其著述考之亦詳。（孝論猶詳。）惟於版刻源流，偶有未逮。茲考辨於左，版本源流表及考異殿其後，或於讀清真詞者有小補。

宋史藝文志清真集十一卷，攻媿集及郡齋讀書志有清真先生文集二十四卷，直齋書錄解題有清真雜著三卷，書皆未傳，似有長短句在內，惟多寡則不得而知。清真詞集在宋紹興間已別行，今可考者，宋刻十有一種。（王國維謂宋有七本，未詳察也。）而洪[illegible]維周所見之

清真詩餘 景定嚴州續志及花庵詞選。

圏法美成詞 詞源

美成長短句 毛扆明本片玉詞跋，見静嘉堂秘籍志卷五十，又見毛晋片玉詞跋。

注清真詞二卷 曹杓注，見直齋書録解題。

三英集 見毛晋跋方千里和清真詞。

清真集 不詳卷數，見毛晋跋片玉詞。其云：不滿百闋。又汲古閣片玉詞内氐州第一注：清真集作熙州摘遍。此宋人語，非元以後人所知，■此清真集亦屬宋本。

清真詞二卷後集一卷 見直齋書録解題。

詳注周美成詞片玉集十卷 陳元龍注，劉肅序後有嘉定辛未年號，朱古微所據之本如此。覆刻本削去此四字，鄭文焯致誤元龍為元人。

覆刻陳注本 汲古閣藏。朱孝臧謂劉肅序尾削去嘉定辛未字句，中誤脱較彊注亦加詳，卷五尤多增改。案望江南詠妓，各本皆作掩香羅，惟此本作染香羅，其為覆刻無疑，双照樓即據此景印。

清真詞二卷 一百八十二首，强煥序，淳熙庚子溧水刊本。

片玉集二卷 有許注，見毛晉片玉詞跋，蓋宋翻本也。

元有二：

元版片玉詞二卷 汲古閣舊藏。珍藏秘書目「元版片玉詞二本，一兩二錢」。毛扆跋明片玉詞云「元刻本片玉集」，又結一廬書目「片玉詞二卷，元刊本，汲古閣藏書」。案此即元翻强本。

元巾箱本清真集二卷 明無名氏跋「隆慶庚午用復所司李藏元人巾箱本命胥傳錄訖」。

明有四：

片玉詞二卷 毛斧季手校，汲古閣藏，見皕宋樓藏書志及靜嘉堂秘籍志。有强煥序及庚午胡震亨序，知為明刻無疑。毛刻片玉詞中屢云「時刻」，疑即指此。

景鈔元巾箱本 盟鷗園主有誌語，王鵬運藏。

片玉集十卷 明鈔本，汲古閣藏，見文禄堂訪書記卷五。

片玉詞二卷附補遺 汲古閣六十名家詞本。

清有八：

錢塘汪氏翻刻汲古閣六十名家詞本

丁丙西泠詞萃本許增校

彊村叢書校印陳注本附校記

雙照樓景宋覆刊本陳元龍注片玉集本

四印齋刻元巾箱本清真集二卷集外詞一卷

大鶴山人校刻清真集二卷補遺一卷校錄一卷

勞巽卿寫十卷帶注本傅增湘藏

周邦彥詞錄周之琦選心日齋十六家詞錄第十冊

近人校印者九：

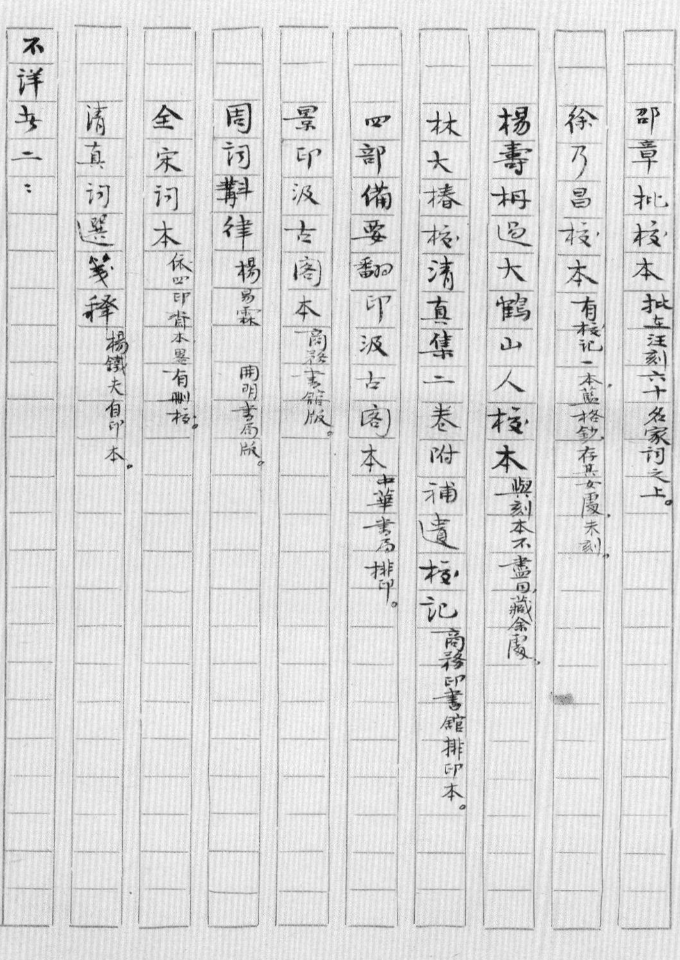

邵章批校本 批在汪刻六十名家詞之上。

徐乃昌校本 有校記一本，藍格鈔，存其女處，未刻。

楊壽枬過大鶴山人校本 與刻本不盡同，藏余處。

林大椿校清真集二卷附補遺校記 商務印書館排印本。

四部備要翻印汲古閣本 中華書局排印。

景印汲古閣本 商務書館版。

周詞斠律 楊易霖 開明書局版。

全宋詞本 依四印齋本，畧有刪校。

清真詞選箋釋 楊鐵夫自印本。

不詳者二：

毛扆跋片玉詞云：「及一鈔本校，此鈔本未知何本。」又勞巽卿所據之本，出自振綺堂，未知其獲自何處。蝶戀花「一枝已入騷人手」，勞鈔作「雖入」；又「贈行應已輸先手」，勞鈔作「纖手」，其本似甚舊也。

今予考見者，都凡三十六種，擇其要者，考辨如次：

一曰清真詞之祖本（種）：王灼碧雞漫志云：「美成集中多新聲。」直齋書錄解題云：「清真雜著在溧所作文記詩歌二者之中，俱有長短句在內。」（盧炳、陳元平、强煥所據之本，疑從此出，此一本也。）嚴州續志有「清真詩餘」，此清真詞最早別行之本。黃昇花庵詞選即據以選錄，清真詩餘收詞若干不可知，然花庵所選多詞，方楊皆有和，似亦祇九十餘首。後之三

（宋史藝文志有清真集十一卷，攻媿集及郡齋讀書志有清真先生文集二十四卷，直齋書錄解題有清真雜著三卷，書皆不傳。）

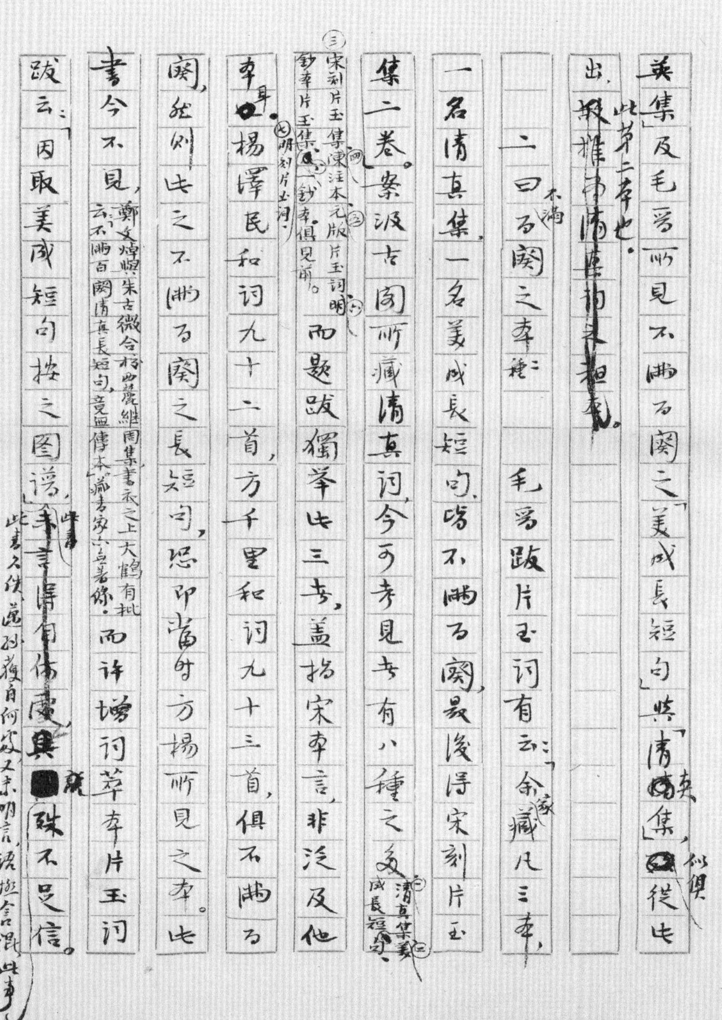

「英集」及毛晉所見不滿百闋之「美成長短句」與「清真集」，似俱從此出。此第二本也。~~殆推而清真詞本相合。~~

二曰百闋之本：不滿毛晉跋片玉詞有云：「余家藏凡三本，一名清真集，一名美成長短句，皆不滿百闋，最後得宋刻片玉集二卷。」案汲古閣所藏清真詞，今可考見者有八種之多（一清真集、二美成長短句、三宋刻片玉集、四陳注本、五元版片玉詞、六明鈔本、七明刻片玉詞、鈔本片玉集、鈔本俱見前），而題跋獨舉此三者，蓋指宋本言，非泛及他本耳。楊澤民和詞九十二首，方千里和詞九十三首，俱不滿百闋，然則此之不滿百闋之長短句，恐即當日方楊所見之本。此書今不見，鄭文焯與朱古微合校西麓繼周集書衣之上大鶴有批云：「不滿百闋清真長短句，竟無傳本，藏書家亦無著錄。」而許增詞萃本片玉詞跋云：「因取美成短句按之圖譜，」~~手訂~~此書~~得自何處~~其說殊不足信。此書久佚，遂孫獲自何處又未明言，語極含混，此事

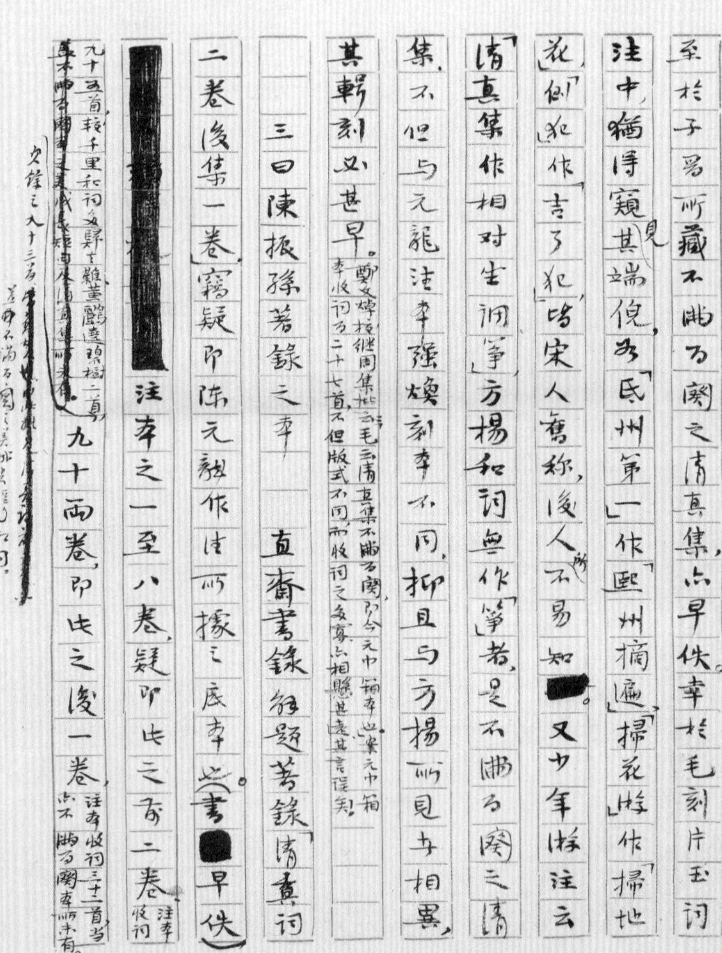
至於子晉所藏不曲右閣之清真集，亦早佚。幸於毛刻片玉詞注中，猶得窺見其端倪。如「氐州第一」作「氐州摘遍」，「掃花遊」作「掃地花」，「似」作「犯」，言了犯皆宋人舊稱，後人所不易知。又少年游注云「清真集作相對坐調箏」，方楊和詞無作「箏」者，是不曲右閣之清真集，不但與元龍注本、強煥刻本不同，抑且與方楊所見本相異，其輯刻亦甚早。（鄭文焯校繼周集批云：毛氏清真集不曲右閣，即今元巾箱本也。案元巾箱本收詞不二十七首，不但版式不同，而收詞之多寡亦相懸甚遠，其言從知。）

三四　陳振孫著錄之本

直齋書錄解題著錄「清真詞二卷、後集一卷」，竊疑即陳元龍作注所據之底本也（書早佚）。注本之一至八卷，疑即此之前二卷（注本收詞）；九十兩卷，即此之後一卷（注本收詞三十二首，皆亦不曲右閣本所未有。）

九十五首，較千里和詞多[illegible]二首，[illegible]

又錄之九十三首，[illegible]

[illegible]不滿百闋之[illegible]。

不曰「第三卷」，而題曰「後集」者，亦示於「清真詩餘」嚴州續志之外，別有增錄，且以明輯錄之先後耳。後集之詞，方楊皆無知，是此書輯刻之年，必早於元龍而後於方楊。

四曰陳元龍注本　少章之注，前人評述者多矣。以余論之，佳勝處有三：一則分類纂輯之本舊貫也。分類纂錄詩詞，宋人常用之，周詞分類，似亦不始於元龍，蓋元龍之前，不聞乃閣之本已有分類排纂者，故注本一至八卷所分諸類，恐仍舊貫。春、夏、秋冬、單題五類。九十兩卷所收之詞，並非前類無可歸附，而特標曰「雜賦」者，蓋元龍欲以存「清真詞前後集」之面目，不使廁雜耳。二則校錄之佳也。如解語花「望千門如晝」，千里、澤民易為「畫」，花草粹

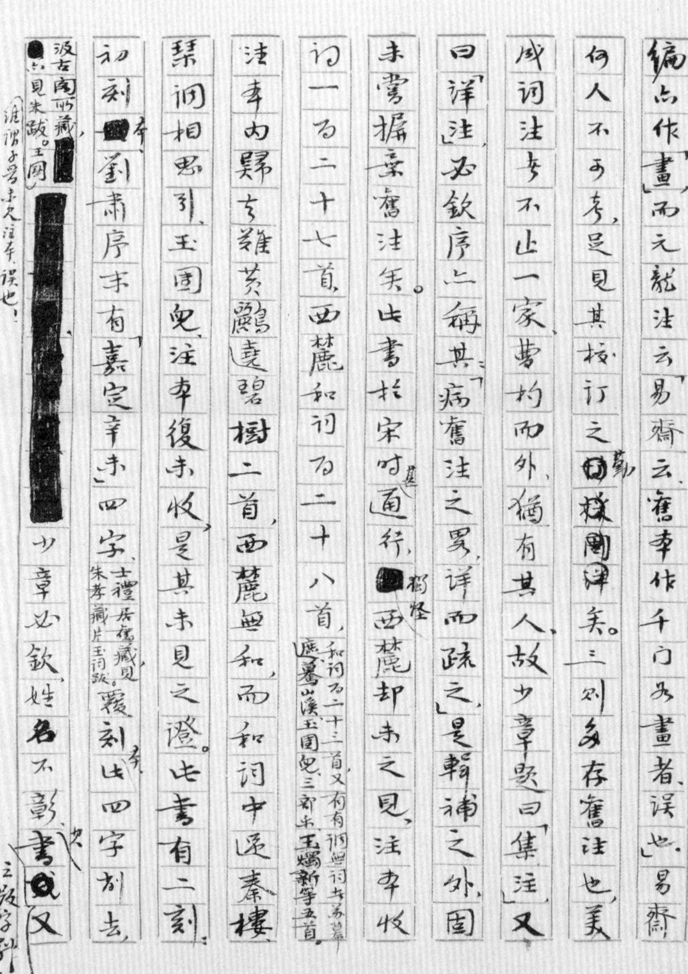

編亦作「畫」，而元龍注云：「易齋云：舊本作千門萬畫者，誤也。」易齋何人，不可考，足見其校訂之勤矣。三則多存舊注也，美成詞注本不止一家，曹杓而外，猶有其人，故少章題曰「集注」，又曰「詳注」。必欽序亦稱其「病舊注之畧，詳而疏之」，是輯補之外，固未嘗摒棄舊注矣。此書於宋時通行，西麓卻未之見，注本收詞一百二十七首，西麓和詞百二十八首，（和詞百二十三首，又有有調無詞者五首，應驀山溪、玉團兒、三部樂、玉燭新等五首。）注本內歸去難、黃鸝遶碧樹二首，西麓無和，而和詞中還秦樓、琴調相思引、玉團兒，注本復未收，是其未見之證。此書有二刻：初刻劉肅序末有「嘉定辛未」四字，（士禮居舊藏，見朱孝臧片玉詞跋。）覆刻此四字剗去，汲古閣所藏，見朱跋。王國維謂子晉未見注本，誤也。少章、必欽姓名不彰，書賈又

鄭大鶴謂少之章一一係元人，蓋亦如是。

介乎宋元之間、[illegible]跋片玉詞雁峯宋本，獨無一語及此，意者誤以為元槧耶？（王國維謂是宋本之誤？）此注沈晦，殆數百載矣。

五曰元巾箱本 附四印齋本

元巾箱本清真集二卷，實即元龍之十卷本也，惟分卷編次不同。此分為上下兩卷，上卷收詞四十七首，下卷收詞八十首，（共一百二十七首，與注本同。）四印齋刻本悉依從之。其集中所無而見於毛刻者凡五十六闋，別為集外詞一卷，置列於後。（共百八十二首。）半塘翁一代詞宗，號為精審，然此集之刻，殊有三失：毛本共九十六闋，其鎖陽臺等三首及補遺十首，王氏悉刪去，或取或捨，欲全反缺，其失一也；又五十四闋中水調歌頭「今夕月華滿」乃大圭詞，感皇恩「小閣倚晴空」乃晁沖之詞，鬢雲鬆令（賀[illegible]）

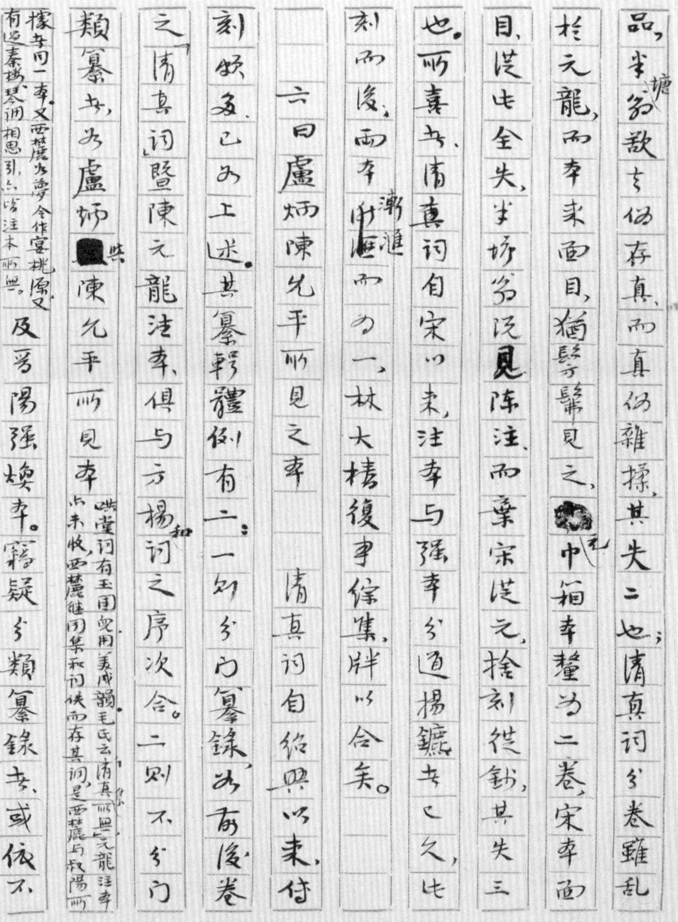
品，半塘翁欲兼仍存真，而真仍雜揉，其失二也；清真詞分卷雖亂於元龍，而本來面目，猶髣髴見之，[illegible]中箱本釐為二卷，宋本面目，從此全失，半塘翁既見陳注，而棄宋從元，捨刻從鈔，其失三也。所喜者，清真詞自宋以來，注本與强本分道揚鑣者已久，比刻而後，而本中漸匯而為一，林大椿復事綜集，群以合矣。

六曰盧炳陳允平所見之本　清真詞自紹興以來，付刻既多，已如上述。其纂輯體例有二：一則分門纂錄，如有後卷之清真詞暨陳元龍注本，俱與方楊和詞之序次合。二則不分門類纂者，如盧炳與陳允平所見本（哄堂詞有玉團兒用美成韻，毛氏云清真所無，元龍注本亦未收，西麓繼周集和詞佚而存其詞，是西麓與叔陽所據本同一本。又西麓少年遊今作宴桃源，又有迎春樂、琴調相思引，亦皆注本所無。）及晉陽强煥本。竊疑分類纂錄者，或依不兩百闋之「清真詩餘」「清真集」，其不依類纂錄者，或本諸「清真先生文集」之舊。宋人手集中著錄詩詞，分類者歸見，分類之體，往往用之於選集或詩詞別行之本。（如東坡詩、山谷詞等）是知西麓與方楊所據者固不同本也。（如解語花「千門如晝」，千里、澤民和詞皆作「晝」，龍本作「畫」，而西麓獨押「豔」字，此又得其一證。）校清真詞者，當以方楊還方楊，以盧陳還盧陳。

七曰強煥本（附趙本）　強本分上下兩卷，收詞一百八十餘首，較西麓和詞溢出六十餘闋。試以兩本相勘，西麓所和百二十餘闋皆在強本上下卷之前半。嘗疑強煥之前，原祇此數，其上下卷卷末增附之詞，蓋為陽所裒次。（毛刻木蘭花令下注云：「原本二首，其一「一陣狂風」是六一詞。」毛氏所謂「原本」殆指「強本」，以見強煥所附另詞，多誤入。）清真集以強本最贍備，然不免採真及濫，其功在此，其過

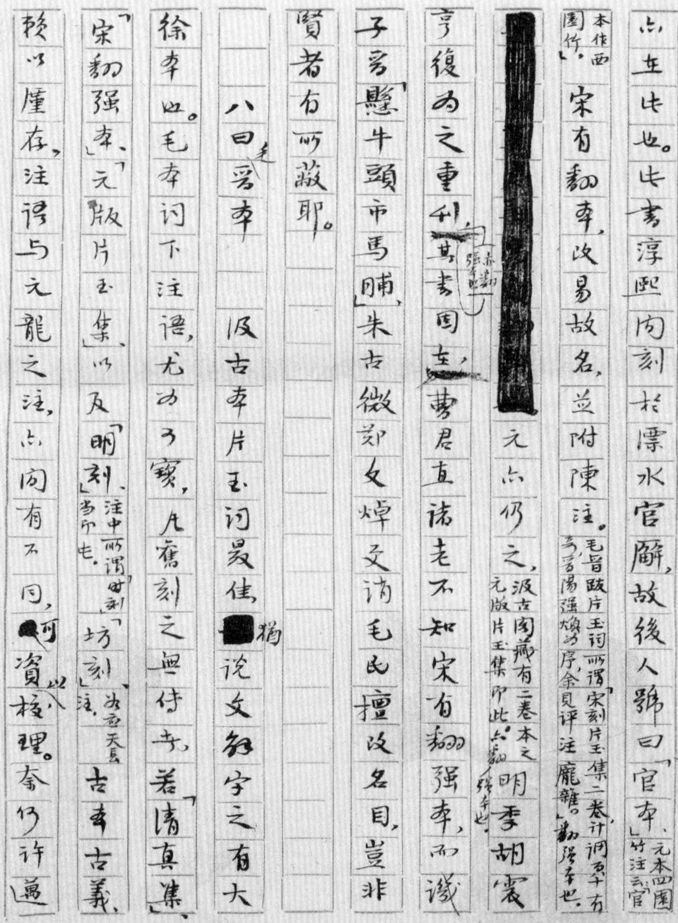
亦在此也。此書淳熙間刻於溧水官廨，故後人號曰「官本」、（元本四園竹注云官本作西園竹。）宋有翻本，改易故名，并附陳注。（毛晉跋片玉詞所謂「宋刻片玉集二卷，計詞百八十有二首，為強煥序，余見評注龐雜」，翻陽本也。）元亦仍之，（汲古閣藏有二卷本之元版片玉集，即此，亦翻陽本也。）明季胡震亨復為之重刊，（亦翻強本也）其書固在，曹君直諸老不知宋有翻強本，而識子晉「懸牛頭市馬脯」，朱古微、鄭文焯文詆毛氏擅改名目，豈非賢者有所蔽耶。

八曰吳本（毛）

汲古本片玉詞最佳，■獨說文解字之有大徐本也。毛本詞下注語，尤為可寶，凡舊刻之無待言，若「清真集」、「宋翻強本」、「元版片玉集」以及「明刻」、（注中所謂明刻當即此也。）「坊刻」、（注，汲古天長）古本古義，賴以僅存，注語與元龍之注，亦間有不同，可資以校理。奈何許過

孫以次，於版本源流，辨之未析，且於毛本訛處，每每輕忽，故表而出之。（且相率而噤害之。余）

綜上觀之，其原委得失可得而言焉：祖本明，刻于萊集中（清真詞之二源分流）以及後來裒合增輯之迹，妍靚矣。直齋著錄之前後集本，目得見，然周同之真贋，可於此以推考之，而強煥之功過亦著明矣。方楊盧陳所見之本，既不相同，校字斠律者，當多從其當，毋相膠葛矣。元本雖早未必佳，毛本雖遲而精善，評騭既異於前人，於校理之功，或有所平反矣。鄭大鶴謂不跚乃爾之清真集即元巾箱本，曹君直、朱古微識子罵擅改（陳少章既為之人，又云）名目，王靜安謂清真詞宋廬七本，又云：子晉未見元龍之注，賢去

千慮之一失，今俱得以辨明。殊列七篇之文，固不敢僭居於片

玉之功臣，惟寸莛蹄涔，竊[惟冀]附於前修之諍友。

[illegible]版本源流表及清真集考異[附次]於後

千慮之一失今俱得以辨明然則此篇之文固不敢僭居於片

玉之功臣惟寸莛蹄涔惟冀竊附於前修